1,10

Von Mary Westmacott sind als
Heyne-Taschenbücher erschienen:

Singendes Glas · Band 01/6832
Spätes Glück · Band 01/6853
Das unvollendete Poträt · Band 01/6955
Die Rose und die Eibe · Band 01/7743
Verdrängter Verdacht · Band 01/7680

MARY WESTMACOTT
besser bekannt als
AGATHA CHRISTIE

SIE IST MEINE TOCHTER

Roman

WILHELM HEYNE VERLAG
MÜNCHEN

HEYNE ALLGEMEINE REIHE
Nr. 01/7841

Titel der englischen Originalausgabe
A DAUGHTER'S A DAUGHTER
Deutsche Übersetzung von Uta McKechneay

Dieser Band erschien bereits in gekürzter Form
als Heyne-Krimi mit der Band-Nr. 02/1756.

3. Auflage
Copyright © Agatha Christie, 1952
Copyright © der deutschen Ausgabe
1989 by Wilhelm Heyne Verlag GmbH & Co. KG, München
Printed in Germany 1990
Umschlagfoto: Photodesign Mall, Stuttgart
Umschlaggestaltung: Atelier Ingrid Schütz, München
Satz: IBV Satz- und Datentechnik GmbH, Berlin
Druck und Bindung: Elsnerdruck, Berlin

ISBN 3-453-03265-9

BUCH I

1. KAPITEL

1

Ann Prentice stand winkend auf dem Bahnsteig von Victoria Station.

Der Zug fuhr mit einem Ruck an, dampfte schwankend aus der Bahnhofshalle. Er würde auf der Fähre übersetzen. Sarahs dunkler Schopf verschwand, Ann Prentice wandte sich um und schritt langsam auf den Ausgang zu.

Wie so oft, wenn man sich von einem Menschen verabschieden muß, an dem man hängt, bewegten sie die widerstreitendsten Empfindungen.

Ihre geliebte Sarah – sie vermißte sie schon jetzt. Sarah wollte allerdings nur drei Wochen wegbleiben..., aber ohne ihre Tochter würde ihr die Wohnung leer erscheinen. Nur sie und Edith und sonst niemand... zwei langweilige Frauen in mittleren Jahren...

Sarah war so vital, so überaus lebendig. Sie gab sich stets so sicher und sah die Dinge im allerbesten Licht... Und doch war sie noch ein richtiges Kind, ihr geliebtes kleines schwarzhaariges Mädchen.

Schrecklich, das auch nur zu denken! Sarah wäre sehr verärgert, wüßte sie, was ihrer Mutter da so durch den Kopf ging. Sarah und die anderen Mädchen ihres Alters schienen großen Wert darauf zu legen, ihren Eltern gegenüber eine ziemlich gleichgültige Haltung an den Tag zu legen. Sie setzten sich vehement dagegen zur Wehr, daß man so ein Theater um sie machte. »Reg dich doch nicht auf, mach nicht so ein *Getue*«, hielten sie ihren Müttern immer wieder vor.

Doch ganz so wörtlich war das nicht gemeint. Sie gestatteten es den Müttern gern, die Kleidung der Töchter in die Reinigung zu bringen und auch wieder abzuholen. Und sie durften das selbstverständlich auch bezahlen. Auch schwierige

Telefongespräche ließ man die Mütter übernehmen (»Mutter, wenn *du* Carol anrufst, ist das doch viel wirkungsvoller«). Selbstverständlich durften die Mütter auch ständig hinter den Töchtern herräumen. (»Mutter, ich wollte dieses Chaos natürlich selbst beseitigen, aber leider habe ich es furchtbar *eilig*.«)

»Also, als ich noch jung war...«, ging es Ann durch den Kopf.

Sie dachte an ihre Jugend zurück, an das altmodische Zuhause, in dem sie aufgewachsen war. Ihre Mutter war schon über vierzig gewesen, als sie Ann zur Welt gebracht hatte – ihr Vater noch wesentlich älter, etwa fünfzehn oder sechzehn Jahre älter als die Mutter. Das Haus wurde so geführt, wie es der Vater wünschte.

Es galt als selbstverständlich, daß man Zuneigung füreinander empfand. Daraus hatte auch niemand ein Hehl gemacht.

»Mein liebes kleines Mädchen.« – »Vaters Liebling.« – »Liebe Mutter, kann ich irgend etwas für dich tun?«

Es war Ann ganz selbstverständlich erschienen, im Haus aufzuräumen, Aufträge auszuführen, Erledigungen zu machen, die Lieferanten zu kontrollieren, Einladungen auszusprechen bzw. anzunehmen und am Gesellschaftsleben teilzuhaben. Töchter waren dazu da, ihren Eltern zu dienen – und nicht umgekehrt.

Als Ann an der Bahnhofsbuchhandlung vorbeikam, fragte sie sich plötzlich: Was ist denn nun am besten?

Es war gar nicht so einfach, eine Antwort auf diese Frage zu finden.

Sie ließ die Blicke über die ausgestellten Bücher gleiten, auf der Suche nach einer Lektüre, die sie sich am Abend vor dem Kamin zu Gemüte führen konnte. Und kam dabei völlig unerwartet zu dem Schluß, daß es eigentlich keine Rolle spielte. Es waren lediglich Verhaltensweisen, nichts sonst. Wie man sich in einem bestimmten Jargon ausdrückt. Irgendwann einmal war alles ›Spitze‹, dann wieder ›einfach göttlich‹, oder ganz schlicht ›wunderbar‹, manchmal hieß es ›ich bin ganz deiner Meinung‹. Dieses oder jenes gefiel einem ›wahnsinnig‹ gut.

Es kam nicht darauf an, ob die Kinder die Eltern oder die Eltern die Kinder bedienten. Entscheidend waren die zwischenmenschlichen Beziehungen, was man füreinander empfand. Ann liebte ihre Tochter tief und aufrichtig. Sarah empfand für ihre Mutter sicher dasselbe. Davon war Ann fest überzeugt. Wie war das eigentlich bei ihr und ihrer eigenen Mutter gewesen? Wenn sie es sich recht überlegte, so hatte die Zuneigung und Zärtlichkeit, die sie nach außen zeigten, wohl nur die beiläufige und liebenswürdige Gleichgültigkeit kaschiert, mit der man einander heute begegnete.

Ann lächelte vor sich hin und erstand ein Penguin-Buch, das sie vor Jahren schon einmal gelesen hatte. Es hatte ihr damals gefallen. Vielleicht würde sie es heute ein wenig sentimental finden, aber das schadete ja nichts. Sarah war nicht da...

»Sie wird mir fehlen«, dachte Ann. »Ich werde sie vermissen, aber es wird eine *friedliche* Zeit sein...«

Sie dachte weiter: »Auch Edith kann sich endlich einmal ausruhen. Es macht sie ganz nervös, wenn alle Pläne ständig über den Haufen geworfen werden und sie das Essen nicht immer zur gleichen Zeit servieren kann.«

Bei Sarah und ihren Freunden herrschte nämlich ein ständiges Kommen und Gehen. Dauernd klingelte das Telefon und nichts verlief nach Plan. »Mutter, können wir heute einmal ganz früh essen? Wir wollen noch ins Kino gehen.« – »Mutter, bist du es? Ich rufe an, um dir zu sagen, daß ich heute doch nicht zum Essen kommen kann.«

Edith, die schon seit über zwanzig Jahren bei ihnen angestellt war, arbeitete jetzt dreimal so viel wie vorgesehen. Dieses Durcheinander brachte sie in Rage.

Edith war oft sauer, wie Sarah das zu nennen pflegte. Trotzdem war sie Sarah treu ergeben. Auch wenn sie schimpfte und murrte, sie liebte Sarah sehr.

Ja, so allein mit Edith würde es sehr ruhig sein. Friedlich und sehr, sehr ruhig. Ein seltsames Gefühl der Kälte ließ Ann mit einemmal erschauern. Sie dachte: »Von jetzt an herrscht nur noch Stille.« Eine Stille, die sich in ihr Leben einschleichen und nicht mehr von ihr weichen würde, bis sie eine alte Frau war, bis sie schließlich starb. Es gab nichts mehr, worauf sie sich noch freuen konnte.

»Aber was erwarte ich denn eigentlich?« fragte sie sich. »Ich habe doch alles gehabt. Ich durfte die Liebe erleben und war mit Patrick glücklich. Ich habe ein Kind. Ich habe alles bekommen, was man sich nur wünschen kann. Das gehört nun eben der Vergangenheit an. Sarah wird da weitermachen, wo ich aufhöre. Sie wird heiraten und Kinder kriegen. Dann bin ich Großmutter.«

Sie lächelte vor sich hin, denn sie freute sich darauf, Großmutter zu werden. Sie sah sich von hübschen, lebhaften Kindern umringt – Sarahs Kindern. Von verschmitzten ungebärdigen Jungen mit Sarahs kaum zu bändigendem schwarzen Haar und rundlichen kleinen Mädchen. Sie würde ihnen vorlesen und Märchen erzählen...

Bei dem Gedanken daran lächelte sie wieder still in sich hinein, doch das Gefühl der Kälte wollte nicht weichen. Wenn doch Patrick nicht so früh gestorben wäre. Der alte Kummer, den sie schon längst überwunden glaubte, stieg wieder in ihr auf. Das alles lag schon so lange zurück. Sarah war damals erst drei gewesen. Sie hatte den Verlust eigentlich schon längst verschmerzt und konnte jetzt ganz liebevoll an Patrick denken, ohne daß es weh tat. An ihren stürmischen jungen Gatten, den sie so geliebt hatte. Aber das war lange her und gehörte der Vergangenheit an.

Doch heute wanderten ihre Gedanken immer wieder zurück. Sarah wäre auch zum Wintersport in die Schweiz gefahren, wenn Patrick noch am Leben wäre. Irgendwann hätte sie ihrem Elternhaus den Rücken gekehrt, um mit ihrem Mann zu gehen und mit ihm eine Familie zu gründen. Doch Patrick und sie wären ja dann noch zusammen – zwar älter und ruhiger geworden, doch sie könnten alles miteinander teilen, was das Leben ihnen abverlangte oder noch zu bieten hatte. Sie wäre nicht allein...

Ann Prentice zwängte sich durch die Menschenmenge in der Bahnhofshalle und trat auf den Bahnhofsvorplatz hinaus. Sie dachte bei sich: »Wie finster alle diese roten Busse aussehen. Sie stehen in Reih und Glied wie wilde Tiere vor der Fütterung.« Insgeheim schienen sie ein Eigenleben zu führen, wie fremde Wesen, von denen etwas Bedrohliches ausging. Was für ein abstruser Gedanke.

Wie geschäftig, laut und wirr es auf der Welt zuging. Da herrschte ein ständiges Kommen und Gehen. Alle waren in Eile, stürzten durch die Gegend, sprachen, lachten, jammerten, begrüßten sich und gingen hastig auseinander.

Plötzlich überfiel sie wieder dieses beklemmende Gefühl der Kälte – sie fühlte sich jämmerlich allein.

Dann dachte sie: »Es wurde höchste Zeit, daß Sarah einmal wegfuhr. Ich klammere mich viel zu sehr an sie. Vielleicht verhindere ich dadurch, daß sie selbständig wird und erreiche nur, daß sie sich allzusehr auf *mich* verläßt. Das ist nicht gut. Man sollte sich nicht an seine Kinder klammern, sie nicht daran hindern, daß sie ein eigenes Leben führen. Das wäre egoistisch und wirklich sehr von Übel...«

Sie mußte sich zurückhalten, in den Hintergrund treten und Sarah Mut zusprechen, damit sie ihr Leben selber in die Hand nahm, in ihrem eigenen Freundeskreis verkehrte.

Bei dem Gedanken lächelte sie. Dazu brauchte man Sarah weiß Gott nicht zu ermuntern. Sarah hatte zahllose Freunde und steckte ständig voller Pläne. Sie genoß das Leben in vollen Zügen, es fehlte ihr nicht an Selbstvertrauen, und sie war ständig unterwegs. Sie liebte ihre Mutter sehr, bevormundete und gängelte sie aber in aller Liebenswürdigkeit. An ihrem Leben ließ die Tochter sie nur ganz am Rande teilhaben, weil sie ihr wegen ihres fortgeschrittenen Alters jegliches Verständnis absprach.

In Sarahs Augen gehörte man mit einundvierzig Jahren schon zur älteren Generation, während es Ann noch immer ziemlich schwerfiel, sich als Frau in mittleren Jahren zu sehen. Sie hatte sich bisher noch nicht dazu durchringen können. Es war nicht etwa so, daß sie versuchte, das Rad zurückzudrehen. Sie benutzte kaum Make-up und kleidete sich noch immer etwas ländlich – wie eine junge Ehefrau und Mutter, die in die Stadt gekommen war. Sie trug ordentliche Jacken, Röcke und Mäntel und eine echte Perlenkette.

Ann seufzte. »Ich weiß gar nicht, warum ich so viel nachdenke«, führte sie laut Selbstgespräche. »Vermutlich liegt es daran, daß ich mich von Sarah trennen mußte.«

Wie hieß es doch bei den Franzosen? *Partir c'est mourir un peu...*

Ja, das stimmte... Als Sarah in dem fauchenden und qualmenden Zug aus der Bahnhofshalle fuhr, war sie in diesem Augenblick für ihre Mutter tot. »Aber ich für sie wahrscheinlich auch«, ging es Ann durch den Kopf. »Seltsam, dieses sich voneinander entfernen. Getrennt durch Zeit und Raum...«

Sarah lebte ihr Leben und Ann das ihre. Jeder war für sich selbst verantwortlich.

Eine angenehme Empfindung trat an die Stelle der inneren Kälte, die sie zuvor so stark gefühlt hatte. Es stand ihr jetzt völlig frei, um welche Zeit sie aufstand, was sie tat. Sie konnte endlich tun, was ihr gefiel. Vielleicht früh zu Bett gehen und sich das Abendessen auf einem Tablett servieren lassen. Sie konnte aber auch ins Kino oder ins Theater gehen. Oder mit dem Zug aufs Land fahren und spazierengehen – durch die kahlen Wälder wandern, wo man durch die Zweige den blauen Himmel sah...

Natürlich konnte sie das alles jederzeit tun. Aber wenn man mit einem anderen Menschen zusammenlebte, bestimmte zumeist einer das Leben, das der andere führte. Ann hatte Sarahs lebhaftes Kommen und Gehen aus zweiter Hand miterlebt und genossen.

Es war zweifellos eine Freude, Mutter zu sein. Man hatte das Gefühl, als lebte man sein Leben noch einmal, aber ohne die Kümmernisse der Jugendzeit. Inzwischen wußte man ja aus Erfahrung, daß viele Probleme sich von selbst lösten. Deshalb lächelte man nachsichtig angesichts der Nervenkrisen, zu denen es hin und wieder kam.

»Also wirklich, Mutter«, pflegte Sarah dann eindringlich zu sagen, »es ist furchtbar ernst. Lach doch nicht darüber. Nadia glaubt, daß ihre ganze Zukunft davon abhängt!«

Aber mit einundvierzig wußte man, daß die Zukunft nur selten auf dem Spiel stand. Das Leben war entschieden unproblematischer, als man sich früher eingebildet hatte.

Als sie während des Krieges Krankenpflegerin gewesen war, hatte Ann zum erstenmal begriffen, wie unwichtig die kleinen Dinge, die einem zuvor so wichtig erschienen, im

Endeffekt doch waren. Der Neid, die Eifersüchteleien, die oberflächlichen Vergnügungen. Man regte sich schon auf, wenn der Schuh drückte oder der Kragen scheuerte. All das erschien einem im Augenblick wichtiger als die unumstößliche Tatsache, daß man jeden Augenblick umkommen konnte. Das hätte zu einer sicheren Gewißheit führen müssen, doch in Wahrheit gewöhnte man sich erstaunlich schnell daran. Die Nebensächlichkeiten drängten sich in den Vordergrund – vielleicht, weil hinter allem der Gedanke stand, daß einem vielleicht nur noch eine kurze Zeit vergönnt war. Sie hatte auch eine ganze Menge über die Widersprüchlichkeit der menschlichen Natur gelernt und begriffen, daß es sehr schwierig war, die Menschheit in ›gute‹ und ›böse‹ Menschen zu unterteilen, wozu sie in ihrer jugendlichen Unerfahrenheit neigte. Eines Tages sah sie, daß jemand unglaublichen Mut bewies, indem er ein Opfer rettete. Doch der gleiche Mensch, der sein Leben aufs Spiel gesetzt hatte, schreckte dann nicht davor zurück, den soeben Geretteten auf gemeinste Weise zu bestehlen.

Mit einem Wort: Die Menschen waren eben keine geradlinigen, berechenbaren Wesen.

Als Ann jetzt unentschlossen an der Bordsteinkante stand, riß das schrille Hupen eines Taxis sie aus ihren Träumen und Überlegungen, denen sie sich hingegeben hatte. Sie wandte sich wieder praktischeren Dingen zu und überlegte, was sie tun sollte, jetzt sofort.

Am Morgen hatte sie nur daran gedacht, Sarah zum Zug zu begleiten, der die Tochter in die Schweiz bringen sollte. Weiter wollte sie sich noch keine Gedanken machen. Am Abend würde sie mit James Grant zum Essen gehen. Der liebe gute James, wie lieb und fürsorglich er immer war. »Ohne Sarah wirst du dich sicher ziemlich einsam fühlen. Deshalb könnten wir ausgehen und ein wenig feiern.« Ja, das war wirklich nett von James. Sarah hatte gut lachen. Sie nannte James immer ›Dein *pukka Sahib* Freund, liebes Mütterlein‹. James war ein sehr liebenswerter Mensch. Manchmal fiel es einem allerdings schwer, sich bis zum Schluß auf seine langen, entsetzlich weitschweifigen Erzählungen zu konzentrieren. Aber wenn man jemanden schon fünfundzwanzig Jahre kannte, war man ihm ein geduldiges Zuhören schuldig.

Ann sah auf die Uhr. Sie konnte ja noch in die Army und Navy Stores gehen. Edith brauchte ein paar Sachen für die Küche. Damit war Anns Problem zunächst einmal gelöst. Doch während sie sich Kochtöpfe und Tiegel ansah und nach den Preisen fragte (die unglaublich gestiegen waren), wurde sie wieder von dieser merkwürdigen eiskalten Panik ergriffen, die sie nicht mehr losließ.

Schließlich folgte sie einer plötzlichen Eingebung, betrat eine Telefonzelle und wählte eine Nummer.

»Ich möchte bitte Mylady Laura Whitstable sprechen.«
»Wen darf ich bitte melden?«
»Mrs. Prentice.«
»Einen Augenblick bitte, Mrs. Prentice.«

Eine kurze Pause, dann vernahm sie eine tiefe, volltönende Stimme. »Ann?«

»Ach, Laura, ich weiß ja, daß ich Sie um diese Zeit nicht anrufen sollte, aber ich habe Sarah gerade zum Bahnhof gebracht. Haben Sie heute noch sehr viel zu tun?«

Die Antwort kam nach kurzem Nachdenken: »Am besten essen Sie mit mir zu Mittag. Es gibt Roggenbrot und Buttermilch. Das ist Ihnen doch recht?«

»Mir ist alles recht. Sie sind wirklich ein Engel.«
»Dann erwarte ich Sie also. Um viertel nach eins.«

2

Genau eine Minute vor der vereinbarten Zeit fuhr Ann im Taxi zu dem Haus in der Harley Street. Sie bezahlte den Taxifahrer und läutete an der Haustür.

Der tüchtige Harkness ließ sie ein. Er begrüßte sie lächelnd und bat sie: »Gehen Sie nur gleich hinauf, Mrs. Prentice. Lady Laura kommt sicher in ein paar Minuten.«

Leichtfüßig lief Ann die Treppe hinauf. Das Eßzimmer des Hauses diente jetzt als Salon und Empfangsraum. Im obersten Stockwerk des geräumigen Hauses waren durch einen

Umbau gemütliche Wohnräume entstanden. Im Salon stand ein kleiner Tisch, der für zwei Personen gedeckt war. Der Raum erinnerte eher an ein Herrenzimmer als an einen Damensalon. Große überaus bequeme Sessel, schon gründlich eingesessen, eine Unmenge von Büchern, die sich auch auf den Stühlen stapelten und Samtvorhänge allerbester Qualität in satten Tönen.

Ann brauchte nicht lange zu warten. Lady Lauras Stimme klang wie eine Fanfare durchs Haus. Dann erschien sie selbst und küßte ihren Gast freundschaftlich auf beide Wangen.

Lady Laura Whitstable war vierundsechzig Jahre alt. Sie hatte eine ungeheuer sympathische Ausstrahlung. Alles an ihr wirkte überlebensgroß – ihre Stimme, ihr entschlossen vorgestreckter kastenartiger Busen, ihr hochaufgetürmtes dichtes eisengraues Haar und ihre Raubvogelnase.

»Mein liebes Kind, ich bin entzückt, daß Sie mich wieder einmal besuchen«, tönte sie. »Ann, Sie sehen reizend aus. Und die Veilchen, die Sie gekauft haben, passen ausgezeichnet zu Ihnen. Das Veilchen entspricht Ihnen nämlich von allen Blumen am meisten.«

»Das Veilchen, das vor allem zurückschreckt? Also wissen Sie, Laura.«

»Die Süße des Herbstes ruht verborgen inmitten von Blättern.«

»Laura, das sieht Ihnen gar nicht ähnlich. Sonst sind Sie immer so grob!«

»Ich finde, daß sich das bezahlt macht, aber manchmal ist es ziemlich anstrengend. Wir wollen sofort essen. Bassett, wo ist denn dieser Bassett? Aha, da ist er schon. Sie bekommen Seezunge, Ann. Ich hoffe, das schmeckt Ihnen. Und ein Glas weißen Rheinwein.«

»Aber Laura, das wäre doch nicht nötig gewesen. Ich hätte auch Roggenbrot gegessen und Buttermilch getrunken.«

»Die Buttermilch reicht gerade noch für mich allein. Setzen Sie sich bitte. Sarah ist also in die Schweiz gefahren. Wie lange bleibt sie denn?«

»Drei Wochen.«

»Wie schön.«

Der eckige Bassett hatte das Zimmer verlassen. Lady Laura

trank von ihrer Buttermilch, die ihr zu schmecken schien. Sie sagte sehr treffend: »Sie wird Ihnen fehlen. Aber Sie haben mich nicht angerufen und sind nicht hergekommen, um mir das zu sagen. Na kommen Sie schon, Ann. Erzählen Sie mir, was Sie bedrückt. Wir haben nicht viel Zeit. Ich weiß, daß Sie mich mögen – aber wenn mich jemand anruft und mich sofort sprechen möchte, will er gewöhnlich einen guten Rat von mir haben.«

»Ich fühle mich entsetzlich schuldbewußt«, murmelte Ann.

»Unsinn, meine Liebe. Ich fasse das vielmehr als Kompliment auf.«

Ann sagte hastig:

»Ach, Laura, ich kann es selbst nicht verstehen, aber ich bin richtig in *Panik* geraten. Victoria Station und all diese Busse! Ich habe mich – ich habe mich so entsetzlich *allein* gefühlt.«

»Ja, das verstehe ich...«

»Nicht nur, weil Sarah weggefahren ist und ich sie vermisse. Es ist mehr als das...«

Laura Whitstable nickte und sah Ann mit ihren klugen grauen Augen seelenruhig an.

Ann sagte gedehnt: »Im Grunde genommen ist man natürlich immer einsam und allein...«

»Aha, Sie sind also dahintergekommen. Natürlich kommt jeder Mensch früher oder später darauf. Komischerweise ist diese Erkenntnis meistens ein Schock. Wie alt sind Sie, Ann? Einundvierzig? Sehr gut, daß Sie diese Erkenntnis in Ihrem Alter gewonnen haben. Wenn Sie es zu spät merken, kann es sich verheerend auswirken, in allzu jungen Jahren erfordert es viel Mut, sich damit abzufinden.«

»Laura, haben Sie sich schon einmal allein gefühlt?« erkundigte sich Ann. Sie konnte ihre Neugier nicht bezähmen.

»O ja. Mir kam die Erleuchtung mit sechsundzwanzig Jahren und das ausgerechnet anläßlich eines Familientreffens, bei dem sich die Familienmitglieder besonders herzlich gaben. Ich war ganz verschreckt und bekam es mit der Angst zu tun. Doch ich habe diese Tatsache akzeptiert und mich damit abgefunden. Man muß sich der Wahrheit stellen. Wir haben in unserem ganzen Leben nur einen einzigen wirklichen Gefährten, einen Gefährten, der uns von der Wiege bis zum Grab begleitet. Und der ist man selbst. Sorgen Sie dafür, daß Sie mit diesem Gefährten gut auskommen – *lernen Sie mit sich zu leben.* Anders geht es nun einmal nicht. Aber das ist nicht immer einfach.«

Ann seufzte.

»Das Leben kam mir so völlig sinnlos vor. Ich will Ihnen alles sagen, Laura. Ich hatte das Gefühl, daß sich die Jahre endlos vor mir dehnen und ich nichts mehr habe, womit ich diese Leere ausfüllen kann. Na ja, ich bin eben nur eine alberne und unsichere Frau...«

»Aber, aber, wo bleibt denn da Ihr gesunder Menschenverstand? Sie haben während des Krieges vielen geholfen. Und eine Tochter aufgezogen, die das Leben genießt und sich zu benehmen weiß. Und auf Ihre stille Art und Weise hängen auch Sie am Leben. Das ist doch alles sehr befriedigend und kann sich sehen lassen. Wenn Sie zu mir in die Sprechstunde kämen, würde ich Sie wieder wegschicken, ohne Geld von Ihnen zu verlangen, obwohl ich eine geldgierige alte Frau bin.«

»Liebste Laura, wie tröstlich das klingt. Aber ich glaube wirklich, daß ich zu sehr an Sarah hänge.«

»Papperlapapp!«

»Ich mache mir ernsthafte Sorgen. Ich will nicht zu diesen besitzergreifenden Müttern gehören, die ihre Kinder mit Haut und Haaren verschlingen.«

Laura Whitstable sagte trocken: »Immer dieses Gerede von den besitzergreifenden Müttern! Manche Frauen wagen kaum noch, ihren Kindern die Zuneigung zu zeigen, die sie für sie empfinden. Die ganz normale Mutterliebe!«

»Aber es ist *wirklich* schlimm, sich so an einen Menschen zu klammern!«

»Allerdings. Ich werde täglich damit konfrontiert. Mit Müttern, die ihre Söhne damit quälen und Vätern, die sich einbilden, die Töchter seien ihr alleiniger Besitz. Aber das ist nicht immer nur die Schuld der Eltern. Ann, ich hatte einmal ein Vogelnest in meinem Zimmer. Als die Jungen flügge geworden waren, verließen sie das Nest. Doch einer der eben flügge gewordenen Vögel konnte sich nicht dazu durchringen. Er zog vor, im Nest zu bleiben und weiterhin gefüttert zu werden. Er wollte es nicht riskieren, unsanft auf dem Boden zu landen. Das irritierte die Vogelmutter unheimlich. Sie machte dem Kleinen immer wieder vor, wie man sich seiner Flügel bedient. Sie breitete die Flügel aus und flog vom Nestrand hinunter. Sie tschilpte und zwitscherte, flog vor dem Jungen auf und ab. Doch es half alles nichts. Sie konnte ihr Junges nicht zum Fliegen animieren. Sie hörte auf, ihr Junges zu füttern und brachte zwar Futter im Schnabel an, flog aber damit auf die entgegengesetzte Seite des Zimmers, um den Kleinen anzulocken. Es gibt auch Menschen, die sich so verhalten. Kinder, die nicht erwachsen werden wollen, die sich †eigern, sich mit den Anforderungen abzufinden, die das Erwachsensein an einen Menschen stellt. Das ist keine Sache der Erziehung. Das liegt einzig und allein an *ihnen selbst*.«

Sie hielt kurz inne, bevor sie weitersprach:

»Es gibt nicht nur den Wunsch, jemanden zu vereinnahmen, manche Menschen wollen auch vereinnahmt werden. Es sei dahingestellt, ob diese Menschen einfach unreif sind oder nicht erwachsen werden wollen. Über das Wesen, die Persönlichkeit des Menschen ist immer noch viel zu wenig bekannt.«

»Finden Sie nicht, daß ich zu sehr an meiner Tochter hänge?« erkundigte sich Ann, die kein Interesse für diese mehr allgemeinen Ausführungen aufzubringen vermochte.

»Ich habe schon immer gefunden, daß Sie und Sarah sich sehr gut verstehen. Sie beide verbindet eine tiefe, ganz natürliche Liebe.« Nachdenklich fügte sie hinzu: »Allerdings ist Sarah ziemlich kindlich für ihr Alter.«

»Ich dachte immer, daß sie ihren Altersgenossen voraus ist.«

»Das finde ich nicht. Was ihre geistige Entwicklung angeht, so würde ich sie für jünger als neunzehn halten.«

»Aber sie ist sehr selbstsicher und lebensbejahend. Sehr kultiviert und weltgewandt. Und sie steckt voller Ideen.«

»Ja, aber das sind Ideen, wie sie zur Zeit jedermann durch den Kopf gehen. Es wird noch eine ganze Weile dauern, bis sie ihre *eigenen* Vorstellungen verwirklichen kann. Heutzutage machen alle jungen Menschen einen selbstsicheren lebensbejahenden Eindruck. Doch das täuscht. Sie brauchen eine Art Rückversicherung. Wir leben in einer unsicheren Zeit. Man kann auf nichts mehr bauen. Die jungen Menschen spüren das. Das ist in der Hälfte aller Fälle der Grund für die Schwierigkeiten. Das Fehlen der Stabilität. Die kaputten Familien. Der Mangel an moralischen Prinzipien. Ein junges Pflänzchen muß man hochbinden, bis es fest verwurzelt ist und richtig wächst.«

Plötzlich lächelte sie fröhlich.

»Ich predige, wie alle alten Frauen – auch wenn ich eine distinguierte alte Frau bin.« Sie trank ihre Buttermilch aus. »Wissen Sie, warum ich so was trinke?«

»Weil Buttermilch gesund ist?«

»Ach was! Weil ich gern Buttermilch trinke. Hat mir schon immer gut geschmeckt, seit ich meine Ferien einmal auf einem Bauernhof verbracht habe. Es gibt aber noch einen Grund dafür: Ich trinke Buttermilch, um mich von den anderen zu unterscheiden. Man nimmt immer eine Pose ein. Alle Menschen tun das. Es bleibt ihnen gar nichts anderes übrig. Ich neige mehr dazu als andere. Aber gottlob bin ich mir darüber wenigstens im klaren. Doch jetzt zu Ihnen, Ann. Bei Ihnen ist alles in bester Ordnung. Sie kommen gerade wieder zu Atem, das ist alles.«

»Ich komme wieder zu Atem? Wie meinen Sie das, Laura? Damit wollen Sie doch wohl nicht sagen...« Sie zögerte.

»Ich denke dabei nicht an Äußerlichkeiten, sondern an das psychische Wohlbefinden. Die Frauen haben im allgemeinen mehr Glück als sie ahnen. Wie alt war die heilige Teresa, als sie es auf sich nahm, die Klöster zu reformieren? Sie war fünfzig Jahre alt. Man könnte viele Beispiele dafür anführen. Im Alter von zwanzig bis vierzig liegt der Schwerpunkt bei den Frauen auf dem biologischen Aspekt. Das ist auch ganz richtig so. Sie widmen sich ihren Kindern, dem Gatten, den Geliebten, ihr Leben wird von persönlichen Beziehungen bestimmt. Manche Frauen finden auch im Beruf eine befriedigende Tätigkeit und machen Karriere. Doch wenn die Frau älter wird, orientiert sie sich wieder mehr nach außen, und die rein persönlichen Dinge treten in den Hintergrund. Die

Interessen der Männer nehmen ab, die Frauen hingegen erweitern ihren Horizont. Ein Mann von sechzig Jahren wiederholt sich für gewöhnlich wie eine Schallplatte. Eine Frau von sechzig Jahren ist ein interessanter Mensch, wenn sie es geschafft hat, ihre Persönlichkeit zu entwickeln.«

Ann dachte an James Grant und lächelte.

»Die Frauen sind auf der Suche nach neuen Aspekten, machen sich in diesem Alter allerdings auch oft zum Narren. Manchmal wird ihr Leben von der Sexualität bestimmt. Aber einer Frau in mittleren Jahren stehen alle Möglichkeiten offen.«

»Laura, Sie verstehen es wirklich, einen zu trösten. Meinen Sie, ich sollte etwas tun? Vielleicht im sozialen Bereich?«

»Das hängt ganz davon ab, wie wichtig Ihnen Ihre Mitmenschen sind«, sagte Laura Whitstable ernst. »Ohne innere Bereitschaft ist das sinnlos. Fangen Sie nichts an, was Ihnen nicht zusagt, nur um einer inneren Leere zu entkommen! Es gibt nichts Widerwärtigeres, wenn ich das einmal sagen darf. Wenn es Ihnen Freude macht, kranke alte Frauen zu besuchen oder mit unattraktiven Rangen, die unmögliche Manieren haben, ans Meer zu fahren, sollten Sie das tun. Viele Leute machen so etwas. Aber ich rate Ihnen davon ab, sich zu irgendwelchen Aktivitäten zu zwingen, Ann. Sie müssen bedenken, daß jeder Boden auch einmal brachliegen muß. Bisher sind Sie hauptsächlich Mutter gewesen. Ich kann mir Sie nicht als Initiatorin von Reformen vorstellen, genausowenig wie als Künstlerin oder im Sozialdienst. Sie sind eine ganz gewöhnliche Frau, Ann, aber eine außergewöhnlich liebenswerte. Warten Sie nur ab. Verlieren Sie den Glauben und die Hoffnung nicht. Dann werden Sie ja sehen, was sich für Sie ergibt. Was an Lohnendem an Sie herantritt und Ihr Leben ausfüllt.«

Sie zögerte, dann fragte sie: »Sie haben nie eine Affäre gehabt, nicht wahr?«

Ann wurde flammend rot.

»Nein.« Sie nahm all ihren Mut zusammen. »Glauben Sie, ich sollte mich mit einem Mann einlassen?«

Laura schnaubte. Das explosive Geräusch ließ die Gläser auf dem Tisch erzittern.

»Dieses moderne Getue! Diese Scheinheiligkeit! Zur Zeit von Queen Victoria hatten wir einen Horror vor der Sexualität. Alles war zugeknöpft bis obenhin. Die Sexualität ist totgeschwiegen worden. Nichts davon drang nach außen. Wirklich übel. Aber inzwischen ist das ins Gegenteil umgeschlagen. Wir gehen mit der Sexualität um, als könne man sie auf Bestellung erwerben. Genau wie irgendwelche Pillen. Man stellt sie auf eine Stufe mit Schwefeltabletten und Penicillin. Junge Frauen konsultieren mich und fragen: ›Sollte ich mir einen Liebhaber zulegen?‹ ›Sollte ich mir ein Kind zulegen?‹ Man könnte meinen, es sei eine heilige Pflicht, mit einem Mann ins Bett zu gehen und kein Vergnügen. Ann, Sie sind keine leidenschaftliche Frau. Sie verfügen über ein großes Reservoir an Zuneigung und Zärtlichkeit. Das kann die Sexualität zwar einschließen, doch bei Ihnen steht sie nicht im Vordergrund. Wenn ich Ihnen etwas prophezeien darf, so sage ich Ihnen auf den Kopf zu, daß Sie in absehbarer Zeit noch einmal heiraten.«

»Aber nein. Ich glaube kaum, daß ich das noch einmal fertigbrächte.«

»Warum haben Sie dann heute einen Strauß Veilchen gekauft und sie sich ans Revers gesteckt? Man kauft Blumen für die Wohnung, aber man trägt sie nur selten selbst. Diese Veilchen sind ein Signal, Ann. Sie haben sie gekauft, weil Sie tief im Innern von Frühlingsgefühlen bewegt werden. Ihr zweiter Frühling steht unmittelbar bevor.«

»Wohl eher ein Altweibersommer«, erwiderte Ann lächelnd.

»Wenn Sie es so nennen wollen.«

»Nun ja, Laura, das klingt ja alles sehr verlockend, aber ich habe diese Veilchen nur erstanden, weil die Frau, die sie verkauft hat, so elend und verfroren aussah.«

»Ja, von wegen. Geben Sie sich da bloß keinen Illusionen hin. Das ist nur eine Selbsttäuschung. Aber überlegen Sie einmal, welches der wahre Grund sein könnte. Selbsterkenntnis, Ann. Üben Sie sich darin, das halte ich für sehr wichtig. Grundgütiger Himmel, es ist ja schon nach zwei. Ich muß mich beeilen. Was machen Sie denn heute abend?«

»Ich gehe mit James Grant essen.«

»Mit Colonel Grant? Ja, natürlich. Ein netter Mann.« Sie zwinkerte Ann zu. »Er ist schon lange hinter Ihnen her.«

Ann Prentice errötete und lachte.

»Ach, das ist nur die Macht der Gewohnheit.«

»Aber er hat Sie doch wiederholt gebeten, seine Frau zu werden – oder nicht?«

»Ja, das schon – aber das wäre doch absurd. Oder glauben Sie vielleicht, ich sollte...? Weil wir uns beide einsam fühlen.«

»Ann, wenn es um die Ehe geht, darf es gar kein *sollte* geben! Ein falscher Partner ist viel schlimmer als überhaupt kein Partner. Der arme Colonel Grant – das heißt, so bemitleidenswert erscheint er mir gar nicht. Ein Mann, der eine Frau ständig bittet, ihn zu heiraten und sie nicht umstimmen kann, genießt es insgeheim, hoffnungslosen Dingen anzuhängen. Dünkirchen hätte ihm gefallen, wenn er dabei gewesen wäre. Ich wage sogar zu behaupten, daß ihm das Signal zum Angriff der Leichten Brigade noch mehr gelegen hätte! Wie wir doch in diesem Land an unseren Fehlern und Niederlagen hängen! Dafür schämen wir uns unserer Siege!«

2. KAPITEL

1

Als Ann wieder in ihre Wohnung kam, begrüßte die getreue Edith sie ausgesprochen kühl.

»Einen schönen Goldbutt hatte ich für Sie zum Mittagessen«, klagte sie, als sie an der Küchentür erschien. »Und Karamel-Creme.«

»Es tut mir furchtbar leid. Ich war bei Lady Laura zum Essen eingeladen. Aber ich habe doch rechtzeitig angerufen und gesagt, daß ich nicht komme.«

»Na ja, ich hatte den Goldbutt ja auch noch nicht zubereitet«, gab Edith widerstrebend zu. Sie war eine hochgewachsene hagere Frau, die sich kerzengerade hielt, und ähnelte einem Grenadier. Ihr Mißfallen war unübersehbar.

»Es paßt gar nicht zu Ihnen, so kurzfristig umzudisponieren. Bei Miß Sarah hätte mich das nicht gewundert. Die Handschuhe, die sie so verzweifelt gesucht hat, fand ich erst, als sie schon fort war und sie ihr nichts mehr nutzten. Hinter dem Sofa festgeklemmt.«

»Was für ein Jammer.« Ann nahm die in fröhlichen Farben gestrickten Wollhandschuhe aus Ediths Hand entgegen. »Jetzt ist sie schon seit Stunden unterwegs.«

»Vermutlich war sie froh, mal wegzukommen.«

»Ja, die ganze Clique konnte es kaum erwarten. Alle waren richtig ausgelassen.«

»Bis zur Heimkehr ist ihnen der Übermut vielleicht vergangen. Kann gut sein, daß sie dann mit Krücken humpeln.«

»Aber Edith, malen Sie doch nicht den Teufel an die Wand.«

»Furchtbar gefährlich, diese Wintersportorte in der Schweiz. Man bricht sich die Arme oder Beine, und dann wird das nicht richtig eingerenkt und eingegipst. Unter dem Gips kommt es dann zum Brand, dann ist es aus mit einem. Riecht auch widerwärtig.«

»Na, dann wollen wir hoffen, daß Sarah sich nichts bricht«,

sagte Ann. Sie kannte Ediths düstere Prophezeiungen zur Genüge. Edith schien das ungeheuer zu genießen.

»Ohne Miß Sarah wird uns die Wohnung ganz anders vorkommen«, meinte Edith. »Wir werden uns selbst nicht mehr wiedererkennen, so ruhig wird es hier sein.«

»Da können Sie sich endlich einmal ein bißchen ausruhen, Edith.«

»Ausruhen?« wiederholte Edith indigniert. »Warum sollte ich mich ausruhen? Ich brauche mich nicht zu erholen. Wer rastet, der rostet, das hat meine Mutter immer zu mir gesagt. Auf diesem Standpunkt stehe ich auch. Jetzt wo Miß Sarah weg ist und sie und ihre Freunde nicht ständig ein- und ausgehen, daß es zugeht wie in einem Taubenschlag, kann ich endlich mal wieder gründlich saubermachen. Das ist nämlich bitter nötig.«

»Ich finde, die Wohnung ist pieksauber, Edith.«

»Da irren Sie sich aber gewaltig. Ich habe einen besseren Blick dafür. Ich muß die Vorhänge abnehmen und einmal gründlich ausschütteln, die Lampen sollten abgewaschen werden – hundert Dinge sind zu tun.«

Ediths Augen leuchteten. Sie konnte es offensichtlich kaum erwarten, sich auf den Hausputz zu stürzen.

»Nehmen Sie sich eine Hilfe.«

»Was? Kommt nicht in Frage. Ich lege Wert darauf, daß alles ordentlich gemacht wird. So jemand ist heutzutage schwer zu finden. Sie haben schöne Sachen. Die muß man gut pflegen, damit sie auch schön bleiben. Aber durch die Kocherei und dies und jenes komme ich nicht so häufig dazu, wie es notwendig wäre.«

»Sie kochen ganz fantastisch, Edith. Aber das wissen Sie ja selbst.«

Der Anflug eines dankbaren Lächelns erschien auf Ediths Gesicht. Für gewöhnlich drückte ihre Miene tiefes Mißfallen aus.

»Ach, das Kochen«, sagte sie abfällig. »Was ist denn da schon groß dabei? Das würde ich nicht mal Arbeit nennen – ganz und gar nicht.«

Bevor sie wieder in die Küche ging, fragte sie ihre Herrin noch:

»Um wieviel Uhr soll ich Ihnen den Tee servieren?«

»Jetzt noch nicht. Etwa um halb fünf.«

»An Ihrer Stelle würde ich die Füße ein bißchen hochlegen und ein Schläfchen halten. Dann fühlen Sie sich heute abend wieder frisch. Sie sollten den Frieden genießen, solange er Ihnen vergönnt ist.«

Ann lachte. Sie ging in den Salon und ließ es zu, daß Edith sie bequem auf das Sofa bettete.

»Edith, Sie umsorgen mich, als wäre ich ein kleines Mädchen.«

»Als ich zu Ihrer Ma gekommen bin, waren Sie das ja auch, und Sie haben sich nicht sehr geändert. Colonel Grant rief an. Ich soll Sie dran erinnern, daß Sie um acht Uhr im Restaurant Mogador mit ihm verabredet sind. Ich habe ihm gesagt, daß Sie das natürlich wissen. Aber so sind die Männer nun einmal. Um alles machen sie so ein Theater. Die Militärs sind da am allerschlimmsten.«

»Es ist doch nett von ihm, daran zu denken, daß ich mich heute abend vielleicht einsam fühlen könnte und mich einzuladen.«

Edith meinte sachlich: »Ich habe nichts gegen den Colonel einzuwenden. Wenn er auch ein bißchen umständlich ist, so ist er doch ein Gentleman. Genau der richtige.« Sie unterbrach sich und fuhr fort: »Im großen und ganzen ist Colonel Grant gar nicht so übel. Sie hätten es weit schlimmer treffen können.«

»Wie bitte, Edith? Was haben Sie gesagt?«

Edith sah sie an, ohne mit der Wimper zu zucken.

»Ich habe gesagt, da gibt es wahrhaftig schlimmere Männer... Also, ich glaube, diesen Mr. Gerry werden wir jetzt kaum zu sehen kriegen, wo Miß Sarah weg ist.«

»Sie können ihn nicht leiden, Edith, stimmt's?«

»Na ja, ich mag ihn und mag ihn auch wieder nicht, wenn Sie wissen, was ich meine. Er hat auch nette Seiten, das kann man nicht bestreiten. Aber er gehört nun einmal nicht zu den Menschen mit Durchhaltevermögen. Meine Schwester Marlene ist mit so einem Mann verheiratet. Er hält es in keiner Stellung länger als sechs Monate aus, und was auch passiert – nie ist es seine Schuld.«

Edith ging aus dem Zimmer. Ann lehnte sich zurück, so daß ihr Kopf auf den Kissen ruhte. Die Augen fielen ihr zu.

Der Verkehrslärm klang schwach und gedämpft durch das geschlossene Fenster, ein angenehmes Summen wie von einem weit entfernten Bienenschwarm. Auf einem Tisch stand eine Vase mit gelben Narzissen, die betörend dufteten.

Ein unendlicher Friede überkam sie. Sie war glücklich. Sarah würde ihr natürlich fehlen, aber es war sehr erholsam, auch einmal allein zu sein.

Seltsam, daß sie am Morgen regelrecht in Panik geraten war...

Sie fragte sich, wen James Grant wohl noch zum Abendessen eingeladen hatte.

2

Das Mogador war ein altmodisches kleines Restaurant, in dem man sehr gut aß. Auch der Wein war ausgezeichnet. Die Atmosphäre wirkte sehr entspannt.

Ann erschien als erste von der Tischgesellschaft. Colonel Grant saß an der Bar. Er klappte seinen Uhrdeckel immer wieder auf und zu.

»Ach, Ann, da sind Sie ja!« Er sprang auf, um sie zu begrüßen und sah sie bewundernd an. Ihr schwarzes Kleid und ihre einreihige Perlenkette schienen ihm zu gefallen. »Es ist großartig, wenn es einer hübschen Frau auch noch gelingt, pünktlich zu sein.«

»Ich komme genau drei Minuten zu spät«, entgegnete Ann und sah lächelnd zu ihm auf.

James Grant war ein hochgewachsener Mann mit starrer soldatischer Haltung. Er trug sein graues Haar kurzgeschnitten, und aus seinem Gesicht ragte ein störrisches Kinn.

Ungeduldig sah er wieder auf die Uhr.

»Warum können die anderen nicht auch endlich kommen? Der Tisch ist für viertel nach acht Uhr für uns reserviert und vorher wollen wir noch etwas trinken. Möchten Sie einen Sherry? Der ist Ihnen doch lieber als ein Cocktail, oder?«

»Ja, vielen Dank. Wer sind denn die anderen Gäste?«
»Die Massinghams. Kennen Sie sie?«
»Aber ja.«
»Und Jennifer Graham. Meine Cousine ersten Grades. Ich weiß nicht, ob Sie ihr schon mal begegnet sind?«
»Ich glaube, ich habe sie einmal in Ihrer Begleitung gesehen.«
»Und dann kommt noch Richard Cauldfield. Vor kurzem bin ich ihm ganz zufällig über den Weg gelaufen. Ich hatte ihn seit Jahren nicht gesehen. Er war lange Zeit in Burma. Jetzt wo er nach England zurückgekehrt ist, findet er sich nicht mehr so leicht zurecht.«
»Das kann ich mir denken.«
»Netter Bursche. Ziemlich traurige Geschichte. Frau starb bei der Geburt des ersten Kindes. Er hat sie sehr geliebt. Konnte ihren Tod lange nicht verwinden. Hatte das Gefühl, er müsse sofort weg – deshalb ist er nach Burma gegangen.«
»Und das Baby?«
»Das ist auch gestorben.«
»Wie traurig.«
»Ach, da kommen ja die Massinghams.«

Mrs. Massingham, die Sarah immer die ›Mem Sahib‹ nannte, begrüßte sie umständlich und ließ dabei die Zähne blitzen. Sie war eine hagere, sehnige Frau mit einer durch den jahrelangen Aufenthalt in Indien ganz ausgelaugten Haut. Ihr Mann war klein und dickbäuchig und fiel durch seine abgehackte Sprechweise auf.

»Wie schön, Sie wiederzusehen«, sagte Mrs. Massingham und schüttelte Ann erfreut die Hand. »Und wie erfreulich, wenn jemand ganz korrekt gekleidet diniert. Ich trage hier selten Abendkleider, denn überall sagt man mir: ›Sie brauchen sich nicht umzuziehen.‹ Das Leben ist heutzutage wirklich trostlos. Und was man alles selber machen muß! Mir kommt es vor, als ob ich den ganzen Tag am Spülbecken stünde! Ich finde, wir sollten nicht in England bleiben. Wir haben schon an Kenia gedacht.«
»Viele Leute verlassen England«, bemerkte ihr Mann. »Haben es einfach satt. Verflixte Regierung.«

»Ach, da ist ja Jennifer«, sagte Colonel Grant. »Und Cauldfield.«

Jennifer war eine Frau von etwa fünfunddreißig Jahren mit Pferdegesicht und einem wiehernden Lachen, Richard Cauldfield ein Mann in mittleren Jahren mit sonnenverbranntem Gesicht.

Er setzte sich neben Ann. Sie nahm das Gespräch auf und fragte ihn, ob er schon lange in England sei und was er von den Zuständen hier hielt.

Er entgegnete, er habe sich erst daran gewöhnen müssen. Alles sei ganz anders als es vor dem Krieg gewesen war. Er habe sich nach einer Stellung umgesehen, aber es sei nicht leicht etwas zu finden, vor allem nicht bei einem Mann in seinem Alter.

»Ja, ich fürchte, da haben Sie recht. Mir kommt es vor, als sei nichts mehr in Ordnung.«

»Ja, schließlich habe ich die Fünfzig noch nicht überschritten.« Er lächelte entwaffnend und wirkte dabei ausgesprochen kindlich. »Ich bin nicht ganz unvermögend und habe mir schon überlegt, ob ich mir nicht ein kleines Haus auf dem Land kaufen soll. Ich könnte Gemüse anpflanzen und auf dem Markt verkaufen. Oder Hühner.«

»Nein, keine Hühner«, meinte Ann. »Ich habe mehrere Freunde, die sich auf Hühner verlegt haben. Anscheinend bekommen die immer irgendwelche Krankheiten.«

»Ja, ein gärtnerisches Unternehmen wäre vielleicht sinnvoller. Der Profit würde sich wahrscheinlich in Grenzen halten, aber man könnte ein angenehmes Leben führen.«

Er seufzte.

»Alles ist sehr schwirig geworden. Ein Regierungswechsel könnte vielleicht eine Änderung bewirken.«

Ann pflichtete ihm zweifelnd bei. Diese Meinung war allgemein verbreitet.

»Es ist sicher nicht leicht, eine Entscheidung zu treffen und sich dann darauf festzulegen«, sagte sie.

»Ach wo, ich mache mir keine Sorgen. Ich gehöre nicht zu den Menschen, die ständig besorgt sind. Wenn man Selbstvertrauen besitzt und fest entschlossen ist, lösen sich die Schwierigkeiten meist in Luft auf.«

Das war eine anmaßende Behauptung. Ann blickte zweifelnd drein.

»Na, ich weiß nicht recht.«

»Ich versichere Ihnen, daß es so ist. Ich habe gar keine Geduld mit Leuten, die einem ständig die Ohren damit volljammern, daß sie vom Pech verfolgt sind.«

»Da kann ich Ihnen nur zustimmen«, sagte Ann mit solchem Nachdruck, daß Cauldfield fragend die Augenbrauen hob.

»Es hört sich ganz danach an, als hätten Sie damit Erfahrung.«

»Und ob! Einer der Freunde meiner Tochter kommt immer wieder an, um uns von seinem neuesten Mißgeschick zu berichten. Anfänglich war ich voller Mitgefühl, aber jetzt bin ich schon ganz abgestumpft und langweile mich entsetzlich.«

Mrs. Massingham sagte über den Tisch hinweg: »Solche Erzählungen können einen zur Verzweiflung bringen.«

Colonel Grant warf ein: »Von wem ist denn die Rede? Von dem jungen Gerald Lloyd? Der wird es nie zu etwas bringen.«

Richard Cauldfield wandte sich leise an Ann: »Sie haben also eine Tochter. Die schon so groß ist, daß sie einen Freund hat.«

»Ja. Sarah ist neunzehn.«

»Haben Sie sie sehr gern?«

»Natürlich.«

Seine Miene drückte Schmerz aus. Sie mußte wieder daran denken, was Colonel Grant ihr über Cauldfield erzählt hatte.

Er sagte mit gesenkter Stimme: »Sie sehen so jung aus, daß man Ihnen noch gar keine erwachsene Tochter zutraut...«

»Das ist wohl das übliche Kompliment, das man einer Frau in meinem Alter macht«, entgegnete Ann lachend.

»Schon möglich, aber ich meine es ganz ehrlich. Ist Ihr Mann...«, er zögerte, »nicht mehr am Leben?«

»Nein, er ist schon lange tot.«

»Warum haben Sie nicht noch einmal geheiratet?«

Man hätte das für eine indiskrete Frage halten können, doch seine Stimme drückte aufrichtige Anteilnahme aus. Daher wollte Ann ihm so etwas nicht unterstellen. Sie hatte ganz deutlich das Gefühl, daß Richard Cauldfield ein sehr geradliniger Mensch war. Die Antwort schien ihn tatsächlich zu interessieren.

»Ach, weil –«, sie unterbrach sich. Dann erklärte sie wahrheitsgemäß: »Ich habe meinen Mann sehr geliebt. Nach seinem Tod habe ich mich nie wieder für einen anderen Mann interessiert. Und schließlich war ja auch noch Sarah da.«

»Ja«, sagte Cauldfield, »das kann ich gut verstehen.«

Grant stand auf und schlug den anderen vor, ins Restaurant zu gehen und sich an den reservierten Tisch zu setzen. An dem runden Tisch saß Ann neben ihrem Gastgeber. An ihre andere Seite hatte man Major Massingham plaziert. Es ergab sich keine Gelegenheit mehr für ein Gespräch mit Cauldfield, dem es offensichtlich schwerfiel, sich auf Miß Grahams Unterhaltung zu konzentrieren.

»Was glauben Sie – ob sie wohl Gefallen aneinander finden?« flüsterte der Colonel ihr ins Ohr. »Wissen Sie, er braucht nämlich eine Frau.«

Dieser Gedanke mißfiel Ann gründlich. Ausgerechnet Jennifer Graham mit ihrer lauten durchdringenden Stimme und ihrem wiehernden Lachen! Sie war ganz und gar nicht die richtige Ehefrau für Cauldfield.

Man servierte die Austern. Die Tischgesellschaft ließ sie sich munden und unterhielt sich dabei.

»Ist Sarah heute morgen abgefahren?«

»Ja, James. Hoffentlich liegt noch genug Schnee.«

»Ja, eben. Das ist um diese Zeit gar nicht mehr so sicher. Jedenfalls wird sie die Ferien genießen. Hübsches Mädchen, Ihre Sarah. Ach, übrigens, ich hoffe, daß der junge Lloyd nicht auch mitgefahren ist.«

»Nein, nein. Er ist gerade in die Firma seines Onkels eingetreten und kann jetzt nicht weg.«

»Das ist gut. Sie müssen seine Annäherungsversuche im Keim ersticken, Ann.«

»Ach, James, heutzutage kann man da nicht mehr viel machen.«

»Nein, wahrscheinlich nicht. Aber Sie sind ja nicht auf

den Kopf gefallen, Ann. Jetzt ist Sarah erst einmal eine Weile außer Reichweite.«

»Ja, das habe ich mir auch gesagt.«

»Hoffentlich wendet sie sich dort einem anderen jungen Mann zu.«

»Sarah ist noch sehr jung, James. Ich glaube nicht, daß ihr sehr viel an Gerry Lloyd lag.«

»Kann schon sein. Aber als ich sie das letztemal gesehen habe, war sie sehr besorgt um ihn.«

»Sarah ist sehr hilfsbereit und kümmert sich gern um andere. Sie hört jedem zu und gibt gute Ratschläge. Ihre Freunde können sich auf sie verlassen.«

»Sie ist ein liebes Mädchen. Und sehr attraktiv. Aber Ihre Ausstrahlung wird sie nie erreichen, Ann. Sie ist härter. Wie nennt man das doch gleich – hartgesotten.«

»Ich glaube nicht, daß Sarah besonders hartgesotten ist. Aber so verhält sich ihre Generation nun mal.«

»Schon möglich... aber manche dieser Mädchen könnten von ihren Müttern lernen, was es heißt, charmant zu sein.«

Er sah sie zärtlich an. Mit einer plötzlichen Aufwallung von Wärme dachte Ann bei sich: »Der liebe gute James. Er ist ja wirklich rührend. Hält mich tatsächlich für vollkommen. Ist es nicht dumm von mir, daß ich nicht zugreife angesichts all dessen, was er mir zu bieten hat? Geliebt und verwöhnt zu werden –«

Unglücklicherweise fing Colonel Grant in diesem Augenblick an, ihr die Geschichte eines seiner Subalternen und der Frau des Majors in Indien zu erzählen. Es war eine endlose Geschichte, die sie schon dreimal gehört hatte.

Das Gefühl der Wärme erlosch. Über den Tisch hinweg beobachtete sie Richard Cauldfield, um ihn richtig einzuschätzen. Ein wenig zu selbstsicher, zu bestimmt – nein, berichtigte sie sich, das konnte man eigentlich nicht sagen... Das war nur ein Schutzpanzer gegen eine fremde und möglicherweise feindselige Welt.

Eigentlich ein trauriges Gesicht. Das Gesicht eines einsamen Mannes...

Er hat viele gute Eigenschaften, dachte sie. Er war freundlich, ehrlich und ausgesprochen fair. Möglicherweise ein wenig starrsinnig und gelegentlich voreingenommen. Ein Mann, der es nicht gewohnt war, viel zu lachen oder ausgelacht zu werden. Sein wahrer Charakter würde sich erst zeigen, wenn er sich sicher sein konnte, daß er geliebt wurde.

»Und ob Sie es glauben oder nicht«, schloß der Colonel triumphierend, »er hatte die ganze Zeit Bescheid gewußt!«

Ann erschrak und lächelte pflichtschuldig.

3. KAPITEL

1

Als Ann am nächsten Morgen erwachte, wußte sie im ersten Augenblick nicht, wo sie sich befand. Die Umrisse des Fensters waren nur schwach auszumachen. Das Fenster müßte doch rechts sein und nicht links, sagte sie sich... Und dann die Tür, der Kleiderschrank...

Ihr wurde klar, daß sie geträumt hatte. Im Traum sah sie sich wieder in ihre Mädchenzeit zurückversetzt, in das Haus in Applestream. Ganz aufgeregt war sie dort angelangt, begrüßt von ihrer Mutter und einer verjüngten Ausgabe von Edith. Sie war im Garten rumgelaufen, hatte sich durch laute Ausrufe zu allem möglichen geäußert und war dann ins Haus gegangen. Nichts hatte sich geändert, alles war noch ganz genauso, wie sie es in Erinnerung hatte... der ziemlich dunkle Flur, der Salon mit seinen chintzbezogenen Möbeln, den man von der Diele aus betrat. Dann sagte ihre Mutter zu ihrer Verwunderung: »Wir trinken heute *hier* Tee.« Sie hatte sie durch eine weitere Tür in einen neuen Raum geführt, den sie noch gar nicht kannte. In ein sehr schönes Zimmer mit chintzbezogenen Polstermöbeln und vielen Blumen. Das Zimmer war von Sonnenlicht durchflutet. Irgend jemand fragte sie: »*Du hast gar nicht gewußt, daß es diese Zimmer gibt, nicht wahr? Wir haben sie voriges Jahr entdeckt!*« Es gab noch mehr neue Zimmer. Eine kleine Stiege führte nach oben, und dort fanden sich weitere Räume. Das alles war sehr spannend und aufregend gewesen.

Selbst jetzt in wachem Zustand hatte sie noch nicht ausgeträumt. Sie war immer noch das Mädchen Ann, ein Geschöpf, das am Anfang seines Lebens stand. Alle diese bis dahin unentdeckten Zimmer! Wenn man sich vorstellte, daß während vieler Jahre niemand etwas davon geahnt hatte! Wann sie wohl entdeckt worden waren? Erst vor kurzem? Oder schon vor Jahren?

Langsam sickerte die Wirklichkeit in diesen wirren, aber

angenehmen Schwebezustand zwischen Traum und Wachen. Alles war nur ein Traum gewesen, ein wunderschöner Traum. Schmerzlich hing sie diesem Traum nach, von nostalgischen Gefühlen überwältigt. Es gab kein Zurück. Sie begriff nicht, weshalb sie so eine merkwürdige, schon fast ekstatische Freude empfand. Schließlich hatte sie von diesen neuen Zimmern ja nur geträumt. Und plötzlich machte es sie ein wenig traurig, daß es diese Räume in Wahrheit nie gegeben hatte.

Ann lag im Bett und sah, daß sich die Umrisse des Fensters immer deutlicher abzeichneten. Es mußte wohl schon ziemlich spät sein, mindestens neun Uhr. Morgens war es jetzt immer so dunkel. Wenn Sarah in der Schweiz erwachte, schien bestimmt die Sonne, und es lag viel Schnee.

Doch in diesem Augenblick erschien ihr Sarah ganz unwirklich. Sarah war weit weg, ganz weit entfernt, nahm keine feste Form an...

Dafür war etwas anderes real: das Haus in Cumberland, die chintzbezogenen Polstermöbel, die Sonne und die Blumen – und natürlich ihre Mutter. Und auch Edith, die respektvoll in einiger Entfernung stand. Ihre Miene drückte wie gewöhnlich Mißfallen aus, obwohl die Haut der jungen Edith noch ganz glatt war und ihr Gesicht noch keine Falten aufwies.

Ann lächelte und rief: »Edith!«

Edith betrat das Zimmer und zog die Vorhänge auf.

»Na also«, sagte sie beifällig. »Da haben Sie ja mal so richtig ausgeschlafen. Ich hätte Sie nicht aufgeweckt. Es ist sowieso kein schöner Tag. Ich glaube, es kommt Nebel auf.«

Wenn man aus dem Fenster blickte, wirkte alles schwefelgelb. Keine schönen Aussichten, doch Ann fühlte sich so wohl, daß sie sich davon nicht aus der Fassung bringen ließ. Sie lag da und lächelte in sich hinein.

»Ihr Frühstück steht bereit. Ich bringe es Ihnen.«

Edith blieb noch einmal stehen, bevor sie aus dem Zimmer ging und warf ihrer Herrin einen neugierigen Blick zu.

»Sie scheinen ja heute morgen sehr mit sich zufrieden zu sein, das muß ich schon sagen. Anscheinend haben Sie sich gestern abend sehr gut unterhalten.«

»Gestern abend?« Ann überlegte einen Augenblick. »Ach so, ja. Ich habe mich tatsächlich bestens amüsiert. Edith, kurz vor dem Erwachen habe ich geträumt, ich wäre wieder zu Hause. Sie waren da, und es war Sommer. In dem Haus gab es noch Zimmer, von denen wir gar nichts geahnt hatten.«

»Ein Glück!« lautete Ediths Kommentar. »Die Zimmer haben mir auch so schon gereicht. So ein riesengroßes weiträumiges altes Haus! Und diese Küche! Wenn ich nur daran denke, welche Unmengen von Kohle dieser Herd verschlungen hat! Ein Glück, daß Kohle damals billig war.«

»Edith, in meinem Traum waren Sie wieder ganz jung, und ich natürlich auch.«

»Na ja, man kann die Uhr nicht zurückdrehen, so gern wir das auch möchten. Diese Zeit ist endgültig vorbei und kommt nicht wieder.«

»Endgültig vorbei«, wiederholte Ann leise.

»Es ist nicht etwa so, daß ich nicht ganz zufrieden wäre, so wie die Dinge stehen. Ich bin noch immer ganz gesund und stark, obwohl es immer heißt, daß man in den mittleren Jahren am meisten gefährdet ist, was diese Tumore angeht. Das ist mir in letzter Zeit öfter durch den Kopf gegangen.«

»Edith, Sie haben sicher keinen Tumor.«

»Ach, das kann man nie wissen. Das weiß man erst, wenn man ins Krankenhaus gekarrt und aufgeschnitten wird, aber dann ist es meistens schon zu spät.« Mit düsterer Miene ging Edith aus dem Zimmer, doch sie genoß die Szene offensichtlich.

Nach ein paar Minuten brachte sie Anns Frühstück – bestehend aus Toast und Kaffee – auf einem Tablett herein.

»So, Madam, nun setzen Sie sich mal schön auf, damit ich Ihnen das Kissen in den Rücken stopfen kann.«

Ann blickte auf und sagte ganz impulsiv:

»Edith, Sie sind so gut zu mir.«

Damit brachte sie Edith in Verlegenheit. Die Angestellte errötete heftig.

»Ich weiß eben, was man tun muß, das ist alles. Irgend jemand muß sich schließlich um Sie kümmern. Sie gehören nicht zu diesen emanzipierten Frauen. Wenn man dagegen an Mylady Laura denkt – gegen die könnte sich nicht einmal der Papst in Rom behaupten.«

»Laura ist eine starke Persönlichkeit, Edith.«

»Ja, ich weiß. Ich habe sie schon im Radio gehört. Man braucht sie nur anzusehen, um zu wissen, daß sie etwas darstellt. Nach allem, was man so hört, hat sie sogar einen Mann abbekommen. Ist sie geschieden oder ist ihr Mann gestorben?«

»Er ist gestorben.«

»Ich finde, das ist das beste, was er tun konnte. Neben ihr kann sich kaum einer behaupten, aber natürlich gibt es auch Männer, denen es lieber ist, wenn ihre Frau die Hosen anhat.«

Im Hinausgehen bemerkte Edith noch: »Meine Liebe, hetzen Sie sich bloß nicht ab. Ruhen Sie sich einmal richtig aus, bleiben Sie im Bett. Denken Sie an etwas Angenehmes und genießen Sie den Frieden.«

»Frieden«, dachte Ann belustigt. »So nennt sie das also.«

Eigentlich hatte Edith recht. Ihr war vorübergehend Frieden vergönnt, sie machte sozusagen Urlaub, nahm Abstand von dem täglichen Einerlei. Ihr Leben verlief derzeit nach einem anderen Rhythmus als sonst. Wenn man mit einem Kind zusammenlebte, das man liebte, mußte man immer befürchten, sich zu sehr an das Kind zu klammern. »Ist sie glücklich?« fragte man sich immer wieder. »Sind die Freunde auch der richtige Umgang für mein Kind? Bei der Tanzerei gestern abend muß irgend etwas schiefgelaufen sein. Was ist da wohl passiert?«

Sie hatte sich niemals eingemischt und auch nie Fragen gestellt. Sie fand, daß Sarah selbst wissen mußte, was sie für sich behalten und worüber sie mit ihrer Mutter sprechen wollte. Sie mußte ihre eigenen Erfahrungen machen und sich ihre Freunde selbst aussuchen. Doch weil sie Sarah liebte, betrachtete sie die Probleme, die Sorgen ihrer Tochter auch als ihre eigenen. Ann rechnete ständig damit, daß Sarah sie brauchte. Sie mußte bereit sein, wenn Sarah sich hilfesuchend an ihre Mutter wandte, ganz gleich ob sie nun einen praktischen Rat oder Verständnis von ihr erwartete...

Manchmal dachte Ann auch an die Möglichkeit, daß Sarah

eines Tages unglücklich wäre. Aber selbst dann dürfte sie ihr keine Fragen stellen, wenn Sarah das nicht wollte.

In letzter Zeit machte sie sich Sorgen wegen Gerald Lloyd, diesem verbiesterten streitsüchtigen jungen Mann. Sarah fühlte sich offensichtlich zunehmend zu ihm hingezogen. Ein Glück, daß Sarah nun wenigstens drei Wochen von diesem jungen Mann getrennt war. In dieser Zeit würde sie sicher viele andere junge Männer kennenlernen.

Jetzt, wo Sarah in der Schweiz war, konnte sie sich endlich anderen Dingen zuwenden und einmal ganz ausspannen. Gemütlich im Bett liegen und sich überlegen, was sie unternehmen sollte. Sie hatte sich auf der Dinnerparty am Abend zuvor sehr gut unterhalten. Der liebe gute James, was für ein netter Mensch. Aber sterbenslangweilig, der Arme! Diese endlosen Geschichten, das war nicht auszuhalten! Männer seines Alters sollten ein Gelübde ablegen, daß sie keine Geschichten und Anekdoten mehr erzählen würden. Sicher hatten sie keine Ahnung, wie deprimierend es für ihre Freunde war, wenn sie wieder einmal in ihrer Vergangenheit schwelgten.

Nun konnte man natürlich sagen: »Ja, James, du hast es schon dreimal erzählt.« Doch damit würde man den armen Kerl verletzen, und das wollte man nun auch nicht.

Und wie stand es mit Richard Cauldfield? Der war natürlich viel jünger, aber wahrscheinlich würde auch er eines Tages anfangen, immer wieder die gleichen endlosen langweiligen Geschichten zu erzählen...

Sie überlegte... es war zwar möglich, aber sie konnte es eigentlich nicht glauben. Er würde wohl eher herrisch auftreten, den Leuten Vorschriften machen, sich schulmeisterlich benehmen. Vielleicht wäre er voller Vorurteile und vorgefaßter Meinungen. Man mußte ihn necken, aber ganz behutsam... Manchmal würde er sich sicher ganz absurd verhalten, aber er war ein lieber Mensch und einsam, ein schrecklich einsamer Mann und er tat ihr leid. Er ließ sich treiben, befand sich in einer Art Schwebezustand. Das Leben in London empfand er als frustrierend. Was für eine Stellung er wohl annehmen würde? Heutzutage war es gar nicht leicht, etwas Passendes zu finden. Wahrscheinlich würde er sich auf dem

Land niederlassen, sich seinen Bauernhof kaufen, Gemüse anbauen und von den Erträgen leben.

Ob sie ihn wohl wiedersehen würde? Sie nahm sich vor, James bald einmal zum Abendessen einzuladen. Dann konnte sie ihn bitten, Richard Cauldfield mitzubringen. Das wäre eine gute Tat – er fühlte sich ganz offensichtlich einsam. Sie würde auch noch eine Frau einladen. Man konnte ins Theater gehen oder sonst etwas unternehmen.

Was Edith für einen Lärm machte. Sie hielt sich nebenan im Salon auf, und es hörte sich an, als seien ganze Heerscharen von Umzugsleuten bei der Arbeit. Ein ständiges Geschiebe und Geholpere, zwischendurch das schrille Geheul des Staubsaugers. Edith war ganz in ihrem Element.

Gleich darauf steckte Edith den Kopf zur Tür herein. Sie hatte sich ein Staubtuch um den Kopf gebunden und trug die verzückte erhabene Miene einer Priesterin zur Schau, die eine rituelle Orgie zelebrierte.

»Sie essen wohl nicht zufällig außer Haus zu Mittag? Ich habe mich geirrt, was den Nebel angeht, er scheint sich doch zu lichten. Es wird wohl noch ein richtig schöner Tag. Ich habe das Stück Goldbutt nicht vergessen, aber wenn er sich bis jetzt gehalten hat, hält er sich auch noch bis zum Abbend. Man kann nicht bestreiten, daß die Sachen in diesen Kühlschränken frisch bleiben, aber irgendwie leidet der Geschmack darunter. Das lasse ich mir nicht ausreden.«

Ann sah Edith an und lachte.

»Ist ja schon gut – ich esse also außer Haus zu Mittag...«

»Ganz wie Sie wünschen – *mir* ist es egal.«

»Na schön, Edith, aber übertreiben Sie es nicht. Lassen Sie sich doch von Mrs. Hopper helfen, wenn Sie schon einen Hausputz machen wollen.«

»Mrs. Hopper, Mrs. Hopper. Die ist mir zu sprunghaft, nicht gründlich genug. Als sie letztesmal hier war, habe ich sie das schöne Kamingitter aus Messing putzen lassen. Hinterher war es dann ganz verschmiert. Diese Frauen können höchstens die Linoleumböden putzen, aber dazu ist wohl jeder in der Lage. Erinnern Sie sich noch an das schöne schmiedeeiserne Kamingitter in Applestream? Das mußte schon ordentlich gepflegt werden und war mein ganzer Stolz. Sie haben schöne Möbelstücke hier, die kann man wunderbar polieren. Ein Jammer, daß vieles gleich eingebaut ist.«

»Aber das macht weniger Arbeit.«

»Für meinen Geschmack erinnert das zu sehr an ein Hotel. Sie gehen also aus? Gut. Da kann ich mir die Bettvorlagen und Teppiche mal vornehmen.«

»Darf ich heute abend wiederkommen? Oder wäre es Ihnen lieber, wenn ich im Hotel übernachten würde?«

»Also wissen Sie, Miß Ann, Sie mit Ihren Scherzen. Übrigens, dieser Topf, den Sie mir von den Stores mitgebracht haben, taugt überhaupt nichts. Erstens ist er viel zu groß, und dann hat er auch eine ganz ungünstige Form. Man kann darin kaum umrühren. Ich möchte wieder so einen wie den alten.«

»Edith, ich fürchte, die werden nicht mehr hergestellt.«

»Diese Regierung!« sagte Edith angewidert. »Und was ist mit den Souffléformen aus Porzellan, um die ich Sie gebeten hatte? Miß Sarah mag es gern, wenn man das Soufflé darin serviert.«

»Ach, die habe ich ganz vergessen. Aber solche finde ich bestimmt. Da dürfte es kaum Schwierigkeiten geben.«

»Na sehen Sie, da haben Sie etwas zu tun.«

»Also wirklich, Edith!« rief Ann aufgebracht. »Sie behandeln mich, als wäre ich ein kleines Mädchen, das man zum Seilspringen rausschickt.«

»Ich muß zugeben, daß Sie mir jünger vorkommen, seit Miß Sarah fort ist. Aber es war ja nur ein Vorschlag, Madam.« Edith richtete sich zu ihrer vollen Größe auf und sagte griesgrämig und steif: »Könnte ja sein, daß es Sie in die Nähe der Army und Navy Stores oder von John Barker's verschlägt.«

»Ist ja schon gut, Edith. Nun gehen Sie mal wieder ins Wohnzimmer und springen Sie selber Seil.«

»Also wissen Sie!« fauchte Edith und verschwand.

Das Rücken und Geschiebe ging sofort wieder los, doch bald kam noch ein anderes Geräusch hinzu. Edith sang mit dünner Stimme unmelodiös ein ganz besonders düsteres Lied:

»Dies ist ein Land der Qualen und des Kummers,

Ohne Freude, ohne Sonne, ohne Licht.
O wasche uns und bade uns in Deinem Blut,
Auf daß wir richtig trauern.«

2

Ann hielt sich ausgesprochen gern in der Porzellanabteilung der Army and Navy Stores auf. Heutzutage waren so viele Dinge minderwertig und ließen sehr zu wünschen übrig. Da nahm man mit Erleichterung zur Kenntnis, daß in England doch noch gutes Porzellan, gutes Glas und gutes irdenes Geschirr hergestellt wurden.

Die abschreckenden Schilder ›Nur für den Export bestimmt‹ taten ihrer Bewunderung für die ausgestellten Dinge keinen Abbruch. Sie trat zu den Tischen, auf denen der Ausschuß stand, die ausgemusterten, nicht für den Export bestimmten Gegenstände. Dort drängten sich immer Frauen, die eifrig nach schönen Stücken Ausschau hielten.

An diesem Tag war Ann selbst vom Glück begünstigt. Da stand ein fast vollständiges Frühstücksgeschirr – schöne breitrandige runde Tassen, in einem sympathischen Braun glasiert und gemustert – ein irdenes Service. Der Preis hielt sich in Grenzen, und sie griff gerade noch rechtzeitig zu. Als ihre Adresse gerade notiert wurde, erschien eine andere Frau und sagte aufgeregt: »Das nehme ich.«

»Tut mir leid, Madam, aber das Service ist schon verkauft.«

Ann sagte: »Es tut mir wirklich leid für Sie«, doch das war nur eine höfliche Floskel. Strahlend ging sie weiter, voller Freude über diesen Kauf. Sie hatte auch sehr hübsche Soufflé-Schälchen in der richtigen Größe gefunden, jedoch aus Glas und nicht aus Porzellan. Sie hoffte, Edith würde sich damit abfinden, ohne allzuviel zu murren.

Von der Porzellanabteilung aus ging sie über die Straße in das Gartencenter. Der Blumenkasten vor dem Fenster der Etagenwohnung war erneuerungsbedürftig.

Während sie sich noch mit dem Verkäufer unterhielt,

sprach jemand sie von hinten an: »Oh, guten Morgen, Mrs. Prentice.«

Sie drehte sich um und stand vor Mr. Cauldfield. Er freute sich so offensichtlich, sie zu sehen, daß Ann sich sehr geschmeichelt fühlte.

»Wenn man sich vorstellt, daß wir uns hier rein zufällig über den Weg gelaufen sind, kann man das schon als Glück bezeichnen. Ich habe übrigens gerade an Sie gedacht. Wissen Sie, gestern abend wollte ich Sie eigentlich noch fragen, wo Sie wohnen und ob ich Sie einmal besuchen darf. Aber dann habe ich mir gesagt, daß Sie das vielleicht für aufdringlich halten könnten. Sie haben einen großen Freundeskreis, und –«

Ann fiel ihm ins Wort: »Aber Sie können mich gern besuchen, es würde mich freuen. Ich habe schon daran gedacht, Colonel Grant zum Essen einzuladen und ihm vorzuschlagen, daß er Sie mitbringt.«

»Tatsächlich? Wollten Sie das wirklich tun?«

Sein Eifer und seine Freude waren nicht zu übersehen. Ann fühlte sich von einer Woge der Sympathie für diesen Mann ergriffen. Der arme Mann, wie einsam er sich fühlen mußte. Mit seinem glücklichen Lächeln wirkte er wie ein großer Junge.

Sie erklärte ihm: »Ich habe einen neuen Blumenkasten bestellt. In einer Wohnung ist das aber nur ein kläglicher Ersatz für einen Garten.«

»Ja, das fürchte ich auch.«

»Und was suchen Sie hier?«

»Ich habe mir Brutkästen angesehen.«

»Es steht Ihnen der Sinn also noch immer nach den Küken.«

»Ja, irgendwie schon. Ich habe mir alles angesehen, was es so an Ausrüstung für Geflügel gibt. Diese elektrische Anlage ist wohl der letzte Schrei.«

Gemeinsam strebten sie dem Ausgang zu. Richard Cauldfield fragte hastig:

»Ich möchte Sie gern fragen, ob Sie mit mir zum Essen gehen möchten – natürlich nur, wenn Sie nicht schon andere Pläne haben.«

»Ich esse gern mit Ihnen. Das trifft sich sogar gut. Mein Mädchen Edith stürzt sich auf den Frühjahrshausputz und zelebriert das richtig. Sie hat mir sehr davon abgeraten, zum Mittagessen heimzukommen.«

Das schien Richard Cauldfield zu schockieren. Er fand das offensichtlich überhaupt nicht komisch.

»Ist das nicht sehr eigenmächtig?«

»Edith genießt Sonderrechte.«

»Trotzdem, es zahlt sich einfach nicht aus, die Dienstboten zu verwöhnen, wissen Sie.«

Er weist mich zurecht, dachte Ann belustigt. Sie sagte liebenswürdig:

»Es gibt gar nicht mehr so viele Dienstboten, denen man Sonderrechte einräumen könnte. Außerdem ist Edith eher eine Freundin als eine Angestellte. Sie ist schon seit so vielen Jahren bei mir.«

»Ach so.« Er hatte das Gefühl, daß sie ihn sanft zur Ordnung rief, doch das änderte nichts an dem Eindruck, den er hatte. Diese hübsche Frau ließ sich offenbar von einer tyrannischen Hausangestellten bevormunden. Sie gehörte wohl nicht zu den Menschen, die sich durchzusetzen wußten. Dazu war sie vom Wesen her viel zu sanft und nachgiebig.

Er fragte verdutzt: »Frühjahrshausputz? Um diese Jahreszeit?«

»Na ja, eigentlich macht man so etwas im März. Aber meine Tochter ist für ein paar Wochen in der Schweiz, deshalb nutzt Edith die Gelegenheit. Wenn Sarah zu Hause ist, geht es viel zu turbulent zu.«

»Sie fehlt Ihnen sicher sehr.«

»Ja.«

»Die Mädchen sind heutzutage anscheinend nicht mehr darauf versessen, zu Hause zu bleiben. Ich nehme an, sie können es kaum erwarten, selbständig zu werden und so zu leben, wie es ihnen Spaß macht.«

»Ach, so stark ist dieser Wunsch eigentlich gar nicht mehr. Die jungen Leute fühlen sich meist ganz wohl daheim.«

»Heute ist so ein schöner Tag. Sollen wir durch den Park gehen, oder würde Sie das sehr ermüden?«

»Aber nein. Ich wollte Ihnen das auch gerade vorschlagen.«

Sie überquerten Victoria Street, gingen durch eine schmale Gasse und erreichten den St. James Park. Richard Cauldfield betrachtete die Plastiken von Epstein.

»Bedeutet Ihnen das irgend etwas? Verdienen es diese Dinger wirklich, daß man sie als *Kunst* bezeichnet?«

»Ja, ich finde schon. Sogar unbedingt.«

»Aber sie *gefallen* Ihnen doch wohl nicht?«

»Nein, mir persönlich nicht. Ich bin da ganz altmodisch und ziehe immer noch die klassischen Skulpturen vor und alles, womit ich aufgewachsen bin. Ich glaube, um die neuen Formen der Kunst richtig einschätzen zu können, muß man sehr gebildet sein. Das gilt auch für die Musik.«

»Musik! So kann man das wohl kaum mehr nennen.«

»Mr. Cauldfield, finden Sie nicht selbst, daß das eine etwas engstirnige Betrachtungsweise ist?«

Sein Kopf fuhr ruckartig herum. Er sah sie an. Ann war rot geworden. Ihre Nervosität war nicht zu übersehen. Doch sie hielt seinem Blick stand, ohne mit der Wimper zu zucken.

»Engstirnig? Na ja, vielleicht bin ich das. Ich glaube, wenn man sehr lange weg war, neigt man dazu, alles abzulehnen, was nicht genauso ist, wie man es in Erinnerung hatte.« Plötzlich lächelte er. »Ich könnte ja bei Ihnen in die Schule gehen.«

Ann sagte hastig: »Ach, ich bin ja selbst schrecklich altmodisch. Aber in meinen Augen ist es wirklich ein Jammer, daß man sich mit zunehmendem Alter immer mehr Dingen gegenüber verschließt. Ich weiß nicht so recht, wie ich mich ausdrücken soll. Das wirkte auf andere so ermüdend, und außerdem besteht ja die Gefahr, daß einem etwas Wichtiges entgeht.«

Richard ging eine Weile schweigend neben ihr her. Dann sagte er: »Es klingt so absurd, wenn Sie von sich als alternder Frau sprechen. Mir ist schon lange kein Mensch begegnet, der so jugendlich wirkt. Sie sind viel jünger als manche dieser beunruhigenden Mädchen. Die machen mir manchmal wirklich Angst.«

»Ja, ich habe auch ein bißchen Angst vor ihnen. Aber ich finde sie trotzdem sehr nett.«

Inzwischen hatte die Sonne die letzten Nebelschwaden vertrieben. Es war ein fast warmer Tag.

»Wohin sollen wir jetzt gehen?«

»Zu den Pelikanen.«

Zufrieden sahen sie sich die Pelikane an und unterhielten sich über die verschiedenen Arten der Wasservögel. Jetzt wo Richard so ganz entspannt und glücklich dastand, benahm er sich jungenhaft und ganz natürlich. Ein charmanter Begleiter. Sie schwatzten und lachten miteinander. Jeder fühlte sich in der Gesellschaft des anderen ausgesprochen wohl.

Richard fragte: »Wollen wir uns ein bißchen in die Sonne setzen? Oder glauben Sie, daß Sie dann frieren?«

»Nein, mir ist ganz warm.«

Sie nahmen auf zwei Stühlen Platz und sahen auf das Wasser. Die ganze Szenerie erinnerte dank ihrer zarten Farben an eine japanische Radierung.

Ann sagte leise: »Wie schön London sein kann. Das vergißt man manchmal ganz.«

»Ja. Es ist fast unwirklich.«

Sie saßen eine Weile schweigend da, dann sprach Richard weiter:

»Meine Frau hat immer gesagt, man müsse im Frühling unbedingt in London sein. Sie fand, daß die Knospen, die Mandelbäume und später auch der Flieder vor einem Hintergrund aus Zement und Ziegeln am besten zur Geltung kämen. Sie meinte, auf dem Lande sei ein zu vielfältiges Durcheinander, als daß man die Einzelheiten richtig genießen könne. Doch in einem Vorstadtgarten bräche der Frühling über Nacht aus.«

»Ich finde, damit hatte sie ganz recht.«

Es kostete Richard große Überwindung als er sagte: »Sie ist gestorben, schon vor Jahren.« Er sah Ann dabei nicht an.

»Ich weiß. Colonel Grant hat es mir erzählt.«

Richard wandte sich ihr zu und sah sie an.

»Hat er Ihnen auch gesagt, woran sie gestorben ist?«

»Ja.«

»Das ist etwas, was ich nie verwinden werde. Ich muß mir

wohl bis ans Ende meines Lebens vorwerfen, daß ich sie auf dem Gewissen habe.«

Ann zögerte nur kurz, dann entgegnete sie: »Ich verstehe, was in Ihnen vorgeht. An Ihrer Stelle würde ich wahrscheinlich genauso empfinden. Aber Sie sind im Irrtum. Sie trifft keine Schuld an ihrem Tod.«

»Doch.«

»Nein, nicht in den Augen einer Frau. Die Frau nimmt die Verantwortung auf sich und geht das Risiko aus freien Stükken ein. Das ist ganz selbstverständlich, da sie den Mann liebt. Sie dürfen nicht vergessen, daß sie sich das Kind ja wünscht. Hat Ihre Frau das Kind gewollt?«

»O ja. Aline hat sich sehr auf das Baby gefreut. Ich auch. Sie war eine starke und gesunde Frau. Man konnte deshalb nicht voraussehen, daß irgend etwas schiefgehen würde.«

Wieder schwiegen beide.

Schließlich sagte Ann: »Es tut mir so leid, so schrecklich leid.«

»Es ist schon lange her.«

»Ist das Baby auch gestorben?«

»Ja. Irgendwie bin ich sogar ganz froh darüber. Wahrscheinlich hätte ich dem armen kleinen Ding verübelt, daß es seine Mutter das Leben gekostet hat. Und ich könnte sicher nie vergessen, wie hoch der Preis für dieses Kind war.«

»Erzählen Sie mir von Ihrer Frau.«

Als sie da so in der blassen Wintersonne saßen, sprach er von Aline. Wie schön und lustig seine Frau gewesen war. Und daß sie zwischendurch auch immer wieder lange Zeit in Schweigen verfiel und er sich dann gefragt hatte, woran sie wohl denken mochte und warum sie sich so weit von ihm entfernte.

Einmal unterbrach er seine Erzählung und meinte ganz verwundert: »Ich habe schon seit Jahren mit keinem Menschen mehr über sie geredet.« Ann bat ihn sanft: »Erzählen Sie weiter.«

Alles war so schnell gegangen, ihnen war nur kurze Zeit vergönnt gewesen. Drei Monate nach ihrer Verlobung hatten sie geheiratet. »Das übliche Theater. Wir wollten das eigentlich alles gar nicht, aber ihre Mutter hat darauf bestanden.«

Die Flitterwochen verbrachten sie in Frankreich. Sie sahen sich die Schlösser an der Loire an.

Plötzlich wechselte er das Thema.

»Wissen Sie, beim Autofahren war sie sehr nervös. Da lag ihre Hand immer auf meinem Knie. Das schien sie zu beruhigen. Ich weiß nicht, was der Grund für die Nervosität war. Sie ist nie in einen Unfall verwickelt gewesen.« Er hielt inne, überlegte und fuhr fort: »Als sie schon tot war, spürte ich manchmal noch immer ihre Hand auf meinem Knie, wenn ich in Burma herumfuhr. Ich habe mir das eingebildet, wissen Sie... Ich konnte es lange Zeit nicht fassen, daß es sie nicht mehr gab, daß sie so mitten aus dem Leben gerissen worden war...«

Ja, dachte Ann, dasselbe Gefühl hatte ich auch. Man kann es einfach nicht fassen. Genauso war es ihr bei Patrick ergangen. Sie suchte ihn mit ihren Gedanken. Er *mußte* doch imstande sein, ihr das Gefühl zu geben, daß er in der Nähe war. Ein Mensch, den man liebte, konnte doch nicht einfach verschwinden, ohne daß etwas von ihm zurückblieb. Es war eine so schreckliche Kluft zwischen den Toten und den Lebenden!

Richard fuhr in seiner Erzählung fort.

Er sprach von dem kleinen Haus in einer Sackgasse, das sie gefunden hatten, mit einem Fliederbusch und einem Birnbaum.

Als er schließlich mit rauher Stimme endete, sagte er noch einmal verwundert: »Ich weiß wirklich nicht, warum ich Ihnen das alles erzählt habe...«

Doch insgeheim war er sich im klaren darüber. Nachdem er Ann ziemlich nervös gefragt hatte, ob es ihr recht sei, wenn sie zum Mittagessen in seinen Club gingen und sie ihm zustimmte, verließen sie den Park und gingen in Richtung Pall Mall.

Ganz deutlich wurde ihm jetzt bewußt, daß er für immer Abschied von Aline genommen hatte, hier in der kalten, fast überirdischen Schönheit dieses Parks im Winter

Er würde sie am See zurücklassen, unter den kahlen Zweigen der Bäume, die sich filigranzart gegen den Himmel abzeichneten.

Hier hatte er sich ihre Jugend, ihre Kraft und ihr trauriges Schicksal zum letztenmal vor Augen gehalten. Es war wie ein Abschiedsgesang und eine Lobeshymne – eine Mischung aus beidem.

Damit trug er sie nun endgültig zu Grabe.

Er ließ Aline im Park zurück und trat mit Ann auf die Straßen Londons hinaus.

4. KAPITEL

1

»Ist Mrs. Prentice da?« erkundigte sich Mylady Laura Whitstable.

»Nein, im Augenblick nicht. Aber ich bin davon überzeugt, daß sie bald zurückkommt. Möchten Sie nicht eintreten und auf sie warten, Madam? Ich weiß, daß sie sich über Ihren Besuch sehr freuen würde.«

Edith trat respektvoll beiseite, um Mylady Whitstable einzulassen.

Laura sagte: »Ich kann ja eine Viertelstunde warten. Es ist schon eine ganze Weile her, seit ich sie zuletzt gesehen habe.«

»Ja, Madam.«

Edith führte sie ins Wohnzimmer und ging zum Kamin, um das elektrische Feuer einzuschalten. Mylady Laura sah sich derweil im Zimmer um und rief erstaunt: »Die Möbel sind umgestellt worden, wie ich sehe. Dieser Schreibtisch stand in der Ecke gegenüber, und das Sofa steht auch nicht mehr an der gleichen Stelle.«

»Mrs. Prentice fand, es müßte gut aussehen, wenn man die Möbel umstellt«, sagte Edith. »Eines Tages kam ich rein und ertappte sie dabei, wie sie die Möbel rumschob und nichts mehr an der alten Stelle ließ. ›Edith, finden Sie nicht auch, daß das Zimmer so viel besser aussieht?‹ hat sie mich gefragt. ›So wirkt es doch viel geräumiger.‹ Also, ich fand nicht, daß dadurch irgendwas verbessert wurde, aber das wollte ich ihr natürlich nicht sagen. Ladys haben eben ihre eigenen Ansichten. Deshalb sagte ich nur: ›Madam, Sie dürfen sich nicht überanstrengen. Das schwere Heben und das Umherschieben ist das Schlimmste, was Sie Ihren inneren Organen antun können. Wenn erst mal ein Schaden entstanden ist, renkt sich das nicht mehr so leicht ein.‹« Sie schüttelte den Kopf und fuhr dann fort: »Ich muß es ja schließlich wissen. Das ist nämlich meiner Schwägerin passiert. Beim Öffnen des Schiebefensters. Ihr restliches Leben hat sie dann auf dem Sofa verbracht.«

»Was vermutlich gar nicht nötig gewesen wäre«, ließ sich Laura ungerührt vernehmen. »Zum Glück sind wir inzwischen von der irrigen Auffassung abgekommen, daß das Herumliegen ein Allheilmittel für jedes Übel und Wehwehchen ist.«

»Jetzt gönnt man den Müttern nach der Geburt eines Kindes nicht mal mehr einen Monat Ruhe«, murmelte Edith mißbilligend. »Meine arme Nichte wurde dazu gezwungen, schon am fünften Tag wieder herumzulaufen.«

»Wir sind jetzt ein weit gesünderer Menschenschlag als früher.«

»Das kann man nur hoffen«, meinte Edith düster. »Ich war als Kind entsetzlich zart. Sie haben nicht geglaubt, daß sie mich durchbringen. Ich hatte immer wieder Ohnmachtsanfälle und ganz fürchterliche Krämpfe. Und im Winter lief ich richtig blau an. Kälte hat mir immer schwer zu schaffen gemacht.«

Laura interessierte sich nicht im geringsten für Ediths Kinderkrankheiten. Sie nahm das Zimmer im Hinblick auf die umgestellten Möbel genauestens in Augenschein.

»Ich finde, das Umstellen der Möbel macht das Zimmer hübscher«, sagte sie. »Mrs. Prentice hat ganz recht. Warum hat sie das nicht schon längst getan?«

»Sie baut sich ein Nest«, sagte Edith wichtigtuerisch.

»Wie bitte?«

»Nestbau. Habe ich bei Vögeln schon gesehen. Die fliegen mit Zweigen im Schnabel herum.«

»Ach so.«

Die beiden Frauen sahen sich an. Ohne daß sich ihr Mienenspiel auch nur im geringsten änderte, schienen sie sich wortlos zu verstehen. Lady Laura fragte so beiläufig wie nur möglich:

»Colonel Grant in letzter Zeit öfter zu Gesicht bekommen?«

Edith schüttelte den Kopf.

»Der arme Mann«, sagte sie. »Wenn Sie mich fragen, steht es um seine Aussichten nicht sehr gut.«

»Ach so, ich verstehe. Sie meinen, er hat den Laufpaß bekommen.«

»Er war ein netter Herr«, sgte Edith mit Grabesmiene – als sei er bereits tot und als läse sie die Inschrift von seinem Grabstein ab. »Ach ja!«

Bevor sie aus dem Zimmer ging, sagte sie noch: »Wollen Sie wissen, wem es gar nicht schmecken wird, daß die Möbel umgestellt sind? Miß Sarah. Sie haßt Veränderungen.«

Laura Whitstable zog die buschigen Augenbrauen hoch. Dann nahm sie ein Buch aus dem Bücherregal und blätterte darin.

Bald darauf wurde ein Schlüssel ins Schloß geschoben. Die Wohnungstür ging auf. Sie hörte Anns Stimme und die eines Mannes, die sich angeregt und fröhlich in der kleinen Diele unterhielten.

Ann sagte: »Ah, Post. Ein Brief von Sarah.«

Mit dem Brief in der Hand betrat sie den Salon. Zunächst war sie so verwirrt, daß sie wie angewurzelt stehenblieb.

»Ach, Laura – wie schön, daß Sie da sind.« Sie wies auf den Mann, der ihr gefolgt war. »Darf ich vorstellen – Mr. Cauldfield, Mylady Laura Whitstable.«

Laura schaute ihn nur kurz an und erfaßte das Wesentlichste auf der Stelle.

Konventioneller Mensch. Möglicherweise starrsinnig. Ehrlich. Gutherzig. Kein Humor. Wahrscheinlich empfindlich. Bis über beide Ohren in Ann verliebt.

Sie verwickelte ihn sofort auf ihre einschüchternde Art in ein Gespräch.

Ann murmelte: »Ich sage Edith, daß sie uns Tee bringen soll«, und ging aus dem Zimmer.

»Für mich nicht, meine Liebe«, rief Laura ihr noch nach. »Es ist ja schon fast sechs.«

»Richard und ich wollen Tee. Wir waren im Konzert. Was möchten Sie denn trinken?«

»Brandy mit Soda.«

»Gut.«

Laura erkundigte sich:

»Sie mögen also Musik, Mr. Cauldfield?«

»Ja. Besonders Beethoven.«

»Alle Engländer lieben Beethoven. Ich schlafe leider ein dabei, aber ich bin auch nicht besonders musikalisch.«

»Zigarette, Mylady?« Cauldfield hielt ihr sein Zigarettenetui hin.

»Nein danke, ich rauche nur Zigarren.«

Sie sah ihn durchdringend an und fügte hinzu: »Sie trinken um sechs Uhr also lieber Tee als einen Cocktail oder Sherry.«

»Nein, das nicht. Ich mache mir eigentlich nichts aus Tee. Aber Ann ist es offensichtlich so am liebsten –« Er unterbrach sich. »Sie finden mich sicher komisch!«

»Nein, überhaupt nicht. Das läßt auf Ihren Scharfblick schließen. Ich will damit nicht sagen, daß Ann keinen Cocktail oder Sherry trinkt. Das tut sie sehr wohl, aber eigentlich gehört sie zu den Frauen, die beim Tee am besten zur Geltung kommen – mit einem Teetablett aus wunderschönem alten Silber und einem Teeservice aus allerfeinstem Porzellan.«

Richard war begeistert.

»Sie haben völlig recht!«

»Ich kenne Ann schon seit so vielen Jahren. Ich mag sie sehr.«

»Ich weiß. Sie hat schon oft über Sie gesprochen. Natürlich kenne ich Sie nicht nur durch Ann. Sie sind mir schon länger ein Begriff.«

Laura grinste fröhlich.

»Das wundert mich nicht. Ich bin schließlich eine der bekanntesten Frauen in England. Ich sitze ständig in irgendwelchen Ausschüssen oder verbreite meine Ansichten durch das Radio. Ich trete gebieterisch auf und verkünde, was der Menschheit zum Segen gereicht. Doch über eines bin ich mir im klaren: Was man erreicht, ist lächerlich wenig. Das hätte jemand anders auch mit Leichtigkeit erreicht.«

»Aber ich bitte Sie!« protestierte Richard. »Da sind Sie aber zu einem sehr deprimierenden Schluß gelangt.«

»So würde ich das nicht sehen. Alle Bemühungen sollten auf Bescheidenheit basieren.«

»Da kann ich Ihnen aber nicht beipflichten.«

»Nein?«

»Nein. Ich finde, ein Mensch, der etwas leisten will, darf nicht an sich zweifeln. Selbstvertrauen ist in meinen Augen die Voraussetzung dafür, daß man irgend etwas Nennenswertes vollbringt.«

»Aber wieso denn eigentlich?«

»Ich bitte Sie, Mylady...«

»Ich bin eben altmodisch. Selbsterkenntnis ist in meinen Augen wichtiger. *Glauben* sollte man nur an Gott.«

»Aber ist das nicht das gleiche – Glaube und Erkenntnis?«

»Keineswegs! Meine Lieblingstheorie (die sich natürlich nicht in die Tat umsetzen läßt, das ist ja das Angenehme an den Theorien) besagt, daß jeder Mensch einen Monat pro Jahr mitten in der Wüste verbringen sollte. Er muß natürlich an einem Brunnen lagern und auch ausreichende Mengen Datteln zur Verfügung haben oder was immer man in der Wüste ißt.«

»Wäre vielleicht gar nicht mal so schlecht«, sinnierte Richard. »Ich würde jedoch dafür plädieren, daß man auch ein paar der besten Werke der Weltliteratur dabei hat.«

»Aber das ist es ja eben! Keine Bücher. Bücher sind eine Droge, die zur Gewohnheit werden kann. Wenn dafür gesorgt ist, daß man nicht verhungert und verdurstet, man ansonsten aber nichts zu tun hat, überhaupt nichts, bietet sich einem die Chance, sich selbst einmal kennenzulernen.«

Richard lächelte ungläubig.

»Glauben Sie denn nicht, daß sich die meisten Menschen ganz gut kennen?«

»Das glaube ich ganz und gar nicht. Heutzutage hat man ja gar keine Zeit mehr, irgend etwas zur Kenntnis zu nehmen, was über die angenehmeren Eigenschaften hinausgeht.«

»Na, worüber diskutieren Sie denn da?« erkundigte sich Ann. Sie kam mit einem Glas herein. »So, Laura, da ist Ihr Brandy mit Soda. Edith bringt den Tee gleich.«

»Ich trage wieder einmal meine Theorie vor, daß man in der Wüste meditieren sollte«, sagte Laura.

»Das ist eins von Lauras Lieblingsthemen«, behauptete Ann lachend. »Man sitzt in der Wüste fest, hat absolut nichts zu tun und kommt dahinter, was für ein fürchterlicher Mensch man ist!«

»Ist das denn unbedingt nötig?« fragte Richard trocken.

»Ich weiß, daß die Psychologen einem das einreden wollen. Aber weshalb tun sie das eigentlich?«

»Wenn man nicht genug Zeit hat, um sich richtig kennenzulernen, fischt man sich für gewöhnlich den angenehmeren Teil heraus. Das habe ich ja eben schon erklärt«, sagte Laura wie aus der Pistole geschossen.

»Laura, das ist ja alles schön und gut«, mischte sich jetzt Ann wieder ein. »Aber was nutzt es einem, wenn man in der Wüste gesessen und seine eigenen Unzulänglichkeiten erkannt hat. Ist man dann auch fähig, sich zu ändern?«

»Das halte ich für sehr unwahrscheinlich – aber man denkt zumindest darüber nach, was man in bestimmten Situationen tun würde und vor allem, *warum* man es tut. Das ist ein nicht zu unterschätzender Aspekt.«

»Aber kann man sich nicht ohnehin gut vorstellen, wie ungewöhnliche Anforderungen zu meistern sind? Man braucht sich doch nur in die Lage zu versetzen.«

»Aber Ann, ich bitte Sie! Stellen Sie sich doch bloß mal einen Mann vor, der dauernd übt, was er seinem Vorgesetzten sagen will – oder seiner Freundin oder seinem Nachbarn. Er hat es sich immer wieder vorgebetet und kann es in- und auswendig, doch im entscheidenden Augenblick bringt er entweder kein einziges Wort heraus, oder aber er sagt etwas völlig anderes! Die Menschen, die insgeheim glauben, daß sie sich in jeder Notlage zu helfen wüßten, verlieren oft den Kopf, wenn es dann einmal wirklich darauf ankommt, während die Ängstlichen zu ihrer eigenen Verwunderung oft im entscheidenden Augenblick völlig Herr der Lage sind.«

»Ja, aber das ist nicht ganz fair. Sie sprechen von imaginären Taten und Gesprächen, die die Leute proben, *weil sie sich wünschen, so ein Verhalten an den Tag zu legen*. Sie sind sich vermutlich im klaren darüber, daß sie in Wirklichkeit ganz anders reagieren würden. Ich bin davon überzeugt, daß man im Grunde genommen *weiß*, wie man sich verhält und wie man veranlagt ist.«

»Ach, mein liebes Kind!« Laura hob die Hände. »Sie glauben also, Ann Prentice zu kennen – na, ich weiß nicht recht.«

Edith brachte den Tee.

»Ich glaube, ich bin kein besonders liebenswerter Mensch«, sagte Ann lächelnd.

»Madam, hier ist Miß Sarahs Brief. Sie haben ihn im Schlafzimmer liegenlassen«, erklärte Edith.

»Vielen Dank, Edith.«

Ann legte den Brief ungeöffnet neben ihren Teller. Laura warf ihr einen raschen Blick zu.

Richard Cauldfield trank hastig seinen Tee und verabschiedete sich von den Damen.

»Damit hat er Takt bewiesen«, meinte Ann. »Er spürte wohl, daß wir uns unter vier Augen unterhalten möchten.«

Laura sah ihre Freundin forschend an. Sie staunte, welche Veränderung mit Ann vorgegangen war. Ann hatte in ihrer ruhigen Art schon immer sehr gut ausgesehen, doch jetzt war sie eine richtige Schönheit geworden. Laura Whitstable erlebte das nicht zum erstenmal, und sie wußte, worauf es zurückzuführen war. Daß Ann so strahlend glücklich aussah, konnte nur eines bedeuten: Sie war verliebt. Wie ungerecht es doch ist, ging es Laura durch den Kopf, daß die Verliebtheit die Frauen schöner macht, während verliebte Männer eher wie traurige Schafsköpfe aussahen.

»Nun, Ann, wo haben Sie in letzter Zeit gesteckt, und was haben Sie so getan?« erkundigte sie sich.

»Ach, ich weiß nicht. Ich bin hin und wieder ausgegangen. Eigentlich nichts Besonderes.«

»Richard Cauldfield ist ein neuer Freund, nicht wahr?«

»Ja. Ich kenne ihn erst seit zehn Tagen. Seit der Dinnerparty von James Grant.«

Sie erzählte Laura von Richard und fragte sie dann ganz naiv: »Er gefällt Ihnen doch, nicht wahr?«

Obwohl sich Laura durchaus noch nicht sicher war, ob sie ihn mochte oder nicht, erwiderte sie prompt:

»Ja, sehr.«

»Ich habe das Gefühl, daß er im Leben schon viel durchgemacht hat.«

Das war Laura schon öfter zu Ohren gekommen. Sie verkniff sich ein Lächeln und sagte statt dessen: »Und was gibt es Neues von Sarah?«

Auf diese Frage strahlte Ann.

»Ach, Sarah amüsiert sich bestens. Der Schnee könnte gar nicht besser sein, und anscheinend hat sich noch niemand etwas gebrochen.«

Laure meinte trocken, Edith würde sehr enttäuscht sein. Beide brachen in Gelächter aus.

»Das hier ist ein Brief von Sarah. Sie haben doch nichts dagegen, wenn ich ihn jetzt aufmache?«

»Natürlich nicht.«

Ann riß den Umschlag auf und las den kurzen Brief. Dann lachte sie zärtlich und reichte ihn Laura.

Geliebte Mutter (schrieb Sarah),
der Schnee ist ganz fantastisch. Alle hier sagen, das sei die beste Saison aller Zeiten. Lou hat ihre Prüfung gemacht, ist aber leider durchgefallen. Roger hat tüchtig mit mir trainiert. Das ist sehr nett von ihm, weil er doch so ein Ski-As ist. Jane behauptet, er ist in mich verknallt, aber das kann ich mir nicht denken. Ich glaube vielmehr, es bereitet ihm ein sadistisches Vergnügen, wenn er sieht, wie ich mich immer wieder total verknote und kopfüber in einer Schneewehe lande. Lady Cronsham ist mit diesem fürchterlichen Südamerikaner hier. Sie sind wirklich unmöglich. Ich bin in einen der Skilehrer ganz vernarrt. Er sieht unglaublich gut aus. Aber leider ist er es gewöhnt, der Hahn im Korb zu sein. Ich habe daher keine Chance. Ich kann jetzt endlich Walzer auf Schlittschuhen.

Und wie kommst du so zurecht, geliebte Mutter? Ich hoffe, daß Du viel mit all Deinen Kavalieren ausgehst. Sei vorsichtig bei dem alten Colonel. Manchmal hat er so ein verdächtiges Poona-Glitzern in den Augen. Was macht der Professor? Hat er Dir in letzter Zeit mal wieder von irgendwelchen barbarischen Hochzeitsriten erzählt?

Bis bald, liebe Mutter,
Sarah.

Laura gab Ann den Brief zurück.

»Ja, Sarah scheint es zu gefallen. Mit dem Professor meint sie wohl den Archäologen, mit dem Sie befreundet sind.«

»Ja, Sarah neckt mich gern mit ihm. Ich wollte wirklich mit ihm essen gehen, aber ich hatte einfach keine Zeit.«

»Ja, es sieht ganz so aus, als seien Sie sehr beschäftigt.«

Ann faltete Sarahs Brief mehrmals neu zusammen. Sie stieß einen kleinen Seufzer aus und stöhnte: »Lieber Himmel!«

»Warum stöhnen Sie denn, Ann?«

»Nun ja, ich will es Ihnen sagen. Wahrscheinlich haben Sie es ohnehin schon längst erraten. Richard Cauldfield hat mich gebeten, seine Frau zu werden.«

»Wann denn?«

»Heute.«

»Und, wie schaut es aus? Wollen Sie ihn heiraten?«

»Ich glaube ja. Ach, warum rede ich eigentlich um den heißen Brei herum? Natürlich will ich.«

»Das ging aber schnell, Ann!«

»Sie meinen, weil ich ihn noch nicht sehr lange kenne. Aber wir sind uns beide völlig sicher.«

»Und Sie wissen eine Menge über ihn – durch Colonel Grant. Meine Liebe, ich freue mich ja so für Sie. Sie sehen sehr glücklich aus.«

»In Ihren Ohren klingt das sicher albern, Laura – aber ich liebe ihn sehr.«

»Warum sollte das albern klingen? Man sieht, daß Sie in ihn verliebt sind.«

»Und er liebt mich auch.«

»Daß er Ihre Liebe erwidert, kann einem kaum verborgen bleiben. Mir ist noch nie ein Mann begegnet, der so große Ähnlichkeit mit einem Schaf hat!«

»Aber Laura, was reden Sie da?«

»Ein verliebter Mann sieht *immer* schafsdämlich aus. Das scheint eine Art Naturgesetz zu sein.«

Ann ließ nicht locker. »Laura, sagten Sie mir bitte ehrlich, was Sie von ihm halten.«

Diesmal antwortete Laura Whitstable nicht wie aus der Pistole geschossen. Sie ließ sich Zeit und sagte schließlich: »Wissen Sie, Ann, er ist ein ganz einfacher Mann.«

»Einfach? Kann schon sein. Aber das ist doch schön, finden Sie nicht auch?«

»Nun, das könnte sich auch als schwierig erweisen. Und er ist empfindlich – überempfindlich.«

»Sie sind sehr scharfsinnig, Laura, weil Sie das erkennen. Das würde nicht jedem gleich auffallen.«

»Ich bin ja auch nicht ›jeder‹.« Sie zögerte und fragte dann: »Weiß Sarah schon davon?«

»Nein, natürlich nicht. Wann hätte ich ihr denn schreiben sollen? Richard hat mich ja heute erst gefragt.«

»Ich wollte eigentlich wissen, ob Sie ihn in Ihren Briefen an Sarah schon einmal erwähnt haben – um sie sozusagen schonend darauf vorzubereiten.«

»Nein, eigentlich nicht.« Sie hielt inne und fügte dann hinzu: »Ich werde es aber noch heute nachholen.«

»Ja, tun Sie das.«

Ann zögerte wieder, bevor sie weitersprach: »Sarah wird sich sicher nicht dagegen sperren, meinen Sie nicht auch?«

»Schwer zu sagen.«

»Sie ist immer rührend lieb zu mir gewesen. Niemand kann sich vorstellen, wie lieb Sarah sein kann – ich meine, ohne daß sie groß Worte darüber verliert. Na ja, ich fürchte allerdings –« Ann sah ihre Freundin flehend an. »Vielleicht findet sie das *komisch*.«

»Höchstwahrscheinlich. Stört Sie das?«

»Nein, *mich* stört das nicht. Aber es wird Richard stören.«

»Ja, ja. Aber Richard wird sich damit abfinden müssen. Es bleibt ihm gar nichts anderes übrig. Jedenfalls sollten Sie Sarah unbedingt reinen Wein einschenken, bevor sie zurückkommt. Da kann sie sich an den Gedanken gewöhnen. Wann soll denn die Hochzeit sein?«

»Richard möchte, daß wir so bald wie möglich heiraten. Und wir haben ja auch keinen Grund, noch lange zu warten.«

»Nein, natürlich nicht. Je eher Sie heiraten, desto besser, finde ich.«

»Wir können wirklich zufrieden sein. Richard hat gerade eine Stelle angetreten – bei Hellner Bros. Einen der Teilhaber kennt er noch vom Krieg in Burma her. So ein Glück!«

»Meine Liebe, das klingt alles wunderbar. Wie mich das für Sie freut!«

Laura Whitstable stand auf, trat zu Ann und küßte sie.
»Warum runzeln Sie die Stirn?«

»Ach, wegen Sarah. Ich hoffe so sehr daß sie nichts dagegen hat.«

»Aber meine liebe Ann – um wessen Leben geht es denn? Um Ihr Leben oder Sarahs?«

»Um mein Leben, aber...«

»Wenn Sarah Vorbehalte hat, dann dürfen Sie das nicht ernst nehmen! Sie wird es schon verwinden. Sie hat Sie doch schließlich lieb.«

»Ja, ich weiß.«

»Es ist höchst unbequem, geliebt zu werden. Früher oder später kommt jeder mal dahinter. Je weniger Menschen einen lieben, desto weniger hat man zu leiden. Was für ein Glück für mich, daß ich den meisten Leuten unsympathisch bin. Und wem ich nicht zuwider bin, den lasse ich einfach kalt.«

»Laura, das stimmt doch überhaupt nicht. Ich zum Beispiel schätze Sie sehr.«

»Auf Wiedersehen, Ann. Und zwingen Sie Ihren Richard nicht, Ihnen weiszumachen, daß ich ihm sympathisch bin. Er hegt sogar eine heftige Abneigung gegen mich. Aber das spielt keine Rolle.«

Am gleichen Abend mußte der Professor, der bei einem offiziellen Essen neben Laura saß, bekümmert feststellen, daß sie seiner Darstellung einer revolutionären Neuerung im Hinblick auf die Schocktherapie kein Gehör geschenkt hatte. Sie sah ihn mit einem leeren Blick an und war in Gedanken ganz und gar nicht bei der Sache.

»Sie haben mir überhaupt nicht zugehört!« hielt er ihr vor.

»Entschuldigen Sie bitte, David. Ich habe über eine Mutter und ihre Tochter nachgedacht.«

»Aha, über einen Ihrer Fälle.« Er sah sie erwartungsvoll an.

»Nein, ich bin mit beiden befreundet.«

»Vermutlich handelt es sich um eine dieser krankhaft eifersüchtigen Mütter.«

»Nein«, widersprach Laura, »es geht ausnahmsweise einmal um eine krankhaft eifersüchtige Tochter.«

5. KAPITEL

1

»Ann, meine Liebe«, sagte Geoffrey Fane, »da kann man Sie ja nur beglückwünschen – oder was man bei solchen Anlässen sagt. Hm, ja also – er ist ein Glückspilz, wenn ich das so ausdrücken darf. Ja, er hat das große Los gezogen. Ich fürchte, ich kenne ihn gar nicht. Ich kann mich jedenfalls nicht erinnern, seinen Namen schon einmal gehört zu haben.«

»Kein Wunder. Ich habe ihn ja selbst erst vor ein paar Wochen kennengelernt.«

»Meine Güte!« rief er mißbilligend. »Kommt das alles nicht ein bißchen plötzlich? Ist das nicht verfrüht?«

»Nein, das finde ich nicht.«

»Bei den Matawayala beträgt die Zeit der Werbung mindestens anderthalb Jahre.«

»Das muß ein sehr mißtrauisches Volk sein. Ich habe immer gedacht, daß die Wilden ganz primitiven Impulsen gehorchen.«

»Die Matawayala sind absolut keine Wilden«, berichtete sie George Fane entrüstet. »Sie sind ein ausgesprochenes Kulturvolk. Ihre Hochzeitsriten sind merkwürdig kompliziert. Am Vorabend der Hochzeit dürfen die Freundinnen der Braut – hm, ja, ich will nicht näher darauf eingehen. Aber es ist hochinteressant und läßt darauf schließen, daß die geheiligte rituelle Verehelichung der Oberpriesterin – nein, ich muß meine Zunge im Zaum halten. Sprechen wir lieber über das Hochzeitsgeschenk. Ann, was wünschen Sie sich denn von mir zur Hochzeit?«

»Aber Geoffrey, Sie brauchen mir doch kein Hochzeitsgeschenk zu machen.«

»Es ist bei solchen Anlässen wohl üblich, etwas Silbernes zu schenken, nicht wahr? Ich glaube mich zu erinnern, daß ich einmal einen silbernen Becher geschenkt habe – allerdings anläßlich einer Taufe. Wie wäre es mit Silberlöffeln?

Oder mit einem Ständer für den Toast? Ach, jetzt habe ich's – eine Rosenschale wäre sicher am geeignetsten. Eine Frage, meine liebe Ann: Was wissen Sie denn eigentlich über diesen Mann? Haben Sie gemeiname Freunde? Kann sich jemand für ihn verbürgen? Man liest oft so schreckliche Dinge.«

»Er hat mich schließlich nicht am Hafen aufgelesen, und ich habe keine Lebensversicherung zu seinen Gunsten abgeschlossen.«

Geoffrey Fane warf ihr einen überaus besorgten Blick zu. Er konstatierte kolossal erleichtert, daß sie lachte.

»Ist ja schon gut, ist ja schon gut. Habe befürchtet, Sie könnten mir vielleicht böse sein. Aber man muß vorsichtig sein. Und wie hat es das kleine Mädchen aufgenommen?«

Anns Miene verfinsterte sich vorübergehend.

»Ich habe Sarah geschrieben. Sie macht Ferien in der Schweiz. Ich erhielt aber noch keine Antwort. Natürlich war die Zeit zu knapp. Trotzdem hatte ich eigentlich erwartet –« Sie verstummte.

»Man vergißt oft, Briefe zu beantworten. Das stellte ich bei mir in immer stärkerem Maße fest. Ich sollte im März in Oslo eine Reihe von Vorlesungen halten. Ich wollte den Brief natürlich schreiben, habe es aber dann vergessen. Ich bin erst gestern zufällig wieder auf den Brief gestoßen – in der Tasche eines alten Mantels.«

»Aber da bleibt Ihnen ja noch genügend Zeit«, versuchte Ann ihn zu trösten.

»Meine liebe Ann – ich sollte die besagten Vorlesungen im vergangenen März halten.«

»Lieber Himmel! Geoffrey, wieso steckt ein Brief denn so lange in Ihrer Manteltasche?«

»Es ist ein uralter Mantel. Ein Ärmel ist schon fast ganz ausgerissen. Deshalb kommt man schlecht hinein. Ich – hm – ich habe ihn daher erst einmal weggelegt.«

»Geoffrey, Sie brauchen jemanden, der für Sie sorgt.«

»Es ist mir entschieden lieber, wenn *niemand* für mich sorgt. Ich hatte einmal eine übertrieben dienstfertige Haushälterin. Sie kochte ausgezeichnet, aber ihre fanatische Ordnungsliebe ging mir auf die Nerven. Sie litt unter der unausrottbaren Zwangsvorstellung, ständig überall für Ordnung sorgen zu müssen. Sie hat es doch tatsächlich fertiggebracht, meine Notizen über die Bulyano-Regenmacher wegzuwerfen. Ein nicht wiedergutzumachender Verlust. Sie entschuldigte sich damit, sie habe sie im Kohleneimer vorgefunden. Ich habe ihr erklärt, daß ein Kohleneimer kein Papierkorb ist. Ich kann mich nicht einmal mehr daran erinnern, wie sie hieß. Ich fürchte, Frauen fehlt der Sinn für das Wesentliche. Sie können nicht beurteilen, was wirklich wichtig ist und was nicht. So messen sie dem Reinemachen eine übermäßige Bedeutung bei. Sie begeben sich an den Hausputz, als handle es sich um ein Ritual.«

»Manche Menschen scheinen tatsächlich auf diesem Standpunkt zu stehen. Laura Whitstable, die Sie vielleicht kennen, hat mich richtig erschreckt. Menschen, die sich zweimal täglich den Hals waschen, sind ihr sehr suspekt. Anscheinend gilt da die Devise: Je weniger auf das Äußere geachtet wird, desto höher sind die inneren Werte!«

»Tatsächlich? Nun, ich muß jetzt gehen.« Er seufzte tief. »Ich werde Sie vermissen, Ann. Weit mehr, als ich Ihnen sagen kann.«

»Aber Geoffrey, Sie verlieren mich doch nicht. Ich gehe ja nicht fort. Richard hat hier in London eine Stellung. Er wird Ihnen ganz bestimmt gefallen.«

Wieder seufzte Geoffrey Fane.

»Das ist etwas anderes. Wenn eine hübsche Frau einen anderen Mann heiratet –« Er drückte ihr die Hand. »Ann, Sie bedeuten mir sehr viel. Ich war so verwegen, mich in der Hoffnung zu wiegen – aber nein, daraus wäre ja doch nichts geworden. Ein verknöcherter alter Kerl wie ich. Aber ich finde Sie sehr sympathisch, Ann, und wünsche Ihnen von ganzem Herzen, daß Sie glücklich werden. Wissen Sie, woran Sie mich immer erinnert haben? An diese Zeilen von Homer.«

Hingebungsvoll zitierte er eine längere Textstelle auf griechisch.

»Danke, Geoffrey«, sagte Ann. »Aber ich weiß nicht, was das heißt.«

»Ich übersetze es Ihnen gern.«

»Nein, tun Sie das nicht. So schön, wie es sich anhört, kann es gar nicht sein. Was für eine herrliche Sprache Griechisch ist. Auf Wiedersehen, lieber Geoffrey, und vielen vielen Dank... Vergessen Sie Ihren Hut nicht. Nein, das ist nicht Ihr Regenschirm, sondern Sarahs Sonnenschirm. Und – einen Augenblick noch – hier ist Ihre Aktentasche.«

Sie schloß die Haustür hinter ihm.

Edith steckte den Kopf zur Küchentür heraus.

»Hilflos wie ein Säugling«, sagte sie. »Und dabei ist er gar nicht einmal so vertrottelt. Auf seinem Gebiet versteht er sicher sehr viel. Aber ich finde, diese Stämme, von denen er ständig erzählt, sind sehr primitiv. Die hölzerne Skulptur, die er Ihnen mitgebracht hat, habe ich ganz hinten im Wäscheschrank vergraben. Die braucht einen Büstenhalter und ein Feigenblatt. Doch der alte Herr Professor selbst ist gar keines schmutzigen Gedankens fähig, obwohl er doch noch gar nicht alt ist.«

»Er ist fünfundvierzig.«

»Na sehen Sie. Durch all das Lernen und Studieren ist er schon ziemlich kahl geworden. Mein Neffe hat seine Haare durch eine fiebrige Erkrankung verloren. Er war kahl wie ein Hühnerei. Doch nach einer Weile sind die Haare wieder nachgewachsen. Ach, übrigens, hier sind zwei Briefe für Sie.«

Ann nahm die Briefe an sich.

»Zurück an den Absender?« Sie wurde blaß. »Lieber Himmel, Edith, mein Brief an Sarah ist zurückgekommen. Wie dumm von mir! Ich habe das Hotel zwar angegeben, aber den Ort vergessen. Ich weiß wirklich nicht, was in letzter Zeit mit mir los ist.«

»Ich kann es mir schon denken«, sagte Edith mit bedeutungsvoller Miene.

»Ich bin im Augenblick zu jeder Dummheit fähig... Der andere Brief ist von Laura. Ach, wie nett von ihr. Ich muß sie unbedingt anrufen.«

Sie ging in den Salon und wählte Lauras Nummer.

»Laura? Ich habe Ihren Brief bekommen. Das ist wirklich nett von Ihnen. Über einen Picasso würde ich mich sehr freuen. Ich habe mir schon immer gewünscht, einen Picasso zu besitzen und werde ihn über meinen Schreibtisch hängen.

Sie sind so lieb zu mir. Ach, Laura, wie dumm bin ich doch! Ich habe Sarah alles mitgeteilt, und jetzt ist der Brief zurückgekommen. Die Adresse war unvollständig. Ich habe nur geschrieben ›Hotel des Alpes, Schweiz‹. Hätten Sie gedacht, daß mir so etwas passieren kann?«

Laura sagte mit ihrer tiefen Stimme:
»Das ist ja hochinteressant.«
»Was meinen Sie damit?«
»Weil man daraus einige Schlüsse ziehen kann.«
»Diesen Tonfall kenne ich bei Ihnen. Sie wollen doch auf etwas ganz Bestimmtes hinaus. Sie möchten mir wohl zu verstehen geben, daß ich Sarah gar nicht informieren wollte. Irgend etwas in der Art. Sie vertreten doch den Standpunkt, daß man alle Fehler in Wahrheit mit voller Absicht begeht.«
»Das ist nicht nur meine Theorie.«
»Jedenfalls trifft das nicht zu! Übermorgen kommt Sarah schon zurück. Sie ist völlig ahnungslos. Sie wird mir gegenübersitzen, während ich ihr reinen Wein einschenke. Das ist doch noch viel peinlicher. Es wird mir furchtbar schwerfallen, die richtigen Worte zu finden. Ich weiß dann sicher gar nicht, wo ich anfangen soll.«
»Ja, das haben Sie sich nun eingehandelt, weil Sie nicht wollten, daß Sarah Ihren Brief bekommt.«
»Aber ich wollte doch, daß sie ihn kriegt. Ärgern Sie mich nicht auch noch.«

Laura kicherte.
Ann sagte pikiert:
»Jedenfalls ist das eine völlig lächerliche Theorie! Geoffrey Fane ist gerade hier gewesen. Er hat vor einer Weile in der Tasche eines alten Mantels eine Einladung gefunden, in Oslo Vorlesungen zu halten, und zwar im vergangenen Frühjahr. Der Brief kam vor einem Jahr. Wollen Sie vielleicht behaupten, daß er das absichtlich getan hat?«
»Wollte er denn Vorlesungen in Oslo halten?« erkundigte sich Laura.
»Anzunehmen – na ja, ich weiß es nicht.«
»Interessant«, sagte Laura boshaft und legte auf.

2

Richard Cauldfield kaufte einen Strauß Osterglocken im Blumenladen an der Ecke.

Er fühlte sich ausgesprochen wohl. Nach anfänglichen Schwierigkeiten gewöhnte er sich langsam an die Arbeit, die seine neue Stellung mit sich brachte. Sein Chef Merrick Hellner zeigte sich sehr verständnisvoll. Ihre Freundschaft, die in Burma begonnen hatte, erwies sich auch in England als stabil. Die Arbeit hatte mit Technik nichts zu tun. Es ging dabei vielmehr um routinemäßige Verwaltungsaufgaben. Daß er Burma und den Fernen Osten kannte, kam ihm dabei sehr zustatten. Richard war zwar kein Genie, aber sehr gewissenhaft und arbeitsam. Er besaß eine gehörige Portion gesunden Menschenverstand.

War er bei seiner Rückkehr nach England anfänglich entmutigt worden, so vergaß er das jetzt schnell. Er fühlte sich so, als finge ein neues Leben für ihn an. Alles sprach zu seinen Gunsten. Er hatte eine angenehme Arbeit, einen freundlichen, verständnisvollen Chef und würde bald die Frau, die er liebte, zum Traualtar führen.

Er staunte jeden Tag darüber, daß Ann sich wirklich etwas aus ihm machte. Wie lieb sie war, so sanft und so überaus reizvoll! Doch manchmal, wenn er sich dazu hinreißen ließ, sich unduldsam als Autorität aufzuspielen, verzog sie das Gesicht zu einem Lächeln, wenn er sie zufällig ansah. Es war noch nicht oft vorgekommen, daß ihn jemand auslachte. Anfänglich mißfiel ihm das, doch bald mußte er sich eingestehen, daß es ihn bei Ann nicht störte, daß es ihm sogar gefiel.

Wenn Ann sagte: »Liebling, wie wichtigtuerisch und aufgeblasen wir uns wieder geben«, pflegte er die Stirn zu runzeln. Doch bald fiel er in ihr Gelächter ein und gab zu: »Ich habe mich wohl mal wieder autoritär benommen.« Einmal sagte er zu ihr: »Ann, du bist eine Wohltat für mich. Du machst mich viel menschlicher.«

Da erklärte sie hastig: »Du bist auch ein Segen für mich.«

»Aber ich kann dir nicht viel bieten. Ich kann nur für dich sorgen und mich um dich kümmern.«

»Nimm mir nicht zuviel ab. Damit würdest du meine Schwächen nur verstärken.«

»Was für Schwächen? Mir sind an dir noch keine aufgefallen.«

»Und ob ich Schwächen habe, Richard. Ich lege zum Beispiel Wert darauf, daß mich die Leute mögen. Ich möchte niemanden verärgern und niemandem zu nahetreten. Ich verabscheue Streitigkeiten und unnötiges Theater.«

»Aber das ist doch ein Glück! Mit einer streitsüchtigen Frau, die ständig keift, könnte ich nicht zusammensein. Ich habe sowas schon erlebt, das kann ich dir versichern! Daß du immer lieb und sanft bist, mag ich ja gerade so an dir, Ann. Ach, Liebling, wie glücklich werden wir miteinander sein!«

»Ja, das glaube ich auch«, pflichtete sie ihm bei.

Richard hat sich seit dem Abend, an dem ich ihm zum erstenmal begegnet bin, sehr verändert, dachte sie bei sich. Er verhielt sich nicht mehr aggressiv wie jemand, der sich in die Defensive gedrängt sieht. Er war viel menschlicher geworden, besaß jetzt viel mehr Selbstvertrauen und war daher toleranter und liebenswürdiger.

Richard ging mit dem Strauß Osterglocken zu dem Haus, in dem Ann zur Miete wohnte. Ihre Wohnung lag im dritten Stock. Der Portier, der ihn vom Sehen kannte, grüßte ihn freundlich. Richard Cauldfield fuhr im Lift zum dritten Stock hinauf.

Edith machte ihm die Tür auf. Er hörte, wie Ann vom anderen Ende des Flurs her völlig außer Atem rief:

»Edith – Edith, haben Sie meine Tasche nicht gesehen? Ich habe sie offenbar verlegt.«

»Guten Tag, Edith«, sagte Cauldfield und trat ein.

Er fühlte sich nie so richtig wohl in Ediths Gegenwart. Das versuchte er zu verbergen, indem er sich besonders leutselig gab, doch das klang nicht sehr natürlich.

»Guten Tag, Sir«, entgegnete Edith höflich.

»Edith!« rief Ann ungeduldig aus dem Schlafzimmer. »Haben Sie nicht gehört? Kommen Sie und helfen Sie mir suchen!«

Sie trat in den Flur hinaus, als Edith sagte: »Mr. Cauldfield ist gekommen, Madam.«

»Richard?« Ann war erstaunt. Sie ging auf ihn zu und schob ihn in den Salon. Sie rief Edith über die Schulter zu: »Sie *müssen* die Tasche finden. Sehen Sie doch mal nach, ob ich sie in Sarahs Zimmer liegengelassen habe.«

»Irgendwann verlieren Sie auch noch Ihren Kopf«, murrte Edith, als sie sich umdrehte.

Richard runzelte die Stirn. Er hielt es für unschicklich, daß Edith solche Sachen von sich gab. Vor fünfzehn Jahren hätten sich die Dienstboten so etwas noch nicht herausgenommen.

»Richard, heute habe ich nicht mit dir gerechnet. Ich dachte, du würdest morgen zum Essen kommen.«

Sie war verblüfft, schien sich nicht sehr wohl zu fühlen.

»Die Zeit bis morgen ist mir so lang vorgekommen«, meinte er lächelnd. »Ich habe dir Blumen mitgebracht.«

Als er ihr den Strauß Osterglocken reichte, die ihr einen kleinen Freudenschrei entlockten, fiel ihm plötzlich auf, daß das ganze Zimmer an ein Blumenmeer erinnerte. Auf dem kleinen Tischchen am Kamin stand eine eingetopfte Hyazinthe. Überall standen Schalen mit Tulpen und Narzissen.

»Alles sieht sehr festlich aus, du selbst nicht ausgenommen«, konstatierte er.

»Ja, natürlich, Sarah kommt heute wieder.«

»Ach richtig. Stell dir vor, das hatte ich ganz vergessen.«

»Aber Richard.«

Das klang vorwurfsvoll. Er hatte tatsächlich vergessen, daß Sarah heute zurückerwartet wurde. Ursprünglich war ihm der Termin natürlich bekannt, doch als Ann und er am Abend zuvor zusammen ein Theater besuchten, wurde über Sarahs Heimkehr nicht gesprochen. Aber sie waren sich schon früher darüber einig geworden, daß Sarah ihre Mutter am ersten Abend ganz für sich alleine haben sollte. Er wollte dann am nächsten Tag zum Mittagessen kommen, um seine Stieftochter in spe kennenzulernen.

»Entschuldige bitte, Ann. Es war mir tatsächlich entfallen. Du wirkst sehr aufgeregt«, fügte er leicht indigniert hinzu.

»Es ist doch immer etwas Besonderes, wenn jemand nach einer Reise wieder heimkommt, findest du nicht?«

»Mag sein.«

»Ich muß jetzt zum Bahnhof, um sie abzuholen.« Sie warf einen Blick auf ihre Armbanduhr. »Na ja, ich werde es schon noch schaffen. Der Zug war schließlich auf der Fähre. Da hat er sicher Verspätung.«

Edith kam ins Zimmer, mit Anns Tasche in der Hand.

»Sie war im Wäscheschrank – da haben Sie sie deponiert.«

»Ach ja, als ich nach den Kissenbezügen gesucht habe. Haben sie daran gedacht, Sarahs Bett mit ihrer grünen Lieblingsbettwäsche zu beziehen?«

»Habe ich schon je etwas vergessen?«

»Haben Sie auch die Zigaretten besorgt?«

»Ja.«

»Und an Toby und Jumbo gedacht?«

»Aber ja doch.«

Mit einem nachsichtigen Kopfschütteln ging Edith aus dem Zimmer.

»Edith!« rief Ann sie zurück und hielt ihr die Osterglocken hin. »Stellen Sie die Blumen bitte in die Vase.«

»Wird gar nicht so leicht sein, noch eine Vase zu finden. Aber machen Sie sich keine Sorgen, irgend etwas werde ich schon auftreiben.«

Sie griff nach dem Strauß und ging.

»Ann, du bist ja aufgeregt wie ein kleines Mädchen«, sagte Richard.

»Ich freue mich ja so auf Sarah.«

Er neckte sie, doch es klang nicht besonders erfreut: »Schließlich hast du sie ja auch schon seit drei langen Wochen nicht mehr zu Gesicht bekommen.«

»Ich weiß ja, daß ich mich lächerlich benehme.« Ann lächelte entwaffnend. »Aber ich liebe Sarah sehr. Du würdest doch sicher gar nicht wollen, daß es anders ist, oder irre ich mich da?«

»Natürlich freut es mich, daß du deine Tochter liebst. Und ich kann es kaum erwarten, sie kennenzulernen.«

»Sie ist so impulsiv und zärtlich. Ich bin sicher, daß ihr gut miteinander auskommt.«

»Das glaube ich auch.«

Lächelnd fügte er hinzu: »Sie ist schließlich deine Tochter – da muß sie ja ein ganz entzückendes Geschöpf sein.«

»Wie lieb von dir, daß du das sagst, Richard.« Sie legte ihm die Hände auf die Schultern und hob das Gesicht zu ihm empor. »Lieber Richard«, murmelte sie und küßte ihn. »Du wirst doch Geduld mit ihr haben, nicht wahr, Liebling? Weißt du, vielleicht ist es ja ein Schock für sie, wenn sie erfährt, daß wir heiraten wollen. Hätte ich den Brief doch bloß richtig adressiert.«

»Laß dich doch dadurch nicht aus der Fassung bringen, Liebling. Mach dir keine Sorgen, du kannst dich auf mich verlassen. Vielleicht fällt es Sarah anfänglich noch schwer, sich an den Gedanken zu gewöhnen. Deshalb müssen wir sie davon überzeugen, daß es eine gute Idee ist. Ich versichere dir, daß ich ihr nichts übelnehme – was sie auch sagen mag.«

»Ach, Sarah wird gar nichts sagen. Sie hat ausgezeichnete Manieren. Doch sie haßt Veränderungen jeglicher Art.«

»Liebes, laß den Kopf nicht hängen. Sie kann das Aufgebot schließlich nicht verhindern.«

Ann fand das gar nicht komisch. Sie wirkte immer noch besorgt.

»Hätte ich ihr nur sofort geschrieben!«

Richard brach in Gelächter aus und sagte:

»Jetzt siehst du wie ein kleines Mädchen aus, das gerade beim Stibitzen von Marmelade erwischt worden ist. Du wirst sehen, Schatz, es geht alles glatt. Sarah und ich werden schon bald die besten Freunde sein.«

Ann sah ihn zweifelnd an. Daß er so sorglos und zuversichtlich war, konnte sie nicht begreifen. Ihrer Meinung nach hätte es ihm besser gestanden, auch ein wenig nervös zu sein.

Richard fuhr fort:

»Liebling, du darfst dich von solchen Dingen nicht so aus der Bahn werfen lassen!«

»Das kommt auch sonst nicht vor«, versicherte ihm Ann.

»Aber du zitterst ja regelrecht vor Angst und Aufregung! Dabei ist doch alles ganz unproblematisch.«

»Ich schrecke davor zurück, es meinem Kind zu sagen. Das macht mich ganz verlegen. Ich weiß nicht, wie es es ihr beibringen soll.«

»Aber Ann, du brauchst doch nur zu sagen: Sarah, das ist Richard Cauldfield. Wir heiraten in drei Wochen.«

»So ganz unverblümt?« Ann mußte wider Willen lächeln. Richard erwiderte das Lächeln.

»Aber ist es denn so nicht am besten?«

»Das mag ja sein.« Sie zögerte. »Aber ich komme mir dabei so albern vor. Das verstehst du sicher nicht.«

»Albern? Wieso denn das?« Er sah sie etwas ungehalten an.

»Es kommt mir eben komisch vor, meiner fast erwachsenen Tochter mitzuteilen, daß ich noch einmal heiraten will.«

»Ich wüßte wirklich nicht, was daran so komisch ist.«

»Die jungen Leute denken doch, daß man mit alldem längst abgeschlossen hat. In ihren Augen sind wir *alt*. Sie glauben, die Liebe und Verliebtheit seien das Vorrecht der Jugend. Sie stehen sicher auf dem Standpunkt, daß das älteren Leuten nicht mehr zusteht. Deshalb muß es ja lächerlich auf sie wirken, wenn sich Leute in mittleren Jahren noch ineinander verlieben und heiraten.«

»Das ist ganz und gar nicht lächerlich«, erwiderte Richard ärgerlich.

»In *unseren* Augen selbstverständlich nicht. Wir *sind* ja schließlich Leute mittleren Alters.«

Richard blickte finster drein. Als er sprach, klang seine Stimme ziemlich rauh.

»Sieh mal, Ann, ich weiß ja, daß ihr sehr aneinander hängt, du und deine Tochter. Ich kann mir auch vorstellen, daß das Mädchen meinetwegen ziemlich aufgebracht und eifersüchtig sein wird. Das ist nur natürlich, das verstehe ich sehr gut. Ich will auch Nachsicht üben. Wahrscheinlich wird deine Tochter anfänglich eine starke Abneigung gegen mich hegen – aber das gibt sich dann schon mit der Zeit. Man muß ihr nur klarmachen, daß es dein gutes Recht ist, dein Leben so zu gestalten, wie es dir richtig erscheint. Du hast ein Recht darauf, glücklich zu sein.«

Anns Wangen verfärbten sich zartrot.

»Es ist nicht etwa so, daß Sarah mir mein ›Glück‹ mißgönnt, wie du es nennst«, erklärte Ann. »Kleinlichkeit und

Mißgunst sind Sarah völlig fremd. Sie ist das großzügigste Geschöpf, das man sich vorstellen kann.«

»Ann, worüber regst du dich bloß auf? Das ist wirklich völlig überflüssig. Sarah ist vielleicht ganz froh darüber, daß du wieder heiratest. Da kann sie eher auf eigenen Füßen stehen.«

»Auf eigenen Füßen stehen«, wiederholte Ann mit einem Anflug von Spott in der Stimme. »Weißt du, Richard, das klingt wie eine Redewendung aus einem viktorianischen Roman.«

»Das ändert nichts an der Tatsache, daß ihr Mütter euch dagegen wehrt, daß eure Kinder flügge werden.«

»Da irrst du dich gewaltig, Richard.«

»Liebling, ich will dich wirklich nicht verärgern, aber manchmal ist sogar die Liebe der hingebungsvollsten Mutter zuviel des Guten. Ich erinnere mich noch sehr gut an die Zeit, als ich noch ein junger Mann war. Ich hing sehr an meinen Eltern, doch das Zusammenleben mit ihnen trieb mich manchmal schier zur Verzweiflung. Meine Eltern haben mich ständig mit Fragen gelöchert und mir Vorhaltungen gemacht. ›Wo gehst du hin? Wann kommst du wieder? Vergiß deinen Schlüssel nicht. Sei leise, wenn du heimkommst. Du hast gestern abend vergessen, das Flurlicht auszumachen. Was, du gehst schon wieder weg? Dein Elternhaus läßt dich anscheinend völlig kalt – nach allem, was wir für dich getan haben.‹« Er verstummte. »Mein Zuhause war mir sehr wohl wichtig, aber ich wollte trotzdem ein freier Mensch sein. Das ist doch nicht zuviel verlangt.«

»Das verstehe ich natürlich.«

»Deshalb darfst du nicht verletzt sein, falls es sich herausstellen sollte, daß Sarah weit mehr darauf aus ist, selbständig zu werden als du es ihr je zugetraut hättest... Denk daran, daß den Mädchen heute zahlreiche Berufe offenstehen.«

»Sarah liegt nicht viel an einer beruflichen Karriere.«

»Ja, das sagst du so, aber du darfst nicht vergessen, daß die meisten Mädchen heutzutage berufstätig sind.«

»In vielen Fällen hat das ja wohl wirtschaftliche Gründe.«

»Was willst du damit sagen?«

Ann erklärte ungeduldig:

»Richard, die letzten fünfzehn Jahre sind offensichtlich spurlos an dir vorübergegangen. Früher war es einmal sehr in Mode, ›auf eigenen Füßen zu stehen‹ und sich ›in der Welt umzutun‹. Es gibt noch immer viele Mädchen, die das tun, doch es übt keine Faszination mehr auf sie aus. Bei den Steuern und Erbschaftssteuern und was sonst noch alles dazukommt, tun die Mädchen für gewöhnlich gut daran, einen Beruf zu erlernen. Sarah ist auf nichts sonderlich erpicht. Sie beschäftigt sich mit modernen Sprachen und lernt in einem Kursus, wie man Blumen am vorteilhaftesten arrangiert. Eine Freundin hat ein Geschäft für solche Blumenarrangements. Sarah kann dort jederzeit anfangen. Ich glaube, das wird ihr Freude machen, aber es ist eben nur ein Job und weiter nichts. Es ist völlig unsinnig, da großartig von Unabhängigkeitsbestrebungen zu reden. Sarah lebt sehr gern mit mir zusammen. Sie hängt an ihrem Zuhause und ist hier glücklich und zufrieden.«

»Ann, es tut mir leid, wenn du jetzt verärgert bist.«

Er verstummte auf der Stelle, als Edith den Kopf zur Tür hereinsteckte. Sie trug die selbstgefällige Miene eines Menschen zur Schau, der weit mehr mitbekommen hat von dem, was vorgeht, als er zugeben würde.

»Ich möchte zwar nicht stören, Madam, aber wissen Sie, wie spät es ist?«

Ann sah auf ihre Armbanduhr.

»Ich habe noch genügend – o je, auf meiner Uhr ist es ja noch genauso spät wie vorher, als ich auf die Uhr gesehen habe.« Sie hielt die Armbanduhr ans Ohr. »Richard – meine Uhr ist stehengeblieben. Wie spät ist es denn eigentlich, Edith?«

»Zwanzig nach.«

»Großer Gott, da komme ich bestimmt zu spät. Aber diese Züge haben doch meistens Verspätung, oder nicht? Wo ist meine Tasche? Ach, da ist sie ja. Zum Glück bekommt man um diese Zeit leicht ein Taxi. Nein, Richard, komm nicht mit. Bleib lieber hier und trink dann Tee mit uns. Ja, das ist mein Ernst. Das halte ich für das Beste. Wirklich. Aber jetzt *muß* ich los.«

Sie stürzte aus dem Zimmer. Die Wohnungstür fiel zu. Im

Vorbeigehen hatte sie zwei Tulpen aus der Vase gefegt. Edith bückte sich sofort und hob sie wieder auf. Sie steckte sie sorgfältig zwischen die anderen Blumen und erklärte:

»Tulpen sind Miß Sarahs Lieblingsblumen, das ist schon immer so gewesen. Am liebsten hat sie malvenfarbene.«

Richard sagte leicht gereizt:

»Hier scheint sich alles nur um Miß Sarah zu drehen.«

Edith warf ihm einen verstohlenen Blick zu. Ihre Miene blieb dabei undurchdringlich, drückte höchstens das übliche Mißfallen aus. Mit ihrer tonlosen Stimme sagte sie ganz unbewegt:

»Also, Miß Sarah hat was an sich. Sie hat eine Art, mit einem umzugehen, kann ich Ihnen sagen ... Das läßt sich nicht bestreiten. Es gibt junge Damen, die einfach alles herumliegen lassen und erwarten, daß man ihre Sachen stopft und ausbessert und ständig hinter ihnen herputzt – trotzdem gibt es rein gar nichts, was man nicht gern für sie täte! Andere dagegen machen überhaupt keine Arbeit, sie halten alles selbst in Ordnung. Man hat mit ihnen keine Mühe. Trotzdem mag man sie nicht so besonders und weiß ihre Art oft gar nicht so recht zu schätzen. Es gibt Menschen, die verstehen es eben, andere für sich einzunehmen und andere lassen einen kalt, so ist es nun einmal.«

Während sie sprach, ging sie durch das Zimmer, rückte Stühle zurecht und schüttelte ein Kissen auf.

Richard steckte sich eine Zigarette an und fragte freundlich:

»Edith, Sie sind schon sehr lange bei Mrs. Prentice, nicht wahr?«

»Schon seit über zwanzig Jahren. Genaugenommen zweiundzwanzig. Ich bin schon zu ihrer Mutter gekommen, bevor Miß Ann Mr. Prentice geheiratet hat. Er war übrigens ein sehr sehr netter Mann.«

Richard sah sie forschend an. Wegen seiner Überempfindlichkeit hegte er den Verdacht, daß eine merkwürdige Betonung auf dem Wörtchen ›er‹ gelegen hatte.

Seine Stimme klang belegt als er fragte:

»Hat Ihnen Mrs. Prentice gesagt, daß wir bald heiraten?«

Edith nickte.

»Als ob sie mir das hätte sagen müssen«, meinte sie.

»Ich – ich hoffe, daß wir uns gut verstehen werden, Edith.« Richard war so befangen, daß er vor Verlegenheit ins Stocken geriet.

Edith erwiderte mit finsterer Miene: »Das hoffe ich auch, Sir.«

Als Richard weiterredete, fühlte er sich immer noch nicht wohl in seiner Haut.

»Für Sie könnte das Mehrarbeit mit sich bringen, aber da ziehen wir noch eine Hilfskraft hinzu.«

»Ich habe nichts für diese Frauen übrig, die man so bekommt. Wenn ich ganz auf mich gestellt bin, weiß ich, wo ich dran bin. Dann behalte ich den Überblick. Natürlich bringt es Veränderungen mit sich, wenn ein Mann im Haus ist. Angefangen bei den Mahlzeiten.«

»Ich bin eigentlich kein großer Esser«, versicherte ihr Richard.

»Ich spreche vom Anrichten der Mahlzeiten«, erklärte Edith. »Einem Mann kann man nicht einfach nur ein paar Häppchen auf einem Tablett servieren.«

»Worauf die Frauen oft ganz versessen sind.«

»Schon möglich.« Ediths Stimme klang merkwürdig kummervoll, als sie hinzufügte: »Ich bestreite gar nicht, daß eine viel fröhlichere Atmosphäre herrscht, wenn ein Mann im Haus ist.«

Eine fast überschwengliche Dankbarkeit stieg in Richard auf.

»Es ist sehr lieb von Ihnen, das zu sagen, Edith.«

»Sie können auf mich zählen, Sir. Ich lasse Mrs. Prentice nicht im Stich. Ich würde um nichts in der Welt gehen wollen. Außerdem ist es nicht meine Art, das Feld zu räumen, sobald es Ärger gibt.«

»Ärger? Warum sollte es denn Ärger geben?«

»Na ja, es wird wohl stürmisch zugehen.«

»Wieso stürmisch?«

Edith sah ihn an, ohne mit der Wimper zu zucken.

»Niemand hat mich um meinen Rat gebeten«, sagte sie, »und deshalb mische ich mich auch nicht ein. Ich will nur soviel sagen: Es wäre besser gewesen, wenn Sie vor Miß Sarahs

Rückkehr geheiratet hätten und es nichts mehr daran zu rütteln gäbe.«

Es läutete an der Wohnungstür. Wieder und wieder wurde auf den Klingelknopf gedrückt.

»Wer das ist, weiß ich ganz genau. Nur eine läutet so«, erklärte Edith.

Sie ging in den Flur hinaus. Als sie die Wohnungstür aufmachte, hörte man zwei Stimmen, eine männliche und eine weibliche. Gelächter und freudige Begrüßung.

»Edith, du gutes altes Haus«, vernahm Richard die warme Altstimme eines Mädchens. »Wo ist meine Mutter? Komm rein, Gerry. Schieb die Skier in die Küche.«

»Kommt nicht in Frage! Nicht in meine Küche!«

»Wo bleibt denn meine Mutter?« fragte Sarah Prentice noch einmal als sie das Wohnzimmer betrat.

Sarah war ein großes, dunkelhaariges Mädchen. Richard Cauldfield stand fassungslos da angesichts ihrer überschäumenden Lebensfreude und unglaublichen Vitalität. In der Wohnung standen mehrere Fotos von Sarah, aber ein Foto ist nur ein schwacher Abglanz eines lebendigen Menschen. Er hatte eine jüngere Ausgabe von Ann erwartet – sozusagen ein härteres moderneres Exemplar – aber doch zumindest ganz genau den gleichen Typ. Aber Sarah Prentice schien mehr ihrem Vater zu ähneln. Sie wirkte so fremdartig und vital, daß ihm sogar die Wohnung verändert erschien. Es herrschte gleich eine ganz andere Atmosphäre.

»Ach, die schönen Tulpen!« rief sie aus und beugte sich über die Vase. »Sie riechen ganz schwach nach Limonen. Das ist für mich der Inbegriff des Frühlings. Ich –«

Sie riß erstaunt die Augen auf, als sie sich wieder aufrichtete und Richard Cauldfield in ihr Blickfeld geriet.

Er ging auf sie zu und stellte sich vor:

»Ich bin Richard Cauldfield.«

Sarah gab ihm artig die Hand und erkundigte sich höflich:

»Warten Sie auf meine Mutter?«

»Ja. Sie ist gerade zum Bahnhof gefahren, um Sie abzuholen – vor etwa fünf Minuten.«

»Ach, wie dumm von ihr. Die Ärmste. Warum hat denn Edith nicht dafür gesorgt, daß sie rechtzeitig aus dem Haus geht? Edith!«

»Ihre Uhr war stehengeblieben.«

»Mutter und ihre Uhren. Gerry! Wo steckst du denn bloß?«

Ein ziemlich gutaussehender junger Mann mit unzufriedener Miene sah kurz herein, in jeder Hand einen Koffer.

»Gerry der Robotermensch«, bemerkte er. »Wo soll ich denn die Koffer hinstellen, Sarah? Warum gibt es denn hier keinen Portier?«

»Gibt es selbstverständlich. Doch der ist nie da, wenn man ihn braucht, damit er einem die Koffer in die Wohnung raufträgt. Bring die Koffer in mein Zimmer, Gerry. Ach ja, das ist Mr. Lloyd. Mr.... hm...«

»Cauldfield«, half ihr Richard aus der Patsche.

Edith kam herein. Sarah umarmte sie und gab ihr einen lauten Kuß.

»Ach, Edith, was für eine Freude, dein geliebtes altes sauertöpfisches Gesicht zu sehen!«

»Was heißt hier sauertöpfisch«, murrte Edith indigniert. »Und küssen Sie mich nicht, Miß Sarah. Sie sollten doch allmählich wissen, daß sich das nicht gehört.«

»Ach, Edith, tu doch nicht, als ob du dich ärgerst. Ich weiß doch, daß du selig bist, daß ich wieder da bin. Alles glänzt vor Sauberkeit! Alles ganz genau wie immer. Die Möbel und Mutters Muschelkästchen. Ach, ihr habt das Sofa umgestellt, und den Schreibtisch auch. Vorher stand er da drüben.«

»Ihre Mutter findet, daß das Zimmer so geräumiger wirkt.«

»Nein, ich möchte, daß die Möbel wieder da hinkommen, wo sie vorher waren. Gerry, Gerry, wo steckst du denn schon wieder?«

Gerry erschien auf der Bildfläche und fragte: »Was ist denn jetzt schon wieder los?« Sarah zerrte schon an dem Schreibtisch herum. Richard eilte herbei, um ihr zu helfen, aber Gerry meinte aufgeräumt: »Lassen Sie nur, Sir, ich mache das schon. Wo soll er denn hin, Sarah?«

»Wo er vorher war. Da drüben.«

Als der Schreibtisch und das Sofa wieder an der alten Stelle standen, stieß Sarah einen Seufzer der Erleichterung aus und sagte:

»So ist es besser.«

»Da bin ich mir aber nicht so sicher«, wandte Gerry ein. Er trat ein paar Schritte zurück, um das Zimmer kritisch in Augenschein zu nehmen.

»Aber ich«, erklärte Sarah. »Ich will, daß alles so bleibt wie es ist. Sonst fühle ich mich nicht zu Hause. Edith, wo ist denn das Kissen mit den Vögeln drauf?«

»In der Reinigung.«

»Ach so, dann ist es ja gut. Jetzt muß ich mir mein Zimmer mal ansehen.« An der Tür blieb sie noch einmal stehen. »Gerry, mix doch bitte Drinks. Auch für Mr. Cauldfield. Du weißt ja, wo du alles findest.«

»Aber sicher.« Gerry sah Richard fragend an. »Was möchten Sie denn trinken, Sir? Einen Martini – Gin und Orangensaft? Pink Gin?«

Richard stand entschlossen auf. »Nein danke. Für mich bitte nichts, ich muß jetzt los.«

»Aber möchten Sie denn nicht auf Mrs. Prentice warten?« Gerry war ein sehr liebenswürdiger charmanter junger Mann. »Sie kommt sicher zurück, sobald sie erfährt, daß der Zug schon längst eingelaufen ist.«

»Nein, ich muß jetzt gehen. Richten Sie Mrs. Prentice bitte aus, daß es bei der ursprünglichen Verabredung für morgen bleibt.«

Er nickte Gerry zu und trat auf den Gang hinaus. Aus Sarahs Zimmer am anderen Ende des Ganges hörte man ein lebhaftes Gespräch. Eine wahre Sturzflut von Worten ergoß sich über Edith.

Es ist besser, wenn ich jetzt gehe, dachte er. Sie sollten bei dem bleiben, was er und Ann sich ursprünglich vorgenommen hatten. Am Abend konnte Ann Sarah alles sagen. Er würde dann am nächsten Tag zum Mittagessen kommen, um so rasch wie möglich Freundschaft mit seiner künftigen Stieftochter zu schließen.

Er war ganz durcheinander, weil Sarah so anders war als er

sie sich vorgestellt hatte. Seine Annahme, ein unselbständiges junges Mädchen kennenzulernen, das Ann ständig in übertriebenem Maße bemutterte, war ganz falsch gewesen. Ihre Schönheit, ihre Vitalität und ihr Selbstbewußtsein hatten ihn erschreckt.

Bisher war Sarah für ihn etwas Abstraktes gewesen, aber nun hatte er sie tatsächlich erlebt.

6. KAPITEL

Sarah betrat das Wohnzimmer und schlang einen Gürtel um ihren Hausmantel.

»Ich mußte einfach aus diesem Skianzug raus. Am liebsten nähme ich sofort ein Bad. Wie schmutzig es in diesen Zügen ist! Gerry, hast du für mich auch etwas zu trinken?«

»Bitte sehr.«

Sarah griff nach dem Glas.

»Danke. Ist der Mann gegangen? Das hast du gut gemacht.«

»Wer war das denn?«

»Ich habe ihn noch nie gesehen«, sagte Sarah. Sie mußte lachen. »Sicher einer von den Männern, die Mutter aufgelesen hat.«

Edith kam ins Zimmer, um die Vorhänge zurechtzuziehen. Sarah fragte sie:

»Edith, wer war denn dieser Mann?«

»Ein Bekannter Ihrer Mutter, Miß Sarah«, sagte Edith.

Sie zog heftig an dem Vorhang und trat dann an das zweite Fenster.

Sarah meinte fröhlich: »Ein Glück, daß ich wieder zu Hause bin. Da kann ich ihr die Freunde aussuchen.«

»Aha«, murmelte Edith und zog an dem zweiten Vorhang. Sie sah Sarah eindringlich an und fragte: »Er hat Ihnen wohl nicht sonderlich gefallen?«

»Nein, wahrhaftig nicht.«

Edith murmelte etwas vor sich hin und ging aus dem Zimmer.

»Gerry, was meinte sie?«

»Ich glaube, sie hat gesagt: ›Was für ein Jammer.‹«

»Komisch.«

»Hat sich richtig geheimnisvoll angehört.«

»Ach, du kennst doch Edith. Wo meine Mutter nur bleibt? Warum kann sie auch nie pünktlich sein?«

»Das sieht ihr eigentlich gar nicht ähnlich – finde ich jedenfalls.«

»Es war sehr nett von dir, daß du mich abgeholt hast, Gerry. Tut mir leid, daß ich dir nicht geschrieben habe, aber du weißt ja, wie das ist. Wie hast du es bloß geschafft, dich so früh loszueisen? Um diese Zeit mußt du doch im Büro sein.

Gerry antwortete nicht gleich. Aber schließlich sagte er: »Ach, unter den gegebenen Umständen war das nicht weiter schwierig.«

Sarah wurde hellhörig. Sie fuhr auf und sah ihn an.

»Na los schon, Gerry, raus damit. Was ist eigentlich los?«

»Nichts ist los. Aber es sieht auch nicht besonders gut aus.«

»Aber du hast mir doch versprochen, daß du die Geduld nicht verlieren und dein Temperament zügeln willst«, hielt ihm Sarah vor.

Gerry blickte finster drein.

»Liebling, du hast ja völlig recht. Aber du kannst dir nicht vorstellen, was ich da durchgemacht habe. Lieber Himmel, aber wenn man aus einem Krieg zurückkommt, wo es wirklich höllisch zugeht, um sich dann in einem Großstadtbüro zu vergraben, so ist das schon eine gewaltige Umstellung. Du kannst dir gar nicht denken, was Onkel Lukas für ein Mensch ist. Ein asthmatischer Fettkloß mit blitzschnellen Schweinsäuglein. ›Freut mich, dich wieder dazuhaben, mein Junge.‹ Gerry war ein glänzender Schauspieler. ›Hm – ja – ich hoffe, daß du jetzt, wo sich all die Aufregung gelegt hat, in meine Firma eintrittst und – hm – ja – dich wirklich mal ins Zeug legst. Wir – hm ja – wir können jemanden brauchen. Ich kann dir versichern, daß du glänzende Aufstiegschancen hast, wenn du dich wirklich reinkniest. Natürlich mußt du alles von der Pike auf lernen. Keine – hm ja – keine Vergünstigungen, das habe ich mir zur Devise gemacht. Du hast lange genug herumgespielt – nun wollen wir mal sehen, ob wir dich dazu bringen können, daß du ernsthaft arbeitest.‹«

Er stand auf und ging im Zimmer auf und ab.

»Herumspielen – darin besteht für diesen Fettsack der Militärdienst an der Front. Ich würde es ihm gönnen, daß ein Rotchinese aus dem Hinterhalt auf ihn schießt. Da sitzen diese reichen Blutsauger auf ihren dicken Hintern. Sie denken immer nur ans Geld, alles andere läßt sie kalt –«

»Gerry, hör schon auf«, unterbrach ihn Sarah ungeduldig. »Dein Onkel ist eben fantasielos. Außerdem hast du ja selbst gesagt, daß du eine Stellung brauchst und Geld verdienen willst. Sicher ist das alles nicht sehr angenehm, aber nenn mir eine andere Möglichkeit. Du kannst froh sein, daß du einen reichen Onkel in der Stadt hast. Die meisten Leute würden sich um so einen Onkel reißen!«

»Und warum ist er so reich?« fuhr Gerry fort. »Weil er mit dem Geld arbeitet, das *mir* zugestanden hätte. Mein Großonkel Harry hat es ihm vermacht und nicht meinem Vater, der der Ältere war.«

»Spielt doch keine Rolle«, sagte Sarah. »Nach Abzug der Erbschaftsteuer hättest du von dem Geld wahrscheinlich nicht mehr viel gesehen.«

»Aber es war unfair, das gibst du doch wohl zu.«

»Was ist nicht unfair?« antwortete Sarah mit einer Gegenfrage. »Es hat doch keinen Sinn, sich ständig darüber aufzuregen, und es ist so ermüdend, immer wieder hören zu müssen, daß alle Welt vom Pech verfolgt ist.«

»Sarah, ich muß schon sagen, du bringst nicht viel Verständnis auf.«

»Nein. Weißt du, ich bin dafür, daß man ganz offen ist. Ich finde, du solltest die Konsequenzen ziehen und die Stellung entweder aufgeben oder mit dem ewigen Gejammere aufhören und dem Himmel danken, daß du hier in London einen reichen Onkel mit Asthma und Schweinsäuglein hast. Ach, ich glaube, da kommt meine Mutter – endlich.«

Ann hatte gerade aufgeschlossen. Sie kam ins Wohnzimmer gerannt.

»Sarah, mein Liebling.«

»Mutter, da bist du ja endlich.« Sarah streckte die Arme nach ihrer Mutter aus und zog sie ganz fest an sich. »Was hast du dir denn da bloß wieder einfallen lassen?«

»Das liegt an meiner Uhr. Die war stehengeblieben.«

»Gerry hat mich abgeholt, ich hatte also einen großen Bahnhof.«

»Guten Tag, Gerry. Ich habe Sie gar nicht gesehen.«

Ann begrüßte ihn scheinbar bestens gelaunt, doch in

Wirklichkeit war sie verärgert. Sie hatte so gehofft, daß die Geschichte mit Gerry allmählich im Sande verlief.

»Laß dich einmal ansehen, Mutter«, sagte Sarah. »Du bist ja so elegant. Ist das ein neuer Hut? Mutter, du siehst fantastisch aus.«

»Du auch. Und so schön braun.«

»Kein Wunder bei Sonne und Schnee. Edith ist sehr enttäuscht, daß ich nicht ganz bandagiert hier eingetroffen bin. Es hätte dich doch sehr gefreut, wenn ich mir ein paar Knochen gebrochen hätte, Edith – stimmt's?«

Edith, die gerade mit dem Teetablett hereinkam, ging gar nicht darauf ein.

»Ich habe drei Tassen gebracht«, erklärte sie, »obwohl ich gar nicht glaube, daß Mr. Lloyd und Miß Sarah Tee möchten, weil sie ja Gin getrunken haben.«

»Aus deinem Mund klingt das so nach Ausschweifung, Edith«, sagte Sarah.

»Jedenfalls haben wir auch diesem Herrn etwas zu trinken angeboten. Wer war denn das, Mutter? Sein Name klang so ähnlich wie Kornfeld.«

Edith wandte sich an Ann: »Mr. Cauldfield hat gesagt, er könnte nicht mehr auf Sie warten, Madam. Er kommt morgen zur verabredeten Zeit wieder.«

»Wer ist denn dieser Cauldfield, Mutter, und warum kommt er morgen wieder? Wir können gut auf ihn verzichten.«

Ann sagte hastig: »Trinken Sie noch etwas, Gerry.«

»Nein danke, Mrs. Prentice, ich muß jetzt wirklich gehen. Auf Wiedersehen, Sarah.«

Sarah ging mit ihm hinaus. Er fragte sie: »Was hältst du davon, wenn wir heute abend ins Kino gingen? Im Academy läuft ein guter Film.«

»O ja, schön. Nein, ich glaube, das kann ich nicht machen. Ich bin doch gerade erst zurückgekommen. Den ersten Abend bleibe ich besser zu Hause bei meiner Mutter. Die Ärmste wäre ganz bestimmt enttäuscht, wenn ich mich gleich wieder aus dem Staub machen würde.«

»Sarah, du bist wirklich eine wunderbare Tochter.«

»Na ja, Mutter ist ja auch sehr lieb.«

»Ja, das weiß ich.«

»Natürlich löchert sie mich mit Fragen. Wen ich so kennengelernt und was ich gemacht habe. Aber abgesehen davon ist sie für eine Mutter ganz vernünftig. Weißt du was, Gerry? Falls es sich doch machen läßt, rufe ich dich noch an.«

Sarah ging ins Wohnzimmer zurück und knabberte an den Keksen herum.

»Ediths Spezialrezept«, bemerkte sie. »Unheimlich gehaltvoll. Ich weiß gar nicht, wo sie all die Sachen herbekommt, die sie dafür braucht. Wie kommt sie bloß an die Zutaten? Mutter, erzähl mir mal, was du inzwischen so gemacht hast. Bist du viel mit Colonel Grant und deinen anderen Bekannten ausgegangen und hast du dich gut unterhalten?«

»Nein – na ja, irgendwie schon...«

Ann verstummte. Sarah starrte sie verwundert an.

»Mutter, was ist denn los?«

»Nichts. Wieso?«

»Du siehst so komisch aus.«

»Ja?«

»Mutter, irgend etwas muß doch vorgefallen sein. Du kommst mir wirklich ganz merkwürdig vor. Nun erzähl mir schon. Du wirkst ja richtig schuldbewußt. Jetzt sag schon, Mutter, was hast du angestellt?«

»Ach, gar nichts. Sarah, Liebling, du mußt mir glauben, daß sich für dich nichts ändert. Alles bleibt beim alten, nur –«

Ann geriet immer mehr ins Stocken und verstummte schließlich ganz. ›Wie kann man nur so feige sein?‹ dachte sie bei sich. ›Wie kommt es nur, daß man seiner eigenen Tochter gegenüber solche Scheu empfindet?‹

Sarah sah sie höchst erstaunt an. Plötzlich verzog sie das Gesicht zu einem liebevollen Grinsen. »Ich glaube fast... Na los schon, Mutter, raus mit der Sprache. Jetzt heißt es Farbe bekennen. Versuchst du womöglich, mir behutsam beizubringen, daß ich einen Stiefvater bekomme?«

»Ach, Sarah.« Ann stieß einen abgrundtiefen Seufzer der Erleichterung aus. »Wie hast du das bloß erraten?«

»Das war gar nicht weiter schwierig. Du hast ja regelrecht gezittert vor Angst und Aufregung. Denkst du vielleicht, daß ich nicht damit einverstanden bin?«

»Ja. Hast du denn wirklich nichts dagegen?«

»Aber nein«, versicherte ihr Sarah ernsthaft. »Ich finde, du handelst völlig richtig. Vater ist schließlich sei sechzehn Jahren tot. Du solltest den Sex noch mal genießen können, bevor es endgültig zu spät ist. Du befindest dich gerade im gefährlichsten Alter, wie man das so schön nennt. Und du bist viel zu altmodisch, um dich mit einer Affäre zufriedenzugeben.«

Ann fühlte sich ihrer Tochter gegenüber hilflos. Alles verlief ganz anders, als sie sich das vorgestellt hatte.

Sarah nickte. »Da heiratest du lieber gleich.«

Was sie doch noch für ein Kind ist. Absurd, was sie da denkt. Aber Ann hütete sich, auch nur ein Wort davon verlauten zu lassen.

»Du siehst wirklich noch sehr gut aus«, fuhr Sarah mit unbekümmerter Offenherzigkeit fort. »Das liegt daran, daß deine Haut so glatt ist. Aber es wäre noch besser, wenn du dir die Augenbrauen zupfen würdest.«

»Mir gefallen sie so wie sie sind«, sagte Ann störrisch.

»Mutter, du bist wirklich unheimlich attraktiv«, lobte Sarah ihre Mutter über den grünen Klee. »Es wundert mich, daß du nicht schon längst wieder unter der Haube bist. Wer ist denn übrigens der Glückliche? Warte, laß mich raten. Dreimal darf ich es versuchen. Ich tippe auf Colonel Grant oder auf Professor Fane oder aber auf den melancholischen Polen mit dem unaussprechlichen Namen. Aber vermutlich ist es Colonel Grant. Er bittet dich ja schon seit Jahren, seine Frau zu werden.«

Ann sagte verängstigt: »Der Colonel ist es aber nicht. Ich werde Richard Cauldfields Frau.«

»Wer ist denn Richard Cauld... Mutter, du meinst doch wohl nicht den Mann, der vorher hier war?«

Ann nickte.

»Aber das darf doch wohl nicht wahr sein, Mutter. Der ist so selbstgefällig, einfach fürchterlich.«

»Sarah, du weißt ja nicht, was du da sagst. Ich – ich hänge sehr an ihm.«

»Willst du etwa behaupten, daß du ihn wirklich liebst?« Sarah konnte es nicht glauben. »Du liebst ihn ernsthaft?«

»Ja.«

»Weißt du, ich kann es einfach nicht fassen«, sagte Sarah.
Ann reckte die Schultern.

»Du hast Richard ja nur ganz kurz gesehen«, gab sie zu bedenken. »Wenn du ihn erst einmal besser kennst, wird er dir sicher sehr gefallen.«

»Er macht so einen aggressiven Eindruck.«

»Weil er schüchtern und verlegen war.«

»Na ja, schließlich ist es ja deine Beerdigung«, sagte Sarah gedehnt.

Mutter und Tochter saßen schweigend da. Beiden war das alles denkbar peinlich.

Schließlich brach Sarah das Schweigen. »Weißt du, Mutter«, sagte sie. »du brauchst tatsächlich jemanden, der sich um dich kümmert. Da fahre ich bloß mal ein paar Wochen weg, und schon begehst du eine solche Dummheit.«

»Sarah!« Ann kannte sich nicht mehr vor Wut. »Das ist wirklich ungehörig.«

»Tut mir leid, mein liebes Mütterlein, aber ich stehe nun mal auf dem Standpunkt, daß man ganz offen und ehrlich sein sollte.«

»Da bin ich mir nicht so sicher.«

»Wie lange geht denn das schon?« wollte Sarah wissen.

Ann mußte wider Willen lachen.

»Also wirklich, Sarah, du redest wie ein gestrenger Vater in einem Drama aus der Zeit der Queen Victoria. Ich habe Richard vor drei Wochen kennengelernt.«

»Und wo?«

»Durch James Grant. James kennt ihn schon seit Jahren. Er ist vor kurzem aus Burma zurückgekehrt.«

»Hat er wenigstens Geld?«

Ann war ärgerlich und gerührt zugleich. Wie lächerlich sich Sarah doch benahm, indem sie solche Fragen stellte. Ann bemühte sich, ihrer Gereiztheit Herr zu werden und sagte ganz trocken und ironisch:

»Richard verdient gut und kann mich durchaus ernähren. Er hat eine Stellung bei Hellner Bros., einer großen Firma in der Stadt. Weißt du, Sarah, man könnte wirklich glauben, *ich* sei *deine* Tochter und nicht umgekehrt.«

Worauf Sarah todernst erwiderte: »Weißt du, meine Liebe,

irgend jemand muß sich ja schließlich um dich kümmern. Du bist überhaupt nicht fähig, allein zurechtzukommen. Ich habe dich sehr gern und möchte nicht, daß du eine Riesendummheit machst. Ist er Junggeselle, geschieden oder Witwer?«

»Seine Frau ist vor vielen Jahren gestorben. Bei der Geburt des ersten Kindes. Das Baby ist auch gestorben.«

Sarah seufzte und schüttelte den Kopf.

»Jetzt ist mir alles klar. Auf die Tour hat er dich rumgekriegt. Für solche Schnulzen hattest du schon immer eine Schwäche.«

»Rede nicht so einen Blödsinn, Sarah!«

»Hat er Geschwister? Lebt seine Mutter noch?«

»Ich glaube, er hat gar keine nahen Verwandten mehr.«

»Das ist ja ein wahrer Segen. Hat er wenigstens ein Haus? Wo wollt ihr denn leben?«

»Ich dachte hier. Wir haben ja genug Platz, und er arbeitet in London. Du hast doch sicher nichts dagegen, oder?«

»Ach, mir macht das nichts aus. Ich denke dabei nur an dich.«

»Das ist sehr lieb von dir. Aber ich weiß selbst am besten, was gut für mich ist und was nicht. Ich bin fest davon überzeugt, daß ich mit Richard glücklich werde.«

»Wann wollt ihr denn heiraten?«

»In drei Wochen.«

»In drei Wochen schon? Du darfst das doch nicht überstürzen.«

»Es hat doch keinen Sinn, die Hochzeit aufzuschieben.«

»Bitte, Mutter, tu es mir zu Gefallen. Gönn mir noch ein bißchen Zeit, mich an den Gedanken zu gewöhnen. Bitte, Mutter, ich flehe dich an.«

»Ich weiß nicht recht... mal sehen...«

»Verschieb die Hochzeit um drei Wochen. Dann habe ich sechs Wochen Zeit, mich daran zu gewöhnen.«

»Es ist ja noch nichts entschieden. Richard kommt morgen zum Essen. Sei bitte nett zu ihm, Sarah.«

»Natürlich bin ich nett zu ihm. Was denkst du denn von mir?«

»Danke, Liebling.«

»Kopf hoch, Mutter, und mach dir keine Sorgen.«

»Ich bin sicher, daß ihr euch mit der Zeit sehr gut versteht«, sagte Ann lahm.

Sarah schwieg dazu.

Ann wurde plötzlich ärgerlich.

»Du könntest dir zumindest ein wenig Mühe geben.«

»Ich habe dir doch gesagt, daß du ganz unbesorgt sein kannst.« Sarah fügte noch hinzu: »Es ist dir doch sicher lieber, wenn ich heute abend bei dir bleibe.«

»Warum fragst du? Möchtest du weggehen?«

»Ich habe allerdings daran gedacht, aber ich will dich nicht allein lassen, Mutter.«

Ann sah ihre Tochter lächelnd an. Ihr gutes Verhältnis hatte wohl doch keinen Sprung bekommen.

»Ich werde mich schon nicht einsam fühlen. Laura hat mich gebeten, zu einer Vorlesung zu kommen.«

»Wie geht es denn dem alten Streitroß? Ist sie immer noch so unermüdlich?«

»Ja, sie ist noch ganz die alte. Ich habe es abgelehnt, zu dem Vortrag zu gehen, aber ich kann sie ja immer noch anrufen.«

Natürlich würde sich auch Richard über ihren Anruf freuen. Doch irgendwie schreckte sie davor zurück. Sie wollte sich lieber von Richard fernhalten, bis er und Sarah sich kennengelernt hatten.

»Wenn du also nichts dagegen hast, rufe ich jetzt Gerry an.«

»Ach, du willst mit Gerry weggehen?«

Sarah sagte trotzig:

»Ja, warum auch nicht?«

Doch Ann ging nicht darauf ein. Statt dessen sagte sie ganz freundlich:

»Ich wollte es nur wissen.«

7. KAPITEL

1

»Gerry?«

»Ja, Sarah?«

»Ich möchte diesen Film lieber doch nicht sehen. Gehen wir irgendwohin, wo wir uns unterhalten können.«

»Natürlich, wenn du möchtest. Sollen wir essen gehen?«

»Nein, ich bringe keinen Bissen mehr hinunter. Edith hat mich regelrecht genudelt.«

»Dann gehen wir nur etwas trinken.«

Er warf Sarah einen verstohlenen Blick zu und fragte sich, warum sie wohl so durcheinander war. Sarah sprach erst, als ihre Gläser vor ihnen standen.

»Gerry, meine Mutter will wieder heiraten.«

»Na sowas!« Damit hatte Gerry nicht gerechnet.

»Hast du das denn nicht geahnt? Kam das völlig überraschend?«

»Woher hätte ich es denn wissen sollen? Meine Mutter hat den Mann ja erst kennengelernt, als ich in der Schweiz war.«

»Das ging aber schnell. Da hat sie wirklich keine Zeit verloren.«

»Das ging entschieden zu schnell. In manchen Dingen ist Mutter wirklich unvernünftig.«

»Wen will sie denn heiraten?«

»Den Mann, der heute nachmittag bei uns war. Er heißt Kornfeld oder so ähnlich.«

»Ach, *den* meinst du.«

»Ja. Findest du ihn nicht auch unmöglich?«

»Also, mir ist weiter nichts an ihm aufgefallen«, meinte Gerry nachdenklich. »Mir kam er ganz normal vor. Ich konnte nichts Außergewöhnliches an ihm feststellen.«

»Er ist nicht der richtige Partner für meine Mutter. Er paßt überhaupt nicht zu ihr.«

»Ich glaube, das kann sie wohl selbst am besten beurteilen«, meinte Gerry nachdenklich.

»Nein, eben nicht. Sie läßt sich leicht beeinflussen. Alle Leute tun ihr immer gleich leid. Meine Mutter braucht tatsächlich jemanden, der auf sie aufpaßt.«

»Der Ansicht scheint sie auch zu sein«, warf Gerry grinsend ein.

»Mach dich nicht darüber lustig, Gerry, die Sache ist leider bitterernst. Kornfeld ist nicht der richtige Mann für meine Mutter.«

»Ich finde, das geht nur sie etwas an.«

»Aber ich muß mich doch um sie kümmern und auf sie aufpassen. Der Meinung war ich schon immer. Ich habe bereits jetzt mehr Lebenserfahrung als sie, und ich bin doppelt so zäh.«

Gerry stritt das gar nicht ab. Bis zu einem gewissen Grad mußte er ihr sogar recht geben. Trotzdem hatte er Einwände.

Vorsichtig deutete er an: »Sarah, wenn deine Mutter noch einmal heiraten möchte, so ist das...«

Sarah fiel ihm rasch ins Wort: »Aber *dagegen* habe ich ja auch nichts einzuwenden. Meine Mutter sollte tatsächlich eine neue Ehe eingehen. Das habe ich ihr auch schon oft gesagt. Was ihr fehlt, ist ein geregeltes Leben im Hinblick auf die Sexualität. Aber Kornfeld darf sie auf keinen Fall heiraten.«

»Aber glaubst du nicht...« Gerry schwieg völlig verunsichert.

»Sprich doch weiter.«

»Glaubst du nicht, daß du gegen jeden Mann im Leben deiner Mutter etwas einzuwenden hättest?« Gerry war etwas nervös, doch er zwang sich, das zu sagen, was ihm durch den Kopf ging. »Schließlich kannst du ja gar nicht wissen, ob dieser Kornfeld der richtige oder der falsche Partner für deine Mutter ist. Du hast ja kaum ein paar Worte mit ihm gesprochen. Könnte deine Aversion nicht daher rühren –« es erforderte viel Mut, das auch noch auszusprechen, doch er schaffte es, »nun ja, daß du eifersüchtig bist?«

Sarah ging sofort in Abwehrstellung.

»Ich und eifersüchtig? Weil die Gefahr besteht, daß ich einen Stiefvater bekomme? Also weißt du, Gerry! Habe ich nicht schon lange, bevor ich in die Schweiz gefahren bin, zu dir gesagt, daß ich finde, meine Mutter sollte noch einmal heiraten?«

»Ja, das schon. Aber es ist doch etwas völlig anderes, ob man etwas nur so sagt oder ob es tatsächlich geschieht.« Diese Erkenntnis hatte Gerry blitzartig überfallen.

»Ich neige nicht zur Eifersucht«, versicherte ihm Sarah. »Mir geht es nur darum, daß meine Mutter glücklich ist bzw. glücklich wird«, fügte sie nachdenklich hinzu.

»Ich würde an deiner Stelle nicht Schicksal spielen. Misch dich doch da nicht ein«, riet ihr Gerry ganz entschieden.

»Aber es geht doch um meine *Mutter*.«

»Sie weiß doch selbst am allerbesten, was ihr guttut.«

»Wenn ich es dir doch sage – meine Mutter ist unselbständig.«

»Du kannst sowieso nichts ändern.«

In Gerrys Augen machte Sarah ein Riesentheater um nichts. Er war es müde, sich über Ann und ihre Angelegenheiten zu unterhalten. Er wollte auf sich selbst zu sprechen kommen.

Deshalb sagte er ganz plötzlich:

»Ich glaube, ich schmeiße alles hin.«

»Du meinst, du schmeißt die Arbeit in der Firma deines Onkels hin? Aber Gerry, überleg doch mal!«

»Ich halte es einfach nicht mehr aus. Jedesmal wenn ich auch nur eine Viertelstunde zu spät komme, gibt es ein Mordsgeschrei.«

»Ja, man muß nun mal pünktlich zur Arbeit erscheinen.«

»Was für ein Haufen rückständiger Trottel. Sitzen von morgens bis abends über den Büchern und denken an nichts als an Geld.«

»Aber Gerry, was willst du denn machen, wenn du deine Stellung an den Nagel hängst?«

»Ach, irgend etwas findet sich dann schon«, meinte er leichthin.

»Du hast ja schon allerhand versucht«, sagte Sarah zweifelnd.

»Willst du damit sagen, daß ich immer an die Luft gesetzt worden bin? Also, diesmal warte ich das gar nicht erst ab.«

»Gerry, glaubst du wirklich, daß das ratsam ist?« Sarah

warf ihm einen fast schon mütterlich besorgten Blick zu. »Schließlich ist er doch dein Onkel und so ziemlich der einzige Verwandte, den du hast. Außerdem hast du gesagt, er schwimmt in Geld.«

»Und er hinterläßt mir all sein Geld, wenn ich mich anständig benehme. Das willst du doch wohl damit sagen.«

»Na ja, du regst dich doch immer wieder darüber auf, daß dein Großonkel sein Geld nicht deinem Vater hinterlassen hat.«

»Hätte er Familiensinn bewiesen, bräuchte ich jetzt nicht vor diesem Magnaten zu Kreuze zu kriechen. Ich finde, das ganze Land ist bis ins Innerste verfault. Ich hätte nicht übel Lust, England ganz den Rücken zu kehren.«

»Du meinst, du möchtest gern ins Ausland gehen?«

»Ja. Irgendwohin wo man mehr *Bewegungsfreiheit* hat und es zu etwas bringen kann.«

Sie verstummten und hingen ihren Gedanken nach. Beide dachten über ein Leben ohne Geldsorgen nach, wo man sich nicht eingeengt fühlte.

Sarah, die weit mehr als Gerry mit beiden Beinen fest auf der Erde stand, bewies ihren Sinn fürs Praktische, als sie sagte: »Aber ohne Kapital kannst du nicht viel ausrichten. Wenn ich mich nicht irre, hast du gar kein Geld.«

»Nein, da hast du völlig recht. Aber ich könnte mir vorstellen, daß man trotzdem alles mögliche unternehmen könnte.«

»Was denn zum Beispiel?«

»Sarah, du bist richtig deprimierend. Muß das sein?«

»Entschuldige bitte. Ich wollte damit ja nur sagen, daß du keine Fachausbildung hast.«

»Ich kann gut mit Menschen umgehen, und ein Leben im Freien liegt mir am meisten. Nicht eingesperrt in ein Büro.«

»Ach, Gerry«, seufzte Sarah.

»Was ist denn los?«

»Ich weiß nicht. Das Leben ist wirklich nicht leicht. Durch diese Kriege ist alles aus dem Lot.«

Sie starrten trübsinnig vor sich hin.

Dann raffte sich Gerry großmütig zu dem Versprechen auf, er wolle seinem Onkel doch noch einmal eine Chance einräumen. Sarah beglückwünschte ihn zu dem Entschluß.

»Ich glaube, jetzt gehe ich wohl besser heim«, beschloß sie dann. »Mutter ist bestimmt schon von ihrer Vorlesung zurück.«

»Worum ging es denn dabei?«

»Das weiß ich nicht genau. ›Wohin führt uns unser Weg und warum‹ oder so ähnlich.«

Sie stand auf. »Danke, Gerry. Du warst mir eine große Hilfe.«

»Du mußt dich freimachen von Vorurteilen, Sarah. Die Hauptsache ist doch, daß dieser Mann deiner Mutter gefällt und daß sie mit ihm glücklich wird.«

»Wenn er Mutter glücklich macht, ist alles in bester Ordnung.«

»Vermutlich heiratest du ja eines Tages selbst – vielleicht sogar schon bald...«

Bei diesen Worten sah er sie nicht an. Sarah starrte wie gebannt auf ihre Handtasche.

»Vielleicht eines Tages«, murmelte sie. »Aber ich habe es weiß Gott nicht eilig...«

Verlegenheit, aber mit einem irgendwie angenehmen Beigeschmack kam zwischen ihnen auf...

2

Ann atmete am nächsten Tag beim Mittagessen ganz erleichtert auf. Sarah verhielt sich geradezu vorbildlich. Sie begrüßte Richard freundlich und machte beim Essen artig Konversation.

Ann war stolz darauf, daß ihre lebhafte Tochter so gute Manieren an den Tag legte. Sie hätte wissen müssen, daß sie sich auf Sarah verlassen konnte. Sarah würde sie nie im Stich lassen oder blamieren.

Viel hätte sie jedoch darum gegeben, wenn Richard sich in einem besseren Licht gezeigt hätte. Ihr fiel auf, daß er nervös war. Ihm lag viel daran, einen guten Eindruck zu machen, und gerade die Tatsache, daß er sich solche Mühe gab, wirkte sich zum Nachteil für ihn aus. Er gab sich schulmeisterhaft und aufgeblasen, wollte aber unbedingt so tun, als fühlte er sich wohl, als gäbe er sich völlig ungezwungen. Dadurch, daß sich Sarah so rücksichtsvoll und höflich verhielt, wurde der Eindruck, den Richard Cauldfield machte, noch verstärkt. Seine Behauptungen schienen keinen Widerspruch zu dulden. Er erweckte stets den Anschein, als sei in seinen Augen nur seine Meinung maßgebend und richtig. Das irritierte Ann, denn sie wußte ja nur allzugut, daß er eher an einem Mangel an Selbstvertrauen litt.

Aber wie sollte Sarah das erkennen? Sie erlebte ihn von seiner schlimmsten Seite, wo es doch so wichtig gewesen wäre, daß sie ihn von der besten Seite kennengelernt hätte. Der bloße Gedanke daran machte Ann nervös. Sie fühlte sich immer unbehaglicher, und es entging ihr nicht, daß Richard sich darüber ärgerte.

Nach dem Essen servierte Edith den Kaffee. Ann zog sich unter dem Vorwand zurück, einen Anruf tätigen zu müssen. Im Schlafzimmer befand sich ein Nebenanschluß. Sie hoffte, daß Richard sich ungezwungener geben würde, wenn sie die beiden wenigstens vorübergehend sich selber überließ. Vielleicht fiel es ihm dann leichter, sich so zu geben, wie er wirklich war. Es lag wohl an ihr, daß die Atmosphäre so gespannt war. Vielleicht würde sich das ändern, sobald sie sich zurückgezogen hatte.

Sarah reichte Richard seine Kaffeetasse und ließ ein paar höfliche Gemeinplätze vom Stapel. Das Gespräch verlief schon bald im Sande.

Richard wappnete sich und baute darauf, daß er am weitesten käme, wenn er ganz offen wäre. Sarah machte gar keinen schlechten Eindruck auf ihn, wenigstens hatte sie sich ihm gegenüber nicht feindselig verhalten. Am besten ließ er durchblicken, daß er Verständnis für ihre Lage hatte. Bevor er hergekommen war, hatte er geprobt, was er sagen wollte. Doch wie alles, was man vorher probt, klangen seine Worte jetzt gekünstelt und alles andere als überzeugend. Um zu retten, was noch zu retten war, gab er sich leutselig und selbstbewußt, obwohl er sich in Wahrheit in einem Zustand der Verlegenheit befand, der schmerzte und an Panik grenzte.

»Es gibt ein paar Dinge, die ich Ihnen gerne sagen möchte, meine liebe junge Dame.«

»So?« Sarah konnte sehr attraktiv aussehen, doch jetzt wandte sie ihm ein völlig ausdrucksloses Gesicht zu. Sie wartete höflich ab, was Richard ihr zu sagen hatte. Das kostete ihn noch mehr Nerven.

»Ich kann mir denken, was in Ihnen vorgeht. Ich verstehe Sie sehr gut. Das alles kam so plötzlich, daß es ein Schock für Sie gewesen sein muß. Sie und Ihre Mutter haben sich immer sehr nahegestanden. Da ist es doch ganz klar, daß Sie Ressentiments gegen jeden Menschen hegen, der sich für Ihre Mutter interessiert und fortan aus ihrem Leben nicht mehr wegzudenken ist. Da kann es ja nicht ausbleiben, daß Sie erbost und eifersüchtig sind.«

Sarah erklärte rasch und sehr förmlich, aber keineswegs unfreundlich: »Ich versichere Ihnen, daß das noch nicht der Fall ist.«

Richard war nicht auf der Hut, und so entging ihm, daß das eine Warnung war.

Unbesonnen fuhr er fort: »Wie gesagt, das ist alles ganz normal. Lassen Sie sich ruhig Zeit. Ich setze Ihnen ganz bestimmt nicht die Pistole auf die Brust. Sie können sich mir gegenüber so lange kühl verhalten, wie Sie wollen. Wenn Sie bereit sind, Freundschaft mit mir zu schließen, komme ich Ihnen gern auf halbem Weg entgegen. Sie dürfen nicht vergessen, daß es vor allem darum geht, daß Ihre Mutter glücklich ist.«

»Genau daran denke ich ja die ganze Zeit«, entgegnete Sarah.

»Bisher hat sie alles nur Menschenmögliche für Sie getan. Jetzt soll sie es sich auch einmal gutgehen lassen. Sie möchten doch sicher auch, daß Ihre Mutter glücklich ist. Vergessen Sie nicht, daß das ganze Leben noch vor Ihnen liegt und daß Sie irgendwann einmal auf eigenen Füßen stehen müssen. Sie haben Ihren eigenen Freundeskreis, Ihren Ehrgeiz und Ihre ureigenen Hoffnungen. Wenn Sie einmal heiraten oder eine Stellung antreten, ist Ihre Mutter ganz allein. Dann wäre sie sehr einsam. Schon allein deshalb müssen Sie zuerst an das Wohl Ihrer Mutter denken und das eigene Wohl hintanstellen.«

Richard Cauldfield schwieg. Er fand, daß er das gut formuliert und ihr seinen Standpunkt hinreichend klargemacht hatte.

Sarah riß ihn jäh aus seiner Selbstbewunderung. Sie fragte höflich, aber mit einem kaum merklichen unverschämten Unterton: »Halten Sie oft Reden?«

Er konterte erschrocken: »Wie kommen Sie denn darauf?«

»Ich glaube, das müßte Ihnen liegen«, murmelte Sarah.

Sie lehnte sich zurück und betrachtete angelegentlich ihre Fingernägel. Das reizte Richard noch mehr, denn er fand diese grellrot lackierten Fingernägel widerwärtig. Inzwischen war ihm klargeworden, daß sich Sarah ihm gegenüber feindselig verhielt.

Er mußte an sich halten, damit er die Beherrschung nicht verlor. Infolgedessen sprach er jetzt herablassend, beinahe gönnerhaft.

»Das hat sich vielleicht ein wenig dozierend angehört, mein Kind. Aber mir lag daran, Sie auf ein paar Dinge aufmerksam zu machen, die Ihnen bisher wohl entgangen sind. Eines versichere ich Ihnen, und daran dürfen Sie nie zweifeln: Ihre Mutter hat Sie dadurch nicht weniger lieb, daß sie jetzt mich liebt.«

»Tatsächlich? Wie nett von Ihnen, daß Sie mir das sagen.«

Jetzt konnte er sich nicht mehr in der Hoffnung wiegen, daß er sich Sarahs Feindseligkeit nur eingebildet hatte.

Hätte Richard keinen Schutzwall um sich herum aufgebaut, hätte er einfach nur gesagt: »Ach, Sarah, ich weiß nicht, was ich sagen soll. Ich bringe alles durcheinander. Ich bin schrecklich unbeholfen und ganz eingeschüchtert. Deshalb kann ich auch nicht zum Ausdruck bringen, was ich gern sagen möchte. Aber ich habe Ann sehr lieb, und mir liegt sehr viel daran, daß Sie mich mögen – wenn Sie das über sich bringen«, dann hätte Sarah ihre Abwehrhaltung vielleicht aufgegeben. Denn im Grunde ihres Herzens war sie großzügig und nicht abweisend.

Doch statt dessen sprach er sozusagen mit erhobenem Zeigefinger.

»Junge Leute neigen dazu, egoistisch zu sein«, fuhr er fort. »Sie denken für gewöhnlich nur an sich selbst. Aber Sie dürfen nicht vergessen, daß auch Ihre Mutter ein Recht darauf hat, glücklich zu sein. Sie muß ihr Leben so gestalten können, wie sie will, und sie darf glücklich sein, wenn es sich so trifft, daß sie noch einmal einen Partner findet. Sie braucht jemanden, der für sie sorgt und der sich um sie kümmert.«

Sarah hob den Kopf und sah ihm ins Gesicht. Er konnte ihren Blick nicht deuten. Es war ein harter Blick, in dem Berechnung lag.

»Da haben Sie völlig recht«, sagte sie dann wider Erwarten.

Ann kam ins Wohnzimmer zurück. Sie wirkte ziemlich nervös.

»Ist noch Kaffee da?« erkundigte sie sich.

Sarah schenkte vorsichtig eine Tasse ein. Dann stand sie auf und reichte ihrer Mutter die Tasse.

»Bitte, Mutter«, sagte sie, »du bist genau im richtigen Moment zurückgekommen. Wir haben unser kleines Gespräch gerade hinter uns.«

Sie ging. Ann sah Richard fragend an. Sein Gesicht war feuerrot.

»Deine Tochter ist wild entschlossen, mich nicht zu akzeptieren.«

»Du mußt Geduld mit ihr haben, Richard. Bitte, gedulde dich noch eine Weile.«

»Mach dir keine Sorgen, Ann. Ich werde mich gedulden.«

»Weißt du, für Sarah kam das ein bißchen plötzlich. Das hat sie noch nicht verkraftet.«

»Selbstverständlich.«

»Eigentlich ist Sarah ein sehr liebevoller Mensch. Sie ist so ein liebes Kind.«

Richard äußerte sich nicht dazu. In seinen Augen war Sarah ein widerliches junges Ding, doch das konnte er ihrer Mutter nicht gut sagen.

»Es wird schon noch«, versuchte er sie zu trösten.

»Ganz bestimmt. Aber das braucht seine *Zeit*.«

Die Situation bedrückte sie, und sie wußten beide nicht, was es da noch zu sagen gab.

3

Sarah war in ihr Zimmer gegangen. Ohne daß sie wußte, was sie tat, nahm sie Kleidungsstücke aus dem Kleiderschrank und breitete sie auf dem Bett aus.

Edith kam herein. »Was machen Sie denn da, Miß Sarah?«

»Ach, ich sehe meine Sachen durch. Vielleicht müssen sie in die Reinigung. Oder etwas muß ausgebessert werden.«

»Darum habe ich mich schon gekümmert. Das brauchen doch Sie nicht zu tun.«

Sarah schwieg. Edith warf ihr einen verstohlenen Blick zu. Sie sah, daß Sarah Tränen in den Augen hatte.

»Aber, aber – nehmen Sie es doch nicht so schwer.«

»Er ist abscheulich, Edith, einfach ekelhaft. Wie konnte sich meine Mutter nur in diesen Mann verlieben? Alles hat er verdorben und kaputtgemacht – es wird nie wieder so sein wie früher!«

»Na, na, Miß Sarah – wer wird sich denn so aufregen. Immer wenn du denkst, es geht nicht mehr, kommt von irgendwo ein Lichtlein her, daß man es noch einmal zwingt, und von Sonnenschein und Freude singt.«

Sarah brach in ein hysterisches Gelächter aus.

»Was du heute kannst besorgen, das verschiebe nicht auf morgen! Wer nicht rastet, der nicht rostet! Jetzt reicht es aber. Geh schon, Edith, geh – laß mich in Ruhe.«

Edith schüttelte mitleidig den Kopf und ging.

Sarah weinte heftig wie ein kleines Kind. Sie war todunglücklich, fühlte sich zerrissen, wußte nicht mehr ein noch aus. Wie ein Kind sah sie alles nur schwarz und nicht den kleinsten Hoffnungsschimmer.

»Mutter, ach Mutter«, schluchzte sie, wann immer sie zu Atem kam.

8. KAPITEL

1

»Ach, Laura, welche Freude, Sie zu sehen.«

Laura Whitstable nahm auf einem Stuhl mit gerader Lehne Platz. Sie ließ sich niemals gehen.

»Na, Ann, wie entwickeln sich die Dinge?«

Ann seufzte.

»Sarah macht leider große Schwierigkeiten.«

»Das war doch wohl zu erwarten, oder nicht?«

Laura Whitstable sagte das so unbeschwert, als berühre sie das alles nicht. Doch in ihrem Blick lag Sorge.

»Meine Liebe, Sie sehen nicht gerade gut aus.«

»Das kann ich mir denken. Ich leide an Schlaflosigkeit und habe ständig Kopfweh.«

»Sie dürfen das nicht so tragisch nehmen.«

»Sie haben gut reden, Laura. Sie können sich nicht vorstellen, wie es hier ständig zugeht.« Gereizt fuhr sie fort: »Sarah und Richard streiten sich, sobald man sie auch nur einen Augenblick allein läßt.«

»Sarah ist natürlich eifersüchtig.«

»Ja, das fürchte ich auch.«

»Also, wie gesagt, damit mußten Sie ja rechnen. Sarah ist eben noch ein richtiges Kind. Alle Kinder reagieren rebellisch, wenn ihre Mütter auch noch einem anderen Menschen Zeit und Aufmerksamkeit widmen und sie nicht mehr die ungeteilte Aufmerksamkeit genießen. Darauf mußten Sie doch vorbereitet sein.«

»Ja, das schon. Obwohl mir Sarah immer sehr selbständig und erwachsen vorgekommen ist. Trotzdem war ich darauf vorbereitet. Aber ich hätte nicht gedacht, daß auch Richard auf Sarah eifersüchtig ist.«

»Sie haben also damit gerechnet, daß Sarah sich zum Narren macht und daß Richard die Situation souveräner meistert?«

»Ja.«

»Im Grunde genommen fehlt es ihm an Selbstvertrauen. Ein selbstbewußterer Mann würde einfach nur darüber lachen und Sarah nahelegen, sie solle doch zum Teufel gehen.«

Ann fuhr sich verzweifelt mit der Hand über die Stirn.

»Laura, Sie können sich nicht vorstellen, wie es hier bei uns zugeht! Wegen der albernsten Dinge geraten sie sich in die Haare. Und dann liegen sie auf der Lauer, um zu sehen, auf wessen Seite ich mich schlage.«

»Das ist ja hochinteressant.«

»Für Sie mag das ja interessant sein, aber für mich ist das alles andere als amüsant.«

»Auf wessen Seite stehen Sie denn nun wirklich?«

»Auf keiner. Wenn es sich machen läßt, bleibe ich unparteiisch... Aber manchmal...«

»Ja?«

Ann zögerte und sagte dann:

»Wissen Sie, Laura, Sarah zeigt sich im Hinblick auf das alles viel raffinierter als Richard.«

»Wie meinen Sie das denn?«

»Also, Sarah verhält sich immer ganz korrekt – nach außen hin. Überaus höflich, wissen Sie. Doch sie weiß ganz genau, womit sie Richard treffen kann. Sie peinigt ihn heimlich. Dann kommt es zu einem Ausbruch seinerseits, und er schlägt alle Logik völlig in den Wind. Warum mögen sie sich nur nicht?«

»Ich vermute, weil jeder eine starke Abneigung gegen den anderen hegt. Sehen Sie das nicht ein? Glauben Sie, daß es sich ausschließlich um Eifersucht Ihretwegen handelt?«

»Nein, Laura, Sie haben sicher recht, so leid mir das auch tut.«

»Worum geht es denn bei diesen Streitigkeiten?«

»Ach, um lächerliche Dinge. Sie erinnern sich doch sicher noch daran, daß ich die Möbel umgestellt habe – den Schreibtisch und das Sofa. Sarah hat dann alles wieder so hingerückt, wie es vorher war. Sie haßt Veränderungen, welcher Art auch immer. Eines Tages sagte Richard plötzlich: ›Ann, ich dachte, es gefällt Ihnen besser, wenn der Schreibtisch da drüben steht.‹ Ich erklärte ihm, daß meiner Meinung nach das Zimmer dann geräumiger wirke. Sarahs Kommentar lautete: ›Und mir gefällt es so, wie es schon immer war.‹ Da fuhr Richard auf und sagte in dem gebieterischen Tonfall, den er manchmal an sich hat: ›Es geht gar nicht darum, was *Ihnen* gefällt, Sarah, sondern darum, was Ihrer Mutter gefällt. Wir stellen die Möbel auf der Stelle wieder um, so wie sie es haben möchte.‹ Er machte sich sofort daran, den Schreibtisch wieder zu verrücken. Dann fragte er mich: ›So hast du es doch gewollt, nicht wahr?‹ Es blieb mir gar nichts anderes übrig, als das zu bejahen. Richard wandte sich an Sarah und fragte sie: ›Irgendwas dagegen einzuwenden, junge Dame?‹ Da sah ihn Sarah seelenruhig an und entgegnete höflich: ›Aber nein. Meine Mutter trifft die Entscheidungen, auf mich kommt es gar nicht an.‹ Obwohl ich mich ja offiziell auf Richards Seite geschlagen hatte, konnte ich Sarah nur allzugut verstehen. Sie liebt ihr Zuhause und hängt an allem hier – Richard begreift das überhaupt nicht. Ach Gott, ich weiß wirklich langsam nicht mehr, wie ich mich verhalten soll.«

»Ja, es ist wirklich nervenaufreibend für Sie.«

»Ich hoffe, daß sich das mit der Zeit gibt.«

»Darauf würde ich mich nicht verlassen.«

»Laura, Sie machen einem nicht gerade Mut, das muß ich schon sagen!«

»Es hat doch keinen Sinn, sich etwas vorzumachen.«

»Es ist wirklich eine Schande, wie sich die beiden aufführen. Sie müßten doch begreifen, was sie mir damit antun. Ich fühle mich *hundeelend*.«

»Selbstmitleid hilft nicht, Ann. Es hat noch nie irgend jemandem geholfen.«

»Aber ich bin ganz verzweifelt.«

»Meine Liebe, das sind die beiden auch. Sie sollten mit Richard und Sarah Mitleid haben. Sarah, dieses arme Ding, fühlt sich vermutlich gräßlich, und Richard wird es auch nicht anders gehen.«

»Ach Gott, und wir waren so glücklich miteinander – bis zu Sarahs Heimkehr.«

Laura zog die Augenbrauen hoch. Sie zögerte ganz kurz und fragte dann:

»Wann wollten Sie heiraten?«

»Am 13. März.«

»Noch fast zwei Wochen. Sie haben den Hochzeitstermin verschoben? Warum denn eigentlich?«

»Sarah hat mich angefleht, die Hochzeit zu verschieben. Mit der Begründung, dann hätte sie mehr Zeit, sich an den Gedanken zu gewöhnen. Sie hat einfach nicht lockergelassen, bis ich schließlich nachgegeben habe.«

»Aha. War Richard sehr verärgert?«

»Natürlich hat er sich geärgert. Er war sogar furchtbar wütend. Er hält mir ständig vor, daß ich Sarah viel zu sehr verwöhne. Laura, finden Sie das auch?«

»Nein, das finde ich ganz und gar nicht. Obwohl Sie Sarah so sehr lieben, sind Sie niemals zu nachsichtig bzw. nachgiebig gewesen. Und bisher hat sich Sarah Ihnen gegenüber ja auch nicht auffallend rücksichtslos benommen – wenn man einmal von dem üblichen Egoismus der jungen Leute absieht.«

»Laura, glauben Sie, ich sollte...«

Ann verstummte.

»Sie sollten was?«

»Ach, nichts. Aber manchmal habe ich ganz deutlich das Gefühl, daß ich das nicht mehr lange aushalte...«

Sie unterbrach sich als sie hörte, daß die Wohnungstür aufgeschlossen wurde. Sarah kam ins Zimmer und freute sich ganz offensichtlich, Laura Whitstable anzutreffen.

»Laura, ich wußte gar nicht, daß du hier bist.«

»Wie geht es meinem Patenkind?«

Sarah ging zu Laura und gab ihr einen Kuß. Ihre Wange fühlte sich von der kalten Luft draußen kühl und frisch an.

»Danke, gut.«

Ann murmelte eine Entschuldigung und ging aus dem Zimmer. Sarah sah ihr nach. Als sie dann Laura wieder ansah, errötete sie schuldbewußt.

Laura Whitstable nickte heftig.

»Ja, deine Mutter hat geweint.«

Sarah sagte indigniert, aber mit Unschuldsmiene:

»Das ist doch nicht *meine* Schuld.«

»So, glaubst du wirklich? Du hängst doch an deiner Mutter, oder nicht?«

»Das weißt du doch. Ich liebe meine Mutter.«

»Warum quälst du sie dann so?«

»Aber das mache ich doch gar nicht. Ich tue ihr doch nichts.«

»Du streitest dich andauernd mit Richard, oder etwa nicht?«

»Ach so, *davon* redest du. Aber dieser Mensch ist auch wirklich unmöglich! Könnte ich meiner Mutter doch nur klarmachen, daß er unmöglich ist! Ich glaube, eines Tages wird sie das selbst einsehen.«

Laura Whitstable sagte:

»Sarah, du darfst dich auf keinen Fall in das Leben anderer Leute einmischen. Du darfst nicht Schicksal spielen. Zu meiner Zeit warf man den Eltern vor, daß sie über das Leben ihrer Kinder bestimmten. Heute scheint es umgekehrt zu sein.«

Sarah setzte sich auf Laura Whitstables Armlehne. Sie wollte Laura offensichtlich etwas anvertrauen.

»Ich mache mir ernsthafte Sorgen«, gestand sie ihrer Patentante. »Weißt du, sie kann unmöglich mit ihm glücklich werden.«

»Sarah, das geht dich gar nichts an. Du darfst dich nicht einmischen.«

»Aber ich kann es einfach nicht mit ansehen. Ich will nicht, daß meine Mutter unglücklich wird. Und das wird sie mit diesem Mann an ihrer Seite. Meine Mutter ist so hilflos. Jemand muß sich um sie kümmern.«

Laura Whitstable umschloß Sarahs braungebrannte Hände mit ihren Händen. Sie sprach jetzt so eindringlich, daß Sarah ihr tiefbeeindruckt lauschte.

»Nun hör mir einmal gut zu, Sarah. Hör zu, was ich dir zu sagen habe. *Sei vorsichtig!* Sei um Himmels willen auf der Hut.«

»Was willst du denn damit sagen?«

Als Laura fortfuhr, ließ sie keinen Zweifel daran, wie wichtig ihr das war, was sie Sarah begreiflich machen wollte.

»Paß auf, daß du deine Mutter nicht zu etwas bringst, was sie ihr Leben lang bedauern wird.«

»Aber genau das...«

Laura gebot ihr mit einer Handbewegung Einhalt.

»Ich warne dich.« Sie schnaubte und sog die Luft heftig in die Nase ein. »Sarah, es liegt etwas in der Luft. Ich rieche es. Ich will dir sagen, was das ist. *Ich rieche ein Brandopfer*, und ich mag keine Brandopfer.«

Bevor sich Sarah noch dazu äußern konnte, kam Edith herein und verkündete: »Mr. Lloyd ist da.«

Sarah sprang auf.

»Grüß dich, Gerry.« Sie wandte sich an Laura Whitstable. »Ich möchte dir Gerry Lloyd vorstellen. das ist meine Patentante Mylady Laura Whitstable.«

Gerry gab ihr die Hand und sagte:

»Ich glaube, ich habe Sie gestern abend im Radio gehört.«

»Das freut mich.«

»Sie hielten die zweite Rede zu dem Thema ›Wie man das Leben heutzutage meistert‹. Wirklich eindrucksvoll.«

»Bitte nicht unverschämt werden«, meinte Laura augenzwinkernd.

»Nein, ganz im Ernst. Ich war wirklich beeindruckt. Sie hatten offensichtlich auf alles eine Antwort.«

»Na ja, es ist ja auch viel leichter, jemandem zu sagen, wie man einen Kuchen bäckt, als selbst einen zu backen. Und auch viel angenehmer. Allerdings sehr schlecht für den Charakter. Ich weiß ja, daß ich immer unerträglicher werde.«

»Das stimmt doch gar nicht«, widersprach ihr Sarah.

»O doch, mein liebes Kind. Ich bin schon fast soweit, daß ich den Leuten Ratschläge erteile – eine unverzeihliche Sünde. So, Sarah, jetzt werde ich mich mal auf die Suche nach deiner Mutter machen.«

2

Kaum war Laura Whitstable gegangen, da sagte Gerry: »Sarah, ich kehre diesem Land den Rücken.«

Sarah starrte ihn entsetzt an.

»Aber Gerry – wann denn?«

»Eigentlich sofort. Am Donnerstag.«

»Und wo willst du hin?«

»Nach Südafrika.«
»Aber das ist ja furchtbar weit weg!« rief Sarah.
»Ja, leider.«
»Und du kommst jahrelang nicht wieder?«
»Wahrscheinlich nicht.«
»Aber was willst du denn da machen?«
»Orangen züchten. Ich tue mich mit ein paar anderen Burschen zusammen. Das macht sicher Spaß.«
»Aber Gerry, *muß* das sein? Steht dein Entschluß schon fest?«
»Ja, ich habe dieses Land so satt! Hier geht es viel zu zahm zu, hier ist alles so geschniegelt und gebügelt. Ich fühle mich hier einfach nicht mehr wohl und bin auch kaum von Nutzen für mein Vaterland.«
»Und was ist mit deinem Onkel?«
»Ach, wir sprechen nicht mehr miteinander. Aber Tante Lena ist sehr nett zu mir gewesen. Sie hat mir einen Scheck ausgeschrieben und mir ein Mittel gegen Schlangengift gegeben.«
Gerry grinste.
»Aber verstehst du denn überhaupt etwas von Orangenplantagen, Gerry?«
»Nicht das geringste. Aber das kommt dann ganz von selbst, könnte ich mir denken.«
Sarah seufzte.
»Du wirst mir schrecklich fehlen...«
»Vielleicht zu Anfang, aber ganz bestimmt nicht lange.« Gerry sprach mit rauher Stimme. Er mied Sarahs Blick. »Wenn man erst einmal fort ist und am anderen Ende der Welt lebt, gerät man schnell in Vergessenheit.«
»Nein, ich vergesse dich bestimmt nicht...«
Er warf ihr einen raschen Blick zu.
»Glaubst du wirklich, daß einen manche Leute nicht vergessen?«
Sarah schüttelte den Kopf.
Sie waren so verlegen, daß keiner dem Blick des anderen standhielt. Also blickten sie in verschiedene Richtungen.
»Das Zusammensein mit dir war schön«, erklärte Gerry.
»Ja, ich war auch gern mit dir zusammen.«

»Es gibt Leute, die reich dadurch werden, daß sie Orangen anbauen.«

»Ja, das glaube ich auch.«

Gerry wählte seine Worte sorgsam, als er sagte:

»Ich glaube, das ist ein ganz angenehmes Leben – für eine Frau, meine ich. Das Klima ist sehr angenehm, man hat genügend Personal und so.«

»Ja.«

»Aber wahrscheinlich heiratest du irgendeinen anderen Mann...«

»Nein, wo denkst du hin.« Sarah schüttelte den Kopf. »Es ist ein großer Fehler, allzu jung zu heiraten. Ich heirate noch lange nicht.«

»Das sagst du jetzt, aber dann kommt irgend so ein Kerl daher, und du änderst deine Meinung«, klagte Gerry mit finsterer Miene.

»Ich bin vom Wesen her kühl und vernünftig«, versuchte Sarah ihn zu trösten.

Sie standen unsicher da und wagten es immer noch nicht, sich anzusehen. Gerry war leichenbblaß und sagte schließlich mit erstickter Stimme:

»Meine geliebte Sarah, ich bin ganz vernarrt in dich. Weißt du das überhaupt?«

»Wirklich?«

Es zog sie ganz automatisch zueinander. Gerry schloß Sarah in die Arme. Schüchtern und voller Verwunderung küßten sie sich...

Komisch, daß ich mich so steif und ungeschickt benehme, dachte Gerry. Er war ein unbeschwerter junger Mann und im Hinblick auf Mädchen alles andere als unerfahren. Aber Sarah war nicht irgendein Mädchen, sondern seine innigst geliebte Sarah...

»Gerry.«

»Sarah...«

Er küßte sie noch einmal.

»Bitte, Sarah, vergiß nichts. Es war doch immer schön, wenn wir zusammen waren, wir haben uns gut unterhalten. Bitte, vergiß das alles nicht.«

»Nein, natürlich nicht.«

»Schreibst du mir mal?«

»Das Briefeschreiben liegt mir nicht besonders.«

»Aber mir mußt du schreiben. Bitte, Liebling. Ich werde schrecklich einsam sein.«

Sarah entzog sich ihm und lachte ein wenig zittrig.

»Dort gibt es sicher viele Mädchen, die dir die Einsamkeit vertreiben werden.«

»Wenn es dort wirklich viele Mädchen geben sollte, so taugen sie bestimmt nichts. Ich möchte mir lieber einbilden, daß es dort nichts als Orangen gibt.«

»Schick mir doch hin und wieder eine Kiste.«

»Ja, das mache ich. Ach, Sarah, es gibt nichts, was ich für dich nicht täte.«

»Also, dann streng dich an und arbeite tüchtig. Sieh zu, daß es mit deiner Orangenplantage klappt.«

»Ja, das verspreche ich dir.«

Sarah seufzte. »Ich wünschte, du müßtest nicht ausgerechnet jetzt weg«, sagte sie bedauernd. »Es war so ein Trost für mich, daß ich mit dir über alles sprechen konnte.«

»Was macht denn Kornfeld? Ist er dir jetzt schon sympathischer?«

»Nein, nicht die Spur. Wir geraten uns immer wieder in die Haare. Aber ich glaube, bald habe ich gewonnen«, fügte sie triumphierend hinzu.

Gerry war dabei nicht so recht wohl.

»Soll das heißen, deine Mutter –«

Sarah nickte strahlend.

»Ich glaube, sie sieht allmählich ein, daß er ein unmöglicher Mensch ist.«

Gerry fühlte sich immer unbehaglicher.

»Sarah, ich finde, du dürftest keinesfalls...«

»Nicht gegen Kornfeld ankämpfen? Ich lasse bestimmt nichts unversucht, um ihn rauszuekeln. Ich *muß* meine Mutter vor ihm retten.«

»Sarah, du darfst dich da nicht einmischen. Deine Mutter muß doch selber wissen, was sie will.«

»Meine Mutter ist schwach, das habe ich dir doch schon gesagt. Wenn ihr jemand leidtut, büßt sie ihre Urteilskraft ein. Ich bewahre sie ja nur vor einer unglücklichen Ehe.«

Gerry nahm all seinen Mut zusammen.

»Ich glaube, du bist nur eifersüchtig.«

Sarah sah ihn wütend an.

»Bitte! Denk doch, was du willst. Du gehst jetzt wohl besser.«

»Nun sei mir doch nicht böse. Du wirst schon wissen, was du tust.«

»Und ob ich das weiß«, entgegnete Sarah.

3

Ann saß in ihrem Schlafzimmer vor der Frisierkommode, als Laura eintrat.

»Na, meine Liebe, fühlen Sie sich jetzt besser?«

»Ja. Das war wirklich dumm von mir. Ich darf mich dadurch nicht unterkriegen lassen.«

»Gerade ist ein junger Mann gekommen – Gerald Lloyd. Ist das der junge Mann...?«

»Ja. Was halten Sie von ihm?«

»Sarah ist bis über beide Ohren in ihn verliebt.«

Ann sah besorgt drein. »Um Himmels willen, das will ich doch nicht hoffen.«

»Das wird Ihnen auch nichts nutzen.«

»Wissen Sie, das kann doch zu nichts führen.«

»Er macht also auf Sie einen sehr unzulänglichen Eindruck.«

»Ich fürchte, ja.« Ann seufzte. »Er bleibt nie bei der Stange, wirft alles nach kurzer Zeit schon wieder hin. Allerdings ist er sehr anziehend. Man muß ihn einfach mögen, aber...«

»Er hat kein Durchhaltevermögen?«

»Man hat ganz einfach das Gefühl, daß er es *nie* zu etwas bringen wird. Sarah behauptet immer, er sei vom Pech verfolgt, aber ich glaube, das ist es nicht allein.« Sie fuhr nach einer Pause fort: »Sarah kennt auch viele andere wirklich nette Männer.«

»Aber die findet sie vermutlich sterbenslangweilig. Nette tüchtige Mädchen – und dazu zählt Sarah unbedingt – fühlen

sich immer zu Versagern hingezogen. Das ist anscheinend ein Naturgesetz. Ich muß gestehen, daß auch ich den jungen Mann sehr anziehend finde.«
»Was, Sie auch, Laura?«
»Ann, auch ich habe weibliche Schwächen. Gute Nacht, meine Liebe. Und viel Glück!«

4

Richard erschien kurz vor acht bei Ann. Sie wollten zusammen zu Abend essen, in Anns Wohnung. Sarah wollte zum Abendessen ausgehen, und hinterher zum Tanzen. Als Richard ankam, saß sie im Salon und lackierte sich die Fingernägel. Es roch unangenehm und süßlich. Sarah sah kurz auf und sgte: »Hallo, Richard.« Dann lackierte sie weiter ihre Fingernägel. Richard beobachtete sie gereizt. Er war selbst bestürzt darüber, daß er eine immer stärkere Abneigung gegen Anns Tochter empfand. Er hatte es wirklich gut mit ihr gemeint, hatte sich schon als netter, liebevoller Stiefvater gesehen, voller Nachsicht, der richtig an dem Mädchen hing. Auf ein anfängliches Mißtrauen war er vorbereitet gewesen, doch hatte er sich gesagt, daß er diese kindische Voreingenommenheit bald überwinden würde.

Statt dessen mußte er sich jetzt eingestehen, daß er Sarah nicht gewachsen war. Anstatt daß er ihr Vernunft beigebracht hätte, war sie Herr der Lage und nicht er. Ihre eiskalte Verachtung und die Antipathie, die sie ihn spüren ließ, schmerzten ihn sehr. Er fühlte sich gedemütigt. Richard hatte nie übermäßig viel von sich gehalten. Aufgrund der Behandlung, die ihm durch Sarah zuteil wurde, sank seine Selbstachtung auf den Nullpunkt. All seine Bemühungen, sie versöhnlich zu stimmen, um schließlich die Oberhand über sie zu gewinnen, waren kläglich im Sande verlaufen. Ständig schien er das Falsche zu sagen und zu tun. Sarah wurde ihm nicht nur immer unsympathischer, er verstand auch Ann immer weniger. Ann müßte ihn doch unterstützen. Ann sollte Sarah die Leviten lesen und sie auf ihren Platz verweisen. Ann sollte auf seiner Seite stehen. Wenn er sah, wie sie sich bemühte, ihrer Rolle als Friedensengel gerecht zu werden und einen Mittelweg einzuschlagen, so machte ihn das nur wütend. Ann wollte einfach nicht begreifen, daß das völlig sinnlos war!

Sarah wedelte mit einer Hand in der Luft herum, damit der Nagellack schneller trocken wurde.

Richard wußte zwar, daß er besser geschwiegen hätte, doch er ließ sich zu der Bemerkung hinreißen:

»Sieht aus, als hätten Sie Ihre Hand in Blut getaucht. Ich verstehe wirklich nicht, warum ihr jungen Mädchen euch dieses Zeug auf die Nägel schmiert.«

»So, das verstehen Sie nicht?«

Richard suchte schnell nach einem unverfänglichen Thema und fuhr fort:

»Heute abend habe ich Ihren Freund Gerald Lloyd kennengelernt. Er hat mir erzählt, daß er nach Südafrika gehen will.«

»Ja, am Donnerstag.«

»Da wird er sich aber wirklich dahinterklemmen müssen, wenn er es dort zu etwas bringen will. Das ist nämlich keine Gegend für einen Mann, der die Arbeit nicht gerade erfunden hat.«

»Sie scheinen sich in Südafrika ja bestens auszukennen.«

»Ach, alle diese Länder gleichen sich so ziemlich. Dort werden Männer mit Unternehmungsgeist gebraucht.«

»Daran fehlt es Gerry nun weiß Gott nicht«, verteidigte Sarah ihren Freund.

»Da unten braucht er all seinen Mumm«, erklärte Richard.

»Bitte – wenn Sie darauf bestehen, es so auszudrücken«, meinte Sarah.

»Was ist dagegen einzuwenden?«

Sarah hob den Kopf und sah ihn verächtlich an.

»Ich finde diesen Ausdruck unpassend.«

Richards Gesicht verfärbte sich.

»Was für ein Jammer, daß Ihre Mutter Sie nicht besser erzogen hat. Ihre Manieren lassen sehr zu wünschen übrig«, warf er ihr an den Kopf.

»War ich etwa taktlos?« Sie riß die Augen auf und sah ihn mit Unschuldsmiene an. »Es tut mir ja *so* leid.«

Diese übertriebene Entschuldigung besänftigte ihn auch nicht, und er fragte ganz abrupt:

»Wo bleibt denn Ihre Mutter?«

»Sie zieht sich um. Sie wird gleich hier sein.«

Sarah hielt sich den Spiegel vors Gesicht und nahm ihr Gesicht genauestens unter die Lupe. Sie zog sich einen Lidstrich, schminkte die Lippen nach und kontrollierte ihr Make-up. Eigentlich war sie damit schon seit einer ganzen Weile fertig. Mit dem, was sie tat, wollte sie Richard auf die Palme bringen. Sie wußte, daß er es – altmodisch wie er war – als Zumutung empfand, wenn sich eine Frau in aller Öffentlichkeit schminkte.

Es sollte scherzhaft klingen, als er sagte: »Sarah, nun hören Sie schon auf damit. Übertreiben Sie es nicht.«

Sarah ließ den Spiegel sinken.

»Was soll das denn heißen?«

»Ich rede von all der Schminke und dem Puder. Ich kann Ihnen versichern, daß Männer so stark geschminkte Frauen gar nicht mögen. Dadurch erreichen Sie nur, daß Sie aussehen...«

»Wie ein Flittchen, wollten Sie wohl sagen.«

Richard fuhr sie wütend an:

»Das habe ich nicht gesagt. Das legen Sie mir in den Mund.«

»Aber Sie haben es gemeint.« Sarah stopfte ihre Schminkutensilien in die Handtasche zurück. »Und was, zum Teufel, geht Sie das überhaupt an?«

»Hören Sie mal, Sarah...«

»Was ich mir ins Gesicht schmiere und wie ich mich schminke, ist ausschließlich meine Sache. Das geht Sie überhaupt nichts an, Sie mieser Schnüffler.«

Sarah zitterte vor Wut und war den Tränen nahe.

Da konnte Richard nicht mehr an sich halten. Er schrie aus Leibeskräften: »Sie sind die unerträglichste, übellaunigste kleine Xanthippe, die mir je über den Weg gelaufen ist. Sie sind einfach unmöglich!«

In diesem Augenblick kam Ann herein. Sie blieb in der Tür stehen und sagte zu Tode erschrocken: »Meine Güte, was ist denn jetzt schon wieder los?«

Sarah stürzte an ihr vorbei aus dem Zimmer. Ann sah Richard an.

»Ich habe ihr geraten, sich nicht so stark zu schminken.«

Ann stieß einen mißbilligenden Seufzer aus.

»Also weißt du, Richard, da hätte ich dir doch ein bißchen mehr Verstand zugetraut. Was um alles in der Welt geht dich das denn an?«

Richard lief wütend hin und her.

»Sieh mal einer an! Dich stört es also nicht, wenn deine Tochter wie ein Flittchen aus dem Haus geht?«

Ann setzte sich heftig dagegen zur Wehr. »Sarah sieht nicht wie ein Flittchen aus. Wie kannst du etwas so Ungeheuerliches sagen. Alle jungen Mädchen schminken sich heutzutage. Richard, du bist wirklich furchtbar rückständig.«

»Altmodisch, rückständig! Du scheinst ja nicht besonders viel von mir zu halten, Ann.«

»Ach, Richard, müssen wir uns denn wirklich streiten? Mit dem, was du über Sarah gesagt hast, kritisierst du in Wahrheit *mich*, siehst du das denn nicht?«

»Ich kann nicht behaupten, daß ich dich für eine besonders umsichtige Mutter halte, da Sarah ein Produkt deiner Erziehung ist.«

»Was du mir da an den Kopf wirfst, ist ja wirklich schlimm. Und es entspricht nicht der Wahrheit. Sarah ist wirklich ein gutes Mädchen.«

Richard ließ sich auf das Sofa sinken.

»Ein Mann, der eine Frau mit einer einzigen Tochter heiratet, ist wirklich nicht zu retten«, seufzte er.

Ann war den Tränen nahe.

»Als du mich gebeten hast, deine Frau zu werden, hast du ja schließlich von Sarah gewußt. Ich habe dir gesagt, daß ich unbeschreiblich an ihr hänge und daß sie mir sehr wichtig ist.«

»Ich konnte allerdings nicht ahnen, daß du so hoffnungslos vernarrt in sie bist! Von morgens bis abends dreht sich alles nur um Sarah!«

»Ach Gott«, flüsterte Ann. Sie setzte sich neben Richard. »Richard, nimm doch mal Vernunft an. Ich habe mir natürlich gleich gedacht, daß Sarah eifersüchtig auf dich sein würde, aber ich wäre nie darauf gekommen, daß du auf Sarah eifersüchtig sein könntest.«

»Ich bin nicht eifersüchtig«, behauptete Richard mit finsterer Miene.

»Doch, mein Lieber, und ob du das bist.«

»Immer nimmt Sarah bei dir den ersten Platz ein.«

»Meine Güte!« Ann lehnte sich erschöpft zurück und schloß die Augen. »Ich weiß wirklich nicht mehr weiter.«

»Welchen Platz nehme ich bei dir eigentlich ein? Gar keinen. Für dich zähle ich überhaupt nicht. Du verschiebst unsere Hochzeit – ganz einfach, weil Sarah dich darum gebeten hat...«

»Ich wollte ihr ein bißchen länger Zeit lassen, sich an den Gedanken zu gewöhnen.«

»Und hat sie sich inzwischen ein bißchen mehr daran gewöhnt? Sie verbringt ihre ganze Zeit damit, alles nur Erdenkliche zu tun, womit sie mich ärgern kann.«

»Ich gebe ja zu, daß sie es dir nicht leichtgemacht hat, Richard, aber ich finde trotzdem, daß du übertreibst. Die arme Sarah kann es ja kaum wagen, irgendwas zu sagen, ohne daß du einen Wutanfall bekommst.«

»Die arme Sarah! Immer nur die arme Sarah! Wenn ich das schon höre. Was auch kommt, du stehst ihr immer bei.«

»Aber Richard, Sarah ist schließlich fast noch ein Kind. Da muß man doch Zugeständnisse machen. Aber du bist ein Mann – ein Erwachsener.«

Ganz plötzlich schien er entwaffnet:

»Ach, Ann, ich liebe dich ja so.«

»Mein Lieber.«

»Wir waren doch so glücklich miteinander – bis zu Sarahs Heimkehr.«

»Ja, ich weiß.«

»Und jetzt kommt es mir immer öfter vor, als könnte ich dich verlieren.«

»Aber Richard, du verlierst mich doch nicht.«

»Meine allerliebste Ann, liebst du mich denn überhaupt noch?«

Ann schwor ihm leidenschaftlich:

»Mehr als je zuvor, mein Lieber. Mehr denn je.«

5

Das Abendessen war ein voller Erfolg. Edith hatte sich große Mühe damit gegeben, und ohne die stürmische Sarah herrschte in der Wohnung wieder die alte, friedliche Atmosphäre.

Ann und Richard unterhielten sich angeregt, sie lachten miteinander und riefen sich gegenseitig Dinge in Erinnerung, die sie zusammen erlebt hatten. Beide genossen die wiedereingekehrte Ruhe.

Als sie wieder in den Salon gingen und ihren Kaffee und Benediktiner ausgetrunken hatten, meinte Richard:

»Das war ein wunderschöner Abend. So friedlich! Ach, Ann, meine Liebe, wenn es doch immer so sein könnte.«

»Das kommt schon noch, Richard.«

»Ann, das glaubst du doch wohl selber nicht. Weißt du, ich habe gründlich darüber nachgedacht. Die Wahrheit ist nicht immer angenehm, doch wir können uns ihr auf die Dauer nicht entziehen. Ich fürchte, offen gesagt, daß Sarah und ich nie miteinander auskommen werden. Wenn wir drei versuchen, unter einem Dach zu leben, ist das eine Qual für alle. Daher bleibt uns praktisch nur eine Möglichkeit.«

»Ich weiß nicht, was du damit sagen willst.«

»Ich will es ganz klar und deutlich ausdrücken: Sarah muß hier raus.«

»Kommt nicht in Frage, Richard. Das ist völlig ausgeschlossen.«

»Wenn Mädchen zu Hause nicht mehr glücklich sind, ziehen sie aus und führen ihr eigenes Leben.«

»Aber Sarah ist erst neunzehn, Richard.«

»Es gibt doch Wohnheime für junge Mädchen. Oder sie könnte auch als zahlender Gast bei einer geeigneten Familie unterkommen.«

Ann schüttelte den Kopf. Sie war strikt dagegen.

»Ich glaube, dir ist gar nicht klar, was du da von mir verlangst. Du erwartest von mir, daß ich meine noch kaum erwachsene Tochter vor die Tür setze und ihr das Zuhause nehme, weil ich wieder heiraten will.«

»Aber junge Mädchen legen doch heutzutage großen Wert darauf, selbständig zu sein und allein zu leben.«

»Das trifft aber nicht auf Sarah zu. Es ist nämlich absolut nicht so, daß sie ausziehen möchte, um allein zu leben. Dies ist ihr Zuhause, Richard.«

»Also, *ich* hielte das für eine glänzende Idee. Wir könnten dafür sorgen, daß sie genügend Geld zur Verfügung hat. Ich trage dazu bei. Sie soll ja nicht kurzgehalten werden. Sie wird froh sein, wenn sie ganz auf sich gestellt ist, und wir sind dann ganz ungestört. Ich sehe wirklich nicht, was daran so schlimm ist.«

»Du setzt also voraus, daß Sarah ganz auf sich gestellt zufrieden wäre?«

»Ja, es wird ihr gefallen. Ich versichere dir, daß junge Mädchen es kaum erwarten können, auf eigenen Füßen zu stehen.«

»Richard, von jungen Mädchen hast du wirklich nicht die leiseste Ahnung. Du denkst nur daran, was für *dich* am besten ist.«

»Ich habe dir nur einen ganz vernünftigen Vorschlag gemacht.«

Ann erklärte gedehnt: »Vor dem Abendessen hast du gesagt, Sarah käme bei mir an erster Stelle. Da ist wohl etwas Wahres dran... Es geht gar nicht einmal darum, wen von euch beiden ich am meisten liebe. Aber wenn ich an euch beide denke, so steht für mich ganz fest, daß Sarahs Interessen den Vorrang haben müssen. Denn ich trage schließlich die Verantwortung für Sarah. Und ich trage diese Verantwortung, bis sie voll erwachsen ist. Sarah *ist* aber noch nicht voll erwachsen.«

»Die Mütter wollen gar nicht, daß ihre Kinder irgendwann einmal erwachsen werden.«

»Zuweilen trifft das sicher zu, aber ich glaube wirklich nicht, daß es auf mich und Sarah zutrifft. Ich erkenne, was du unmöglich erkennen kannst – daß Sarah noch sehr jung und wehrlos ist.«

Richard schnaubte entrüstet.

»Wehrlos!«

»Ja, genau das. Ihr fehlt es noch an Selbstvertrauen, sie

steht dem Leben noch sehr zaghaft gegenüber. Wenn sie soweit ist, daß sie auf eigenen Füßen stehen und sich den Wind um die Ohren wehen lassen kann, dann wird sie das auch *wollen*. Dann schreckt sie der Gedanke, hier auszuziehen, nicht mehr. Dann werde ich sie auch nach Kräften unterstützen. Aber soweit ist sie *noch lange nicht*.«

Richard meinte seufzend: »Ich fürchte, mit Müttern darf man sich nicht anlegen.«

Ann entgegnete fest: »Ich denke nicht im Traum daran, meiner Tochter die Tür zu weisen und ihr das Zuhause zu nehmen. Es wäre unverzeihlich, ihr so etwas anzutun, solange sie nicht selber weg will.«

»Das liegt dir offensichtlich sehr am Herzen.«

»Ja, das kann man wohl sagen. Richard, mein Lieber, wenn du dich doch nur gedulden wolltest. Nicht *du* bist der Außenseiter, sondern Sarah. Das Gefühl hat sie ganz eindeutig. Aber ich bin mir ganz sicher, daß ihr euch mit der Zeit noch anfreunden werdet. Denn sie hängt wirklich sehr an mir. Sie liebt mich, Richard. Sie will ja schließlich nicht, daß ich unglücklich bin.«

Richard sah sie mit einem seltsamen Lächeln an.

»Meine liebe, süße Ann, du bist wirklich unverbesserlich. Was redest du dir da nur ein.«

Er breitete die Arme aus. Ann legte ihren Kopf an seine Schulter.

»Ach, Richard, ich liebe dich so sehr... Ich wünschte nur, ich hätte nicht solche Kopfschmerzen...«

»Ich hole dir Aspirin...«

Ihm fiel auf, daß Ann in letzter Zeit nach jedem Gespräch mit ihm zu Aspirin griff.

9. KAPITEL

1

Zwei Tage ging es wider Erwarten wohltuend friedlich zu. Ann faßte wieder Mut. So schlimm war es eigentlich gar nicht. Wie gesagt würde sich mit der Zeit schon alles einrenken. Es war richtig gewesen, an Richards Vernunft zu appellieren. In einer Woche fand die Hochzeit statt, und sie glaubte fest daran, daß das Leben dann wieder in geregelteren Bahnen verlaufen würde. Sarah würde sich dann wohl nicht mehr so gegen Richard sträuben und sich wieder verstärkt anderen Dingen zuwenden.

»Heute fühle ich mich endlich einmal besser«, bemerkte sie Edith gegenüber, weil ihr selbst schon auffiel, daß ein Tag ohne Kopfweh schon eine Seltenheit geworden war.

»Eine vorübergehende Flaute oder Windstille, die Ruhe vor dem nächsten Sturm, wie man so schön sagt«, entgegnete Edith. »Miß Sarah und Mr. Cauldfield sind wie Hund und Katze. Eine angeborene starke Abneigung, anders kann man das nicht nennen.«

»Aber ich finde, Sarah kommt schon ein bißchen davon ab, finden Sie nicht auch?«

»Ich würde mich an Ihrer Stelle keinen falschen Hoffnungen hingeben, Madam«, sagte Edith düster.

»Aber es kann doch nicht ewig so weitergehen.«

»Da wäre ich mir nicht so sicher.«

Edith sieht immer alles im schwärzesten Licht, dachte Ann. Es gibt für sie nichts Schöneres, als sich Katastrophen auszumalen.

»Aber in der letzten Zeit ist es *tatsächlich* besser geworden«, behauptete sie steif und fest.

»Ja, aber das liegt daran, daß Mr. Cauldfield meistens tagsüber da war, während Miß Sarah in ihrem Blumengeschäft gearbeitet hat, und abends hat Miß Sarah Sie dann ganz für sich allein gehabt. Außerdem beschäftigt es sie sehr, daß dieser Mr. Gerry schon so bald ins Ausland geht. Aber wenn Sie erst einmal verheiratet sind, leben Sie alle unter einem Dach. Dann können sich Miß Sarah und Mr. Cauldfield nicht mehr aus dem Weg gehen. Die werden Sie in Stücke reißen und zwischen sich aufteilen.«

»Ach, Edith.« Ann war verzweifelt. Das waren ja grauenhafte Aussichten. Doch schließlich befürchtete sie ja dasselbe.

Sie sagte ganz geknickt: »Ich halte das nicht aus. Ich habe Szenen und Streitigkeiten gehaßt, solange ich denken kann.«

»Ja, das stimmt. Sie haben immer ein ruhiges, behütetes Leben gehabt, und so ist es Ihnen auch am liebsten.«

»Aber was soll ich denn bloß tun? Edith, was würden *Sie* an meiner Stelle tun?«

Edith meinte genüßlich: »Da nutzt kein Murren und kein Klagen. Das habe ich schon als Kind gelernt. *Unser Erdenleben ist ein Jammertal.*«

»Mehr fällt Ihnen zu meinem Trost wohl nicht ein.«

»Solche Dinge werden uns geschickt, um uns auf die Probe zu stellen«, sagte Edith salbungsvoll. »Ja, wenn Sie eine dieser Ladys wären, für die es nichts Schöneres gibt, als sich zu streiten. Davon gibt es nämlich viele. Zum Beispiel die zweite Frau meines Onkels. Nichts macht ihr mehr Spaß, als sich da so richtig reinzusteigern. Sie hat eine scharfe Zunge, ein gottloses Mundwerk, aber wenn sich der Sturm gelegt hat, hegt sie keinen Groll mehr gegen irgend jemanden, dann ist die Sache für sie ausgestanden. Reinigt die Atmosphäre, wie man so schön sagt. Ich schreibe das den irischen Erbanlagen zu. Ihre Mutter stammt aus Limerick. Die sind nicht von Natur aus bösartig, aber sie streiten sich halt gern. In Miß Sarah steckt auch etwas davon. Sie haben mir doch mal erzählt, daß Mr. Prentice halb Engländer und halb Ire war. Die lassen gern mal Dampf ab. Miß Sarah braucht das jedenfalls von Zeit zu Zeit, aber ein gutherzigeres junges Mädchen kann es gar nicht geben. Wenn Sie mich fragen – es ist gut, daß Mr. Gerry nach Übersee geht. Der kommt doch nie zur Ruhe und bleibt nie bei der Stange. Da kann Miß Sarah weiß Gott etwas Besseres finden.«

»Ich fürchte aber, daß sie sehr an ihm hängt, Edith.«

»Ach, da würde ich mir an Ihrer Stelle keine übertriebenen

Sorgen machen. Es heißt zwar: *Die Liebe wächst mit dem Quadrat der Entfernung*, aber für mich klingt ein anderes Sprichwort viel wahrscheinlicher: *Aus den Augen, aus dem Sinn*. Machen Sie sich ihretwegen und auch sonst mal keine Sorgen. Hier ist das Buch aus der Bibliothek, das Sie so gern lesen wollten, und ich bringe Ihnen auch noch eine schöne Tasse Kaffee und ein paar Kekse. Lassen Sie es sich doch einmal richtig gutgehen – solange das noch möglich ist.«

Ann ignorierte die düstere Prophezeiung, die dieser Nachsatz beinhaltete. Sie sagte: »Edith, Sie verstehen es wirklich, einen zu trösten.«

Am Donnerstag reiste Gerry Lloyd ab. Als Sarah abends heimkam, brach sie mit Richard einen schlimmeren Streit als je zuvor vom Zaun.

Ann überließ die Kampfhähne sich selbst und entfloh in ihr Zimmer. Dort lag sie dann im Dunkeln, fuhr sich mit den Händen über die Augen und preßte sie an die pochenden Schläfen. Sie litt an fast unerträglichen Kopfschmerzen. Die Tränen strömten ihr übers Gesicht.

Immer wieder flüsterte sie vor sich hin: »Ich halte das nicht aus ... Ich kann nicht mehr ...«

Sie bekam gerade noch den letzten halben Satz mit, den Richard ihrer Tochter entgegenschleuderte, als er aus dem Wohnzimmer gestürmt kam:

»... und Ihre Mutter kann sich nicht immer allem entziehen, indem sie sich davonschleicht, weil sie ewig Kopfweh hat.«

Dann hörte Ann noch, wie die Wohnungstür mit Aplomb zugeschlagen wurde.

Dann Sarahs Schritte im Flur. Sie kam langsam und zögernd auf das Zimmer ihrer Mutter zu. Ann rief: »Sarah!«

Die Tür ging auf. Sarahs Stimme klang etwas schuldbewußt, als sie verwundert fragte:

»Warum liegst du denn im Dunkeln da?«

»Mein Kopf schmerzt zum Zerspringen. Knips die kleine Lampe in der Ecke an.«

Das machte Sarah. Dann kam sie mit gesenktem Blick ganz langsam auf das Bett zu. Sie wirkte so kindlich und verloren, daß es Ann zu Herzen ging, obwohl sie noch vor kurzem furchtbar wütend auf ihr Kind gewesen war.

»Sarah, mußte das denn wieder sein?«

»Was denn?«

»Mußtest du dich wirklich schon wieder die ganze Zeit mit Richard streiten? Kannst du dir nicht vorstellen, wie mir dabei zumute ist? Hast du denn gar nichts für mich übrig? Du mußt doch wissen, was du mir damit antust. Willst du denn nicht, daß ich glücklich bin?«

»Aber natürlich will ich das. Das *ist* es ja gerade!«

»Ich verstehe dich einfach nicht. Du setzt mir wirklich furchtbar zu. Manchmal habe ich das Gefühl, daß ich es nicht mehr ertrage... Nichts ist mehr, wie es war.«

»Eben, alles ist jetzt anders. Dieser Mann hat alles kaputtgemacht. Er will mich hier raushaben. Du läßt dich doch von ihm nicht dazu bringen, mich wirklich wegzuschicken, oder?«

Ann konnte es nicht fassen.

»Natürlich nicht. Davon ist doch keine Rede. Wie kommst du denn darauf?«

»Er hat das Thema gerade angeschnitten. Aber du schickst mich doch nicht weg, nicht wahr? Alles wird immer mehr zu einem Alptraum.« Sarah brach in Tränen aus. »Alles ist schiefgelaufen. Aber auch wirklich alles, seit ich aus der Schweiz zurückgekommen bin. Gerry ist ausgewandert. Wahrscheinlich sehe ich ihn niemals wieder. Und du hast dich von mir abgewandt...«

»Ich hätte mich von dir abgewandt? Wie kannst du sowas sagen.«

»Ach, Mutter, Mutter!«

Das Mädchen ließ sich vor dem Bett auf die Knie fallen und schluchzte herzzerreißend.

Immer wieder stieß sie das gleiche Wort hervor: »Mutter...«

2

Am nächsten Morgen fand Ann auf ihrem Frühstückstablett einen Brief von Richard vor.

> Liebe Ann,
> so kann es nicht weitergehen. Wir müssen uns etwas einfallen lassen. Sarah wird einsichtiger sein müssen.
>
> In Liebe,
> Dein Richard

Ann runzelte die Stirn. Machte sich Richard wissentlich etwas vor? Oder war Sarahs Ausbruch gestern abend reine Hysterie gewesen? Das war durchaus möglich. Ann war davon überzeugt, daß Sarah der ersten jugendlichen Schwärmerei anheimgefallen war, daß sie der Abschied von Gerry furchtbar mitnahm und daß sie Liebeskummer hatte. Und da ihr Richard so zuwider war, würde sie sich anderswo vielleicht tatsächlich wohler fühlen...

Ann griff ganz impulsiv nach dem Telefonhörer und wählte Laura Whitstables Nummer.

»Laura? Hier ist Ann.«

»Guten Morgen. Sie rufen aber früh an.«

»Ach, ich weiß mir nicht mehr zu helfen. Ich habe ständig Kopfweh und fühle mich schon richtig krank. So kann und darf es nicht mehr weitergehen. Deshalb wollte ich Ihren Rat einholen.«

»Ich erteile niemals Ratschläge. Das wäre mir viel zu gefährlich.«

Ann maß dem keinerlei Bedeutung bei.

»Hören Sie mal, Laura, meinen Sie nicht, daß es vielleicht gar nicht so schlecht wäre, wenn..., wenn Sarah hier ausziehen würde? Sie könnte doch zusammen mit einer Freundin eine eigene Wohnung nehmen – oder etwas in der Art.«

Einen Augenblick lang rührte sich nichts, dann wollte Laura wissen:

»Will Sarah denn ausziehen?«

»Na ja, das kann man eigentlich nicht sagen. Ich will damit sagen, das ist vorerst nur so eine *Idee*.«

»Wer ist denn darauf verfallen? Richard?«

»Hm – ja.«

»Sehr vernünftig.«

»Sie halten das für richtig?«

»Ich will damit nur ausdrücken, daß es aus Richards Sicht die einzig vernünftige Lösung ist. Richard weiß anscheinend, was er will und er setzt alles dran, sein Ziel auch zu erreichen.«

»Aber was halten *Sie* von seinem Vorschlag?«

»Ann, ich habe Ihnen doch gesagt, daß ich niemals einen Rat erteile. Was sagt denn Sarah eigentlich dazu?«

Ann zögerte.

»Na ja, ich habe es noch gar nicht so richtig mit ihr besprochen.«

»Aber Sie können sich doch sicher denken, wie sie auf diesen Vorschlag reagieren würde.«

Ann entgegnete widerstrebend: »Ich glaube, es käme ihr nicht in den Sinn, hier auszuziehen. Sie wäre vermutlich strikt dagegen.«

»Na also.«

»Aber vielleicht sollte ich darauf bestehen?«

»Warum denn das? Um Ihre Kopfschmerzen wieder loszuwerden?«

»Nein, nein!« rief Ann entsetzt. »Ausschließlich zu Sarahs eigenem Besten.«

»Das klingt ja großartig! Ich bin solch noblen Anwandlungen gegenüber immer äußerst mißtrauisch. Haben Sie sich das auch gut überlegt?«

»Ich frage mich, ob ich nicht zu diesen Müttern gehöre, die sich übermäßig an ihre Kinder klammern. Ob Sarah nicht viel mehr damit gedient ist, wenn sie Abstand von mir gewinnt. Damit sie sich zu einer eigenständigen Persönlichkeit entwickeln kann.«

»Ja, ja, ganz moderne Ansichten.«

»Wissen Sie, ich könnte mir schon vorstellen, daß sie gar nicht einmal abgeneigt ist. Anfänglich hatte ich noch meine Zweifel, doch inzwischen..., aber verraten Sie mir doch, was Sie davon halten.«

»Arme Ann.«

»Was soll das heißen, ›arme Ann‹?«
»Sie wollten doch wissen, was ich davon halte.«
»Sie sind keine große Hilfe, Laura.«
»Das will ich auch gar nicht sein – zumindest nicht so, wie Sie sich das vorstellen.«
»Wissen Sie, es wird immer schwieriger, vernünftig mit Richard zu reden. Er hat mir heute morgen geschrieben. Fast schon ein Ultimatum. Es dauert nicht mehr lange, dann fordert er mich auf, daß ich mich zwischen ihm und Sarah entscheiden soll.«
»Für wen würden Sie sich denn entscheiden?«
»Bitte, lassen wir das, Laura. Soweit muß es ja nicht kommen.«
»Es könnte aber.«
»Sie treiben mich noch zum Wahnsinn, Laura. Sie machen nicht den leisesten Versuch, mir zu helfen.«
Wütend knallte Ann den Hörer auf.

3

Um sechs Uhr nachmittags rief Richard Cauldfield an.
Edith ging ans Telefon.
»Ist Mrs. Prentice da?«
»Nein, Sir. Sie ist auf einer Ausschußsitzung. Es geht da um ein Seniorenheim für alte Damen oder sowas. Vor sieben wird sie wohl kaum zurück sein.«
»Und Miß Sarah?«
»Ist gerade heimgekommen. Wollen Sie sie sprechen?«
»Nein, ich komme gleich.«
Richard legte den Weg von seiner zu Anns Wohnung mit festen Schritten und in schnellem Tempo zurück. Er hatte eine schlaflose Nacht hinter sich und hatte schließlich einen festen Entschluß gefaßt. Obwohl er eigentlich ein Mensch war, der eine ganze Weile brauchte, bis er sich zu etwas entschloß, beharrte er dann fest auf seiner Entscheidung.
So wie die Dinge standen, konnte es nicht weitergehen. Das würde er erst Sarah und dann auch Ann klarmachen.

Dieses Mädchen würde seine Mutter mit ihren Wutanfällen und dem Starrsinn, den es an den Tag legte, noch zum Wahnsinn treiben. Seine liebe, sanfte Ann. Aber er dachte nicht nur liebevoll an sie. Ohne daß er sich dessen bewußt war, kamen Ressentiments gegen sie in ihm auf. Sie ging der Entscheidung mit typisch weiblichen Mitteln immer wieder aus dem Weg – mit ihrem ewigen Kopfweh oder einem Zusammenbruch, wann immer es zu Streitigkeiten kam... Ann mußte sich zu einer Entscheidung durchringen! Sie konnte nicht ewig den Kopf in den Sand stecken.

Diese beiden Frauen... Jetzt mußte endlich einmal *Schluß* sein mit dem Weiberkram!

Er läutete. Edith ließ ihn ein. Er ging ins Wohnzimmer. Sarah stand mit einem Glas in der Hand am Kaminsims. Sie wandte sich ihm zu.

»Guten Abend, Richard.«

»Guten Abend, Sarah.«

»Es tut mir leid wegen gestern abend, Richard. Ich fürchte, ich habe mich unmöglich benommen.« Es fiel Sarah nicht leicht, das zuzugeben.

»Ist schon gut.« Richard winkte großmütig ab. »Vergessen wir das einfach.«

»Wie wär's mit einem Drink?«

»Nein danke.«

»Ich fürchte, meine Mutter kommt noch nicht so bald. Sie ist auf einer...«

Er fiel ihr ins Wort: »Das ist schon in Ordnung. Ich wollte ja mit Ihnen sprechen.«

»Was, mit mir?«

Sarahs Augen wurden ganz dunkel und verengten sich zu schmalen Schlitzen. Sie ging auf ihn zu und setzte sich, ohne ihn dabei auch nur einen Moment aus den Augen zu lassen. Das Mißtrauen, das sie ihm entgegenbrachte, war nicht zu übersehen.

»Ich möchte mit Ihnen über die Lage der Dinge sprechen. Es ist doch wohl sonnenklar, daß es so nicht weitergehen kann. All das Gezänk und diese Wortgefechte. Das ist Ihrer Mutter gegenüber einfach nicht fair. Sie hängen doch an Ihrer Mutter, oder nicht?«

»Selbstverständlich«, meinte Sarah völlig unbewegt.

»Also, unter uns gesagt, dann müssen wir ihr endlich mal ein bißchen Ruhe gönnen. In einer Woche findet die Hochzeit statt. Wie, glauben Sie, soll unser Leben aussehen, wenn wir alle drei zusammen hier in dieser Wohnung wohnen, sobald wir von unserer Hochzeitsreise zurückkommen?«

»Ich würde sagen, es wäre die reine Hölle.«

»Na also, Sie sehen es ja ein. Ich möchte gleich zu Anfang festhalten, daß das nicht nur Ihre Schuld ist.«

»Das ist sehr großmütig von Ihnen, Richard«, entgegnete Sarah.

Das klang ganz ernst und höflich. Richard kannte Sarah immer noch nicht gut genug, um zu erkennen, daß Gefahr im Anzug war.

»Es ist schade, daß wir einfach nicht miteinander auskommen. Sie können mich eben nicht leiden.«

»Wenn Sie es genau wissen wollen – ja, Sie haben recht.«

»Gut, das ist nicht zu ändern. Sie sind mir ja auch nicht sonderlich sympathisch.«

»Sie hassen mich wie die Pest«, konstatierte Sarah.

»Nun hören Sie aber auf«, versuchte Richard sie zu beschwichtigen. »So würde ich das nicht gerade nennen.«

»Ich schon.«

»Wir wollen es einmal so ausdrücken: Wir mögen uns nicht, wir haben absolut nichts füreinander übrig. Es interessiert mich aber gar nicht, ob Sie mich mögen oder nicht. Ich heirate ja schließlich Ihre Mutter und nicht Sie. Ich habe mich redlich bemüht, Freundschaft mit Ihnen zu schließen, aber Sie sind nicht darauf eingegangen, um es einmal milde auszudrücken... Wir müssen also eine Lösung finden. Ich will anderweitig tun, was in meiner Macht steht.«

»Was meinen Sie mit anderweitig?« fragte Sarah mißtrauisch.

»Da Sie es zu Hause nicht mehr aushalten, will ich so weit wie möglich dazu beitragen, daß Sie anderswo Ihr eigenes Leben führen können, wo Sie sich entschieden besser fühlen als hier. Wenn Ann erst einmal meine Frau ist, komme ich voll und ganz für sie auf. Dann fällt auch für Sie noch eine ganze Menge ab. Wir mieten Ihnen irgendwo eine hübsche kleine Wohnung, die Sie mit einer Freundin teilen können. Ich sorge auch für die Einrichtung und alles – ganz wie Sie es wünschen.«

Sarahs Augen verengten sich noch mehr. Sie sagte: »Was für ein großzügiger Mann Sie doch sind, Richard. Wirklich fantastisch.«

Ihr Sarkasmus entging ihm, und er beglückwünschte sich insgeheim. Eigentlich ließ sich alles ganz gut an. Das Mädchen wußte ganz genau, wo sein Vorteil lag. Es würde sich schon noch alles freundschaftlich regeln lassen.

Plötzlich war er bestens aufgelegt und sah sie lächelnd an.

»Ich kann es einfach nicht sehen, wenn jemand unglücklich ist. Im Gegensatz zu Ihrer Mutter weiß ich, daß junge Leute immer ganz versessen darauf sind, so zu leben, wie es ihnen paßt, daß sie eines Tages dem Nest den Rücken kehren wollen. Ganz auf sich gestellt sind Sie bestimmt viel glücklicher, als wenn wir hier wie Hund und Katze unter einem Dach zusammenlebten.«

»Das schlagen Sie mir also vor?«

»Eine glänzende Idee, nicht wahr? Damit ist uns allen gedient.«

Sarah lachte. Richard fuhr herum und sah sie scharf an.

»So leicht werden Sie mich nicht los!« rief Sarah.

»Aber...«

»Ich bleibe hier, darauf können Sie sich verlassen. Ich ziehe hier nicht aus...«

Sie hörten nicht, wie Ann die Wohnungstür aufschloß. Als sie die Wohnzimmertür aufstieß, standen sich Richard und Sarah gegenüber und starrten sich haßerfüllt an. Sarah zitterte am ganzen Leib und schrie immer wieder hysterisch: »Ich will nicht weg – ich will nicht weg – ich will nicht weg...«

»Sarah...«

Sie fuhren beide herum. Sarah stürzte auf ihre Mutter zu.

»Mutter, Mutter, du läßt es doch nicht zu, daß er mich wegschickt, nicht? Er will, daß ich mir zusammen mit einer Freundin eine Wohnung nehme. Ich *hasse* Freundinnen. Ich will auch nicht alleine wohnen. Ich will bei dir bleiben. Bitte, Mutter, schick mich nicht weg. Bitte, bitte nicht!«

»Wo denkst du hin? Natürlich nicht. Ist ja schon gut, mein Liebling.« Dann wandte Ann sich Richard zu und fragte ihn eisig: »Was hast du ihr da eingeredet?«

»Ich habe ihr nur einen ganz vernünftigen Vorschlag gemacht.«

»Mutter, er haßt mich, und er wird dich dahin bringen, daß auch du mich haßt.«

Sarah konnte vor Schluchzen kaum mehr weitersprechen. Sie gebärdete sich wie ein hysterisches kleines Mädchen.

Um sie zu trösten und zu beruhigen, versicherte Ann ihr rasch: »Das wird nie geschehen, Sarah. Was redest du dir da bloß ein? Das glaubst du doch wohl selber nicht.«

Sie machte Richard ein Zeichen und sagte: »Wir sprechen ein andermal darüber.«

»Nein!« Richard schob entschlossen das Kinn vor. »Wir besprechen das hier und jetzt! Wir müssen endlich einmal Klarheit schaffen.«

»Bitte nicht jetzt.« Ann preßte die Hand an den Kopf und ließ sich auf das Sofa sinken.

»Du kannst dich nicht schon wieder drücken, weil du Kopfschmerzen hast. Ann, ich möchte eines von dir wissen: Wer kommt bei dir zuerst, wer ist dir wichtiger? Ich oder deine Tochter Sarah?«

»Darum geht es doch überhaupt nicht.«

»Und ob es darum geht! Wir wollen das ein- für allemal klarstellen. Ich mache das nämlich nicht mehr länger mit.«

Richard sprach so laut, daß Ann das Gefühl hatte, alle Nerven in ihrem Kopf würden vibrieren. Sie hatte eine schwierige Ausschußsitzung hinter sich, war schon müde heimgekommen und hatte jetzt das Gefühl, daß sich ihr Leben von Tag zu Tag unerträglicher gestaltete.

Sie gab Richard mit schwacher Stimme zu verstehen: »Ich kann jetzt nicht mit dir reden, Richard. Ich bin einfach nicht dazu imstande. Das geht über meine Kraft.«

»Und ich sage dir, daß das keinen Aufschub duldet. Wenn Sarah hier nicht auszieht, gehe ich.«

Sarah erschauerte. Sie hob den Kopf und starrte Richard an.

»Ich habe einen durchaus vernünftigen Vorschlag gemacht. Den habe ich Sarah unterbreitet. Sie hatte offenbar gar nichts dagegen einzuwenden – bis du gekommen bist.«

»Ich will nicht weg«, erklärte Sarah noch einmal.

»Mein liebes Kind, Sie können Ihre Mutter doch jederzeit besuchen.«

»Mutter, Mutter, du setzt mich doch nicht vor die Tür? Das kannst du doch nicht tun! Du bist doch meine Mutter.«

Ann stieg die Zornesröte ins Gesicht. Sie sagte mit erstaunlich fester Stimme: »Ich setze meine einzige Tochter bestimmt nicht vor die Tür, wenn sie nicht selbst den Wunsch hat auszuziehen.«

Richard schrie: »Sie würde schon ausziehen wollen – es ist nur Schikane, daß sie das Gegenteil behauptet! Sie will mich nur ärgern!«

»Das sieht Ihnen ähnlich, mir so etwas zu unterstellen«, schleuderte ihm Sarah entgegen.

»Halten Sie den Mund!« schrie Richard erneut.

Ann preßte die Hände an den Kopf.

»Ich halte das einfach nicht mehr aus«, flüsterte sie. »Ich warne euch – alle beide. Ich kann einfach nicht mehr...«

Sarah bat flehentlich: »Mutter...«

Richard wandte sich wütend an Ann: »Du und deine Kopfschmerzen, Ann! Das hat doch alles keinen Sinn. Verdammt noch mal, du mußt dich entscheiden und zwischen uns beiden wählen.«

»Mutter!« Sarah war jetzt völlig außer sich. Sie klammerte sich wie ein verschrecktes Kind an Ann. »Laß dich von ihm nicht gegen mich aufwiegeln. Mutter, laß das bitte, bitte nicht zu...«

Ann preßte die Hände noch immer an den Kopf. Sie war am Ende ihrer Kraft. »Ich ertrage es nicht mehr. Du gehst wohl besser, Richard.«

»Was?« Er starrte sie fassungslos an.

»Geh bitte. Verzeih mir..., aber es hat keinen Sinn...«

Sein Zorn kannte keine Grenzen. Er fragte erbittert: »Weißt du überhaupt, was du da sagst?«

Ann flüsterte gepeinigt: »Ich kann nicht mehr. Ich brauche Ruhe und Frieden...«

Sarah bat wieder: »Mutter...«

»Ann...« In Richards Stimme lag ungläubiger Schmerz.

Ann war verzweifelt: »Es hat keinen Zweck, Richard, siehst du das nicht ein?«

Und Sarah schrie wütend: »Gehen Sie doch endlich! Wir brauchen Sie nicht, haben Sie verstanden?«

Hätte sie dabei nicht wie ein kleines Kind ausgesehen, der unverhohlene Triumph hätte sie häßlich gemacht.

Er achtete nicht auf Sarahs Worte, er sah nur Ann an. Dann fragte er ganz leise und ruhig: »Ist das wirklich dein Ernst? Du willst, daß ich für immer gehe?«

Ann sagte zu Tode erschöpft: »Richard – es geht nicht anders. Auf Wiedersehen...«

Er ging langsam aus dem Zimmer.

Sarah rief weinend: »Mutter!« und vergrub den Kopf in Anns Schoß.

Ann strich ihrer Tochter mechanisch übers Haar, doch ihr Blick wanderte zur Tür, durch die Richard eben erst verschwunden war.

Gleich darauf hörte sie die Wohnungstür mit einem lauten Knall ins Schloß fallen.

Eisige Kälte durchdrang sie, genau wie an dem Tag, an dem sie Sarah zum Zug begleitet hatte. Ihr war trostlos zumute...

Richard ging jetzt die Treppe hinunter, über den Hof und die Straße entlang...

Er verschwand aus ihrem Leben...

BUCH II

1. KAPITEL

1

Durch das Fenster des Flughafenbusses betrachtete Laura Whitstable gerührt die vertrauten Straßen von London. Sie war ziemlich lange fortgewesen. Ein Regierungsauftrag hatte sie auf einer ausgedehnten, hochinteressanten Reise rund um die Welt geführt. Besonders die letzte Zeit in den Vereinigten Staaten hatte sie sehr angestrengt. Mylady Laura hatte Vorträge und Vorlesungen gehalten, bei Veranstaltungen häufig den Vorsitz geführt, an offiziellen Lunches und Dinners teilgenommen und bei all der Hektik kaum noch Zeit gefunden, ihre Freunde zu besuchen.

Nun, das lag jetzt hinter ihr. Sie war endlich wieder daheim – mit einem ganzen Koffer voller Notizen, Statistiken und allen möglichen Unterlagen. Ihrer harrte auch jetzt noch eine Unmenge überaus anstrengender Arbeit, die in absehbarer Zeit getan werden sollte.

Laura Whitstable war eine ungeheuer vitale, physisch sehr starke Frau. Die Aussicht auf Arbeit behagte ihr weit mehr als Muße, doch im Gegensatz zu den meisten anderen Leuten bildete sie sich darauf gar nichts ein. Manchmal gab sie mit entwaffnender Offenheit zu, daß es wohl eher eine Schwäche als eine Tugend war, daß sie die Arbeit angenehmeren Dingen vorzog. In ihren Augen war Arbeit ein gutes Mittel, um sich vor sich selbst zu verstecken, meinte sie.

Laura Whitstable konzentrierte sich immer nur auf eine Sache. Es hatte ihr nie sonderlich gelegen, ihren Freunden lange Briefe zu schreiben. Wenn sie weg war, war sie eben weg – nicht nur körperlich, sondern auch in Gedanken.

Sie schrieb ihren Hausangestellten pflichtbewußt schöne bunte Ansichtskarten. Hätte sie das nicht getan, hätten sie ihr das sehr verübelt. Aber ihre Freunde und Vertrauten wußten ganz genau, daß sie von Laura erst nach ihrer Heimkehr wieder hören würden – wenn sie nämlich ihre tiefe, barsche Stimme am Telefon vernahmen.

Es ist schön, wieder daheim zu sein, dachte Laura kurz darauf, als sie sich in ihrem gemütlichen Wohnzimmer umsah, das den meisten Gästen wie ein Herrenzimmer vorkam. Sie hörte gar nicht richtig hin, als ihr der melancholische Bassett teilnahmslos berichtete, welche kleinen Unannehmlichkeiten sich im Hause zugetragen hatten, während die Hausherrin unterwegs war.

Schließlich entließ sie Bassett mit einem: »Gut, daß Sie mir das gesagt haben« und versank regelrecht in dem großen, schäbigen, lederbezogenen Sessel. Auf einem kleinen Tischchen stapelten sich Zeitschriften und Briefe, doch die rührte sie nicht an. Was dringend war, hatte ihre tüchtige Sekretärin sowieso schon erledigt.

Sie zündete sich eine Zigarre an und lehnte sich mit halbgeschlossenen Augen im Sessel zurück.

Damit endete ein Abschnitt ihres Lebens. Der nächste begann...

Sie entspannte sich und ließ es zu, daß ihre Gedanken eine langsamere Gangart einschlugen. Die anderen Regierungsbeauftragten – die Probleme, die entstanden – Spekulationen – Ansichten – Persönlichkeiten in Amerika – ihre amerikanischen Freunde... Alles trat ganz allmählich in den Hintergrund, wurde immer schemenhafter...

Dafür stand ihr bald klar vor Augen, wen sie in London aufsuchen mußte, mit welchen hohen Tieren sie sich anlegen würde, in welchen Ministerien sie vorsprechen und sich unbeliebt machen wollte. Sie dachte an die praktischen Maßnahmen, die sie ergreifen mußte, die Berichte, die es zu schreiben galt. Die künftige Kampagne, das leidige tägliche Einerlei, das einem nicht erspart blieb...

Doch dazwischen lag noch eine Phase der Wiedereingewöhnung. Da wollte sie Beziehungen zu anderen Menschen auffrischen und ausschließlich ihrem Vergnügen nachgehen. Sie würde ihre Freunde besuchen, um an deren Sorgen und Freuden teilzuhaben. Sie wollte wiederauferstehen lassen, was sie quälte und verfolgte, sich aber auch alles gönnen, was ihr Freude machte. Sie wollte Geschenke verteilen, die sie mitgebracht hatte... Ihr zerfurchtes Gesicht nahm einen weichen Ausdruck an. Sie lächelte. Namen tauchten vor ihrem geistigen Auge auf: Charlotte, der kleine David, Geraldine und ihre Kinder, der alte Walter Emlyn, Ann und Sarah, und dann Professor Parkes...

Wie es ihnen allen wohl während ihrer Abwesenheit ergangen war?

Sie wollte Geraldine in Sussex besuchen – übermorgen schon, wenn Geraldine das recht war. Sie griff nach dem Telefon, kam durch, machte das Datum und die Uhrzeit aus. Dann rief sie Professor Parkes an, der blind und so gut wie taub war. Trotzdem war er ansonsten körperlich und geistig völlig auf der Höhe und freute sich auf einen vehementen Streit mit einer alten Freundin Laura.

Schließlich rief sie Ann Prentice an.

Edith nahm den Hörer ab.

»Na, das ist mal eine Überraschung, Madam. Wir haben schon ewig nichts mehr von Ihnen gehört. Vor einem oder zwei Monaten habe ich einen Artikel über Sie in der Zeitung gelesen. Nein, tut mir leid, Mrs. Prentice ist ausgegangen. Geht in letzter Zeit abends fast immer aus. Ist kaum je zu Hause. Nein, Miß Sarah ist auch nicht da. Ja, Madam, ich richte Mrs. Prentice aus, daß Sie angerufen haben und daß Sie wieder da sind.«

Laura Whitstable legte auf und wählte gleich die nächste Nummer.

Während der folgenden Telefongespräche verbannte Laura Whitstable eine Kleinigkeit aus ihren Gedanken, mit der sie sich später noch befassen wollte.

Erst als sie schon im Bett lag, gab ihr analytischer Verstand ihr ein, über etwas Sonderbares nachzudenken. Edith hatte es ihr erzählt. Sie kam nicht sofort darauf, doch schon sehr bald fiel es ihr wieder ein. Edith hatte gesagt, daß Ann ausgegangen sei. Sie gehe in letzter Zeit fast jeden Abend aus.

Laura runzelte die Stirn. Das war doch sonst nicht Anns Gewohnheit. Ann mußte sich sehr geändert haben. Bei Sarah war es ja nicht verwunderlich, daß sie sich allabendlich amüsieren wollte, so waren junge Mädchen nun einmal. Aber

Ann war an und für sich ein ruhiger Mensch. Sie nahm zwar gelegentlich eine Einladung zum Abendessen an, ging ins Kino oder ins Theater, doch es lag ihr nicht, jeden Abend auszugehen.

Laura Whitstable dachte vor dem Einschlafen noch eine ganze Weile über Ann Prentice nach...

2

Zwei Wochen später läutete Laura an der Wohnungstür von Ann.

Edith machte ihr die Tür auf. Ihr mürrisches Gesicht entspannte sich kaum merklich, was darauf schließen ließ, daß sie sich freute.

Sie trat beiseite und bat Laura herein.

»Mrs. Prentice zieht sich gerade um, weil sie noch ausgeht«, sagte Edith. »Aber ich weiß, daß sie Sie sprechen möchte.«

Sie führte Laura ins Wohnzimmer und ging dann, schweren Schritts wie üblich, durch den Gang zu Anns Zimmer.

Laura sah sich erstaunt im Wohnzimmer um. Es war kaum mehr wiederzuerkennen. Einen Augenblick kam ihr der absurde Gedanke, sie habe sich in der Wohnung geirrt.

Ein paar schöne Stücke des ursprünglichen Mobiliars waren noch vorhanden, doch in der gegenüberliegenden Ecke befand sich jetzt eine große Cocktailbar. Die neue Einrichtung war eine moderne Version des französischen Empire – elegant gestreifte Satinvorhänge, viele vergoldete Schalen und Vasen. Die wenigen Bilder an der Wand waren modern. Man hätte diesen Raum nie für ein Zimmer in einer Privatwohnung gehalten, sondern eher für die Kulisse in einem Theaterstück.

Edith steckte den Kopf zur Tür herein und sagte: »Mrs. Prentice kommt gleich, Madam.«

»Das ist ja eine richtige Verwandlungsszene«, bemerkte Laura Whitstable und wies auf alles um sich herum.

»Hat auch eine Stange Geld gekostet«, erklärte Edith mißbilligend. »Und ein paar sehr merkwürdige junge Männer haben sich um all das gekümmert. Sie würden es nicht für möglich halten.«

»O doch«, widersprach Laura. »Sie haben ihre Sache offenbar sehr gut gemacht.«

»Nichts als Mätzchen«, meinte Edith naserümpfend.

»Aber Edith, man muß doch mit der Zeit gehen. ich könnte mir gut vorstellen, daß es Miß Sarah sehr gefällt.«

»Nein, Miß Sarahs Geschmack ist das nicht. Miß Sarah hat nichts übrig für Veränderungen. Das war schon immer so. Sie wissen doch bestimmt noch, Madam, wie sie sich aufgeregt hat, als das Sofa nur einmal andersrum gestanden hat! Nein, *Mrs. Prentice war ganz wild darauf.*«

Laura zog kaum merklich die Augenbrauen hoch. Ann Prentice mußte sich sehr verändert haben. Doch da hörte sie Schritte im Flur. Ann stürzte mit ausgestreckten Händen auf Laura zu.

»Meine liebe Laura, ich freue mich ja so! Ich habe Sie schrecklich vermißt.«

Sie küßte Laura rasch und hektisch, und Laura sah sie sehr verwundert an.

Ja, Ann Prentice hatte sich wahrhaftig sehr verändert. Ihr weiches braunes Haar mit den grauen Strähnen war mit Henna gefärbt; ihr supermoderner Haarschnitt entsprach dem letzten Schrei. Anns Augenbrauen waren gezupft, und sie war sorgfältig geschminkt. Sie trug ein kurzes Cocktailkleid mit ganzen Trauben von bizarrem Modeschmuck. Laura fiel auch auf, daß Ann sich rastlos bewegte und daß ihre Gesten etwas Gekünsteltes hatten. Das war in Lauras Augen die auffallendste Veränderung, die mit Ann vorgegangen war. Denn das Hauptmerkmal der Ann Prentice, die sie vor zwei Jahren gekannt hatte, war die sanfte, erholsame Ruhe gewesen, die von ihr ausging. Sie schien es nie eilig zu haben.

Jetzt ging sie nervös im Zimmer hin und her, sprach unaufhörlich, regte sich über Kleinigkeiten auf und hörte kaum zu, wenn Laura etwas sagte.

»Sie waren so lange weg – fast eine Ewigkeit. Natürlich habe ich hin und wieder in der Zeitung über Sie gelesen. Wie war es denn in Indien? Hat man in den Vereinigten Staaten nicht einen unglaublichen Wirbel um Sie gemacht? Wahrscheinlich haben Sie sehr gut gegessen – Steaks und dergleichen, stimmt's? Wann sind Sie denn zurückgekommen?«

»Vor zwei Wochen. Ich habe angerufen. Aber Sie waren nicht zu Hause. Ich fürchte, Edith hat vergessen, es Ihnen auszurichten.«

»Die arme alte Edith. Ihr Gedächtnis ist nicht mehr, was es einmal war. Nein, ich glaube, sie hat nichts gesagt. Ich wollte eigentlich selbst schon anrufen, aber ich bin nicht dazu gekommen. Sie wissen ja, wie es einem gehen kann.« Ann lachte nervös. »Das Leben ist eine einzige Hetzerei.«

»Früher haben Sie kein so hektisches Leben geführt, Ann.«

»Nein?« Ann ging nicht drauf ein. »Man kann sich dem wohl nicht entziehen. Etwas zu trinken, Laura? Vielleicht einen Gin mit Limone?«

»Nein, danke. Ich trinke keine Cocktails.«

»Ach ja, richtig. Brandy mit Soda trinken Sie am liebsten. So, bitte sehr.« Sie reichte Laura das Glas und mixte sich dann selbst etwas zu trinken.

»Wie geht es Sarah?« erkundigte sich Laura.

»Ach, sie amüsiert sich blendend. Ich bekomme sie kaum noch zu Gesicht. Wo ist denn der Gin? Edith! Edith!«

Edith kam sofort.

»Warum ist kein Gin da?«

»Ist noch nicht geliefert worden«, sagte Edith.

»Ich habe doch extra gesagt, daß wir immer eine Flasche in Reserve haben müssen. Man könnte überschnappen. Sie müssen dafür sorgen, daß immer genug zu trinken da ist.«

»Es wird ja auch weiß Gott genügend angeliefert«, murrte Edith. »Für meinen Geschmack entschieden zuviel.«

»Jetzt reicht es aber, Edith!« schrie Ann sie wütend an. »Gehen Sie schon und holen Sie eine Flasche Gin.«

»Was – jetzt?«

»Ja, sofort.«

Edith zog sich mit grimmiger Miene zurück. Ann fuhr wütend fort: »Sie vergißt aber auch alles. Sie ist ein hoffnungsloser Fall!«

»Meine Liebe, regen Sie sich doch nicht auf. Setzen Sie sich und erzählen Sie mir von sich.«

»Da gibt es nicht viel zu erzählen«, lachte Ann.

»Sie wollten ausgehen. Halte ich Sie da nicht auf?«

»Nein, keine Sorge. Mein Freund kommt mich abholen.«

»Colonel Grant?« erkundigte sich Laura lächelnd.

»Der arme alte James? Um Himmels willen, nein. Wir sehen uns eigentlich kaum noch.«

»Wie kommt denn das?«

»Diese alten Männer sind ja so entsetzlich langweilig. James ist ein Schatz, ich weiß – aber ewig diese langen, umständlichen Geschichten... Ich kann sie einfach nicht mehr hören.« Ann zuckte die Schultern. »Ich weiß, daß das häßlich von mir ist, aber so bin ich nun einmal.«

»Sie haben mir noch gar nichts von Sarah erzählt. Hat sie einen Freund?«

»Ach, sie hat viele Freunde. Sie ist wahnsinnig beliebt – zum Glück. Ich bin heilfroh, daß ich eine Tochter habe, die nicht nur herumsitzt und sich blöd benimmt.«

»Es gibt also keinen ganz speziellen jungen Mann, in den sie verliebt ist?«

»Ich weiß nicht. Schwer zu sagen. Die jungen Mädchen erzählen ihren Müttern nie etwas.«

»Was macht denn der junge Gerald Lloyd – seinetwegen waren Sie doch sehr besorgt.«

»Ach, der ist, glaube ich, nach Südamerika gegangen oder sonstwohin. Das ist zum Glück schon längst vergessen. Erstaunlich, daß Sie sich daran erinnern!«

»Ich vergesse nichts, was Sarah angeht. Ich habe sie nämlich sehr gern.«

»Das ist sehr lieb von Ihnen, Laura. Sarah ist schon in Ordnung. In mancher Hinsicht furchtbar eigensüchtig und ermüdend, aber in ihrem Alter muß das wohl so sein. Sie wird jeden Moment kommen, und dann...«

Das Telefon läutete. Ann verstummte und nahm den Hörer ab.

»Hallo? Ach, du bist es, Liebling... Aber natürlich, liebend gern... Ja, aber ich muß erst in meinem kleinen Terminkalender nachsehen... Lieber Himmel, wo ist er denn, ich finde ihn mal wieder nicht... Ja, da bin ich ganz bestimmt noch frei... Also, am Donnerstag... im *Petit Chat*... Stimmt doch, oder? Komisch, daß Johnny besinnungslos betrunken war... Na ja, wir hatten schließlich mehr oder weniger alle einen sitzen... Ja, finde ich auch...«

Ann legte den Hörer wieder auf.

»Dieses Telefon! Es steht den ganzen Tag nicht still!«

Aus ihrer Stimme klang Verärgerung, doch das wirkte nicht sehr überzeugend.

»Das haben Telefone nun einmal so an sich«, bemerkte Laura Whitstable trocken. Sie fügte hinzu: »Sie scheinen das Leben ja in vollen Zügen zu genießen, Ann.«

»Es hat doch keinen Sinn, einfach vor sich hinzuvegetieren, meine Liebe. Ach, das hört sich ganz nach Sarah an.«

Sie hörten Sarahs Stimme draußen im Gang.

»Wer? Mylady Whitstable? Ach, das freut mich!«

Sarah riß die Wohnzimmertür auf und kam hereingestürzt. Laura war sprachlos, wie schön ihr Patenkind geworden war. Sie wirkte nicht mehr linkisch wie ein Füllen, aus ihr war eine bemerkenswert attraktive junge Frau geworden mit zauberhaften Zügen und einer fantastischen Figur.

Beim Anblick ihrer Patentante strahlte sie vor Freude. Sie küßte Laura zärtlich.

»Laura, wie ich mich freue! Der Hut steht dir wirklich blendend. Damit wirkst du königlich, aber auch ein kleines bißchen wie eine militante Tirolerin.«

»Freches Gör!« sagte Laura lachend.

»Wirklich, das ist mein Ernst. Du bist eine bedeutende Persönlichkeit, das kannst du nicht bestreiten.«

»Und du bist eine ausnehmend hübsche junge Frau!«

»Ach, das scheint nur so, das liegt an meinem teuren Make-up.«

Das Telefon läutete wieder. Sarah nahm den Hörer ab.

»Ja? Wer ist da, bitte? Ja, sie ist zu Hause. Für dich, Mutter – wie gewöhnlich.«

Ann griff nach dem Hörer. Sarah nahm auf der Lehne von Lauras Sessel Platz.

»Ständig kommen Anrufe für meine Mutter«, sagte sie lachend.

Ann fuhr sie an: »Sarah, sei gefälligst still. Ich kann ja nichts verstehen. Ja, ich glaube schon, aber nächste Woche habe ich schon sehr viel vor... Ich sehe mal in meinem kleinen Büchlein nach.« Sie wandte sich an Sarah. »Such mir das Büchlein, Sarah. Wahrscheinlich liegt es auf meinem Nachtschränkchen...« Sarah ging. Ann telefonierte weiter. »Ja, natürlich weiß ich, was du damit sagen willst... Ja, so etwas ist eine fürchterliche Last... Wirklich, Liebling? also, was mich angeht, so habe ich ja Edward gehabt... Ich... Ach, da ist mein Büchlein.« Sie nahm es Sarah ab und blätterte darin. »Nein, am Freitag geht es nicht... Ja, vielleicht im Anschluß daran... Also gut, dann treffen wir uns bei Lumley Smith... Ja, finde ich auch. Sie ist furchtbar blöd.«

Sie legte den Hörer auf. »Dieses Telefon! Ich verliere noch den Verstand...«

»Ja, von wegen, du bist ganz versessen auf das Telefon. Und du bist ganz wild darauf, auszugehen und viel herumzukommen. Gib es ruhig zu.« Sarah wandte sich an Laura und fragte: »Findest du nicht auch, daß Mutter mit dieser neuen Frisur fanstastisch aussieht? Entschieden jünger.«

Ann lachte gezwungen und meinte: »Sarah will mich nicht mit Würde altern lassen. Schließlich bin ich eine Frau in mittleren Jahren.«

»Mutter, gib doch zu, daß du dich gern amüsierst. Laura, sie hat weit mehr Freunde als ich, und meistens kommt sie erst im Morgengrauen heim.«

»Sei nicht albern, Sarah«, sagte Ann.

»Mit wem gehst du denn heute abend weg? Mit Johnnie?«

»Nein, mit Basil.«

»Das darf doch nicht wahr sein. Ich finde, Basil ist wirklich das Letzte.«

Ann verbat sich das. »Unsinn, er ist sehr unterhaltsam. Und was ist mit dir, Sarah? Du gehst doch sicher auch aus.«

»Ja, Lawrence holt mich ab. Ich muß mich schleunigst umziehen.«

»Na, dann beeil dich mal. Und noch etwas, Sarah, laß deine Sachen nicht wieder überall herumliegen. Nimm deinen Pelzmantel und deine Handschuhe mit. Bitte auch das Glas. Es geht sonst noch kaputt.«

»Ist ja schon gut, Mutter, reg dich bloß nicht auf.«

»Und ob ich mich aufrege. Du räumst nie was weg. Manchmal geht das wirklich über meine Kraft. Nein, du sollst die Sachen *mitnehmen*!«

Ann seufzte erschöpft, als Sarah draußen war.

»Also, diese jungen Mädchen rauben einem wirklich den Verstand. Sie können sich nicht vorstellen, wie ich mich manchmal über Sarah ärgern muß!«

Laura sah Ann rasch von der Seite an. Ihre Stimme hatte wirklich übellaunig und gereizt geklungen.

»Wird es Ihnen nicht zuviel, ständig so herumzuhetzen, Ann?«

»Doch, natürlich. Manchmal bin ich völlig übermüdet. Aber man darf nichts unversucht lassen, um sich zu amüsieren.«

»Es ist Ihnen früher nie schwergefallen, sich zu amüsieren.«

»Soll ich vielleicht mit einem guten Buch zu Hause herumsitzen und mir das Essen auf einem Tablett servieren lassen? So eine trübselige Zeit macht wohl jeder mal durch. Ich durchlebe meinen zweiten Frühling. Übrigens haben Sie diesen Ausdruck zuallererst benutzt, liebe Laura. Freut es Sie nicht, daß das jetzt in Erfüllung geht?«

»So habe ich das eigentlich nicht gemeint. Das gesellschaftliche Leben hatte ich dabei nicht im Sinn.«

»Nein, natürlich nicht. Sie wollten, daß ich mich mit etwas Sinnvollem befasse. Aber es kann ja nicht jeder im Licht der Öffentlichkeit stehen. Nicht jeder interessiert sich für Politik und Wissenschaft und ist so ernsthaft bei der Sache wie Sie. Ich amüsiere mich eben lieber.«

»Und wie steht es mit Sarah? Geht es ihr auch in erster Linie darum, sich zu amüsieren? Wie geht es ihr denn wirklich? Ist Sarah glücklich?«

»Ja, natürlich. Sie genießt das Leben.«

Ann sagte das gleichmütig und sorglos, doch Laura Whitstable grübelte darüber nach. Als Sarah aus dem Zimmer ging, war Laura aufgefallen, daß eine tiefe Erschöpfung die Züge des jungen Mädchens prägte. Es war, als habe Sarah sie ganz kurz einen Blick hinter die lächelnde Maske werfen lassen. Laura bildete sich ein, Unsicherheit und Schmerz entdeckt zu haben.

Ob Sarah *wirklich* glücklich war? Ann schien nicht daran zu zweifeln. Und sie mußte es schließlich wissen.

Rede dir nichts ein, ging Laura streng mit sich ins Gericht. Trotzdem war sie verstört und fühlte sich unbehaglich. In der Wohnung herrschte eine seltsame Atmosphäre, irgend etwas stimmte nicht. Allen war das bewußt – Ann, Sarah und auch Edith. Laura sagte sich, daß wohl alle etwas zu verbergen hatten. Ediths ganze Haltung drückte Mißfallen aus. Ann wirkte ruhelos und benahm sich überaus gekünstelt. Sarahs aufgesetzte Munterkeit bedrückte sie am meisten. Wirklich, etwas stimmte nicht.

Es läutete an der Wohnungstür. Edith setzte eine besonders grimmige Miene auf, als sie Mr. Mowbray meldete.

Mr. Mowbray kam hereingestürzt, hereingeschossen; anders konnte man das wirklich nicht nennen. Er flatterte herum wie ein fröhliches Insekt, war jung und benahm sich affektiert.

»Ann!« rief er. »Du trägst es also! Meine Liebe, du siehst darin wirklich blendend aus.«

Er verstummte, legte den Kopf auf die Seite und nahm Anns Kleid genauestens in Augenschein. Ann stellte ihn Mylady Whitstable vor.

Er trat auf sie zu und rief aufgeregt: »Eine Kameenbrosche! Das ist ja wirklich *zauberhaft*! Ich habe eine Schwäche für Kameen. Ich schwärme regelrecht dafür!«

»Basil ist ganz vernarrt in viktorianischen Schmuck«, erklärte Ann.

»Meine Liebe, damals hatten die Leute eben noch Fantasie. Diese himmlischen, himmlischen Medaillons. Das Haar von zwei Menschen zu einer Locke gedreht, oder eine Trauerweide, eine Urne daraus geformt. Sowas bringt man heutzutage mit Haar nicht mehr zustande. Diese Kunst gehört der Vergangenheit an. Und Wachsblumen, ich bin ganz vernarrt in Wachsblumen. Oder diese kleinen Tischchen! Ann, du mußt uns dein wirklich entzückendes Tischchen zeigen. Sündhaft teuer, aber es lohnt sich.«

Laura Whitstable erhob sich.

»Ich muß jetzt gehen. Lassen Sie sich nicht aufhalten.«

»Bleiben Sie doch noch und unterhalten Sie sich mit Sarah«, schlug ihr Ann vor. »Sie haben ja noch kaum mit ihr gesprochen. Lawrence Steene holt sie erst später ab.«

»Steene? Lawrence Steene?« Laura traute ihren Ohren nicht.

»Ja, der Sohn von Sir Harry Steene. Sehr attraktiv, der junge Mann.«

»Findest du wirklich, Liebling?« meinte Basil. »Mir kommt er immer furchtbar *melodramatisch* vor, wie aus einem schlechten Film. Aber die Frauen sind offensichtlich alle ganz verrückt nach ihm.«

»Er ist sagenhaft reich«, erklärte Ann.

»Ja, aber das ist es ja eben. Die meisten Reichen sind alles andere als attraktiv. Es ist eigentlich unfair, daß ein Mensch mit soviel Geld auch noch eine solche Anziehungskraft ausübt.«

»So, ich glaube, jetzt gehen wir wohl besser«, sagte Ann. »Laura, ich rufe Sie an, dann treffen wir uns irgendwo und unterhalten uns ausgiebigst.«

Sie gab Laura einen Kuß. Auch das wirkte gekünstelt. Dann gingen sie und Basil Mowbray.

Laura hörte Basil im Flur draußen sagen: »Sie ist ja ein wahres Kleinod ihrer Zeit – so herrlich hart und unerbittlich. Wieso lerne ich sie jetzt erst kennen?«

Schon nach ein paar Minuten kam Sarah hereingestürzt.

»Na, ging das nicht schnell? Ich habe mich beeilt und mich kaum geschminkt.«

»Dein Kleid gefällt mir, Sarah.«

Sarah drehte sich im Kreis. Sie trug ein nilgrünes Seidenkleid, das ihre entzückende Figur sehr gut zur Geltung brachte.

»Schön, daß es dir gefällt. Es war sündhaft teuer. Wo ist Mutter? Sind sie und Basil schon gegangen? Er ist schrecklich, findest du nicht auch? Aber immerhin sehr amüsant und boshaft. Er treibt einen richtigen Kult mit älteren Frauen.«

»Wahrscheinlich hat er festgestellt, daß sich das bezahlt macht«, gab Laura grimmig zu bedenken.

»Du bist richtig zynisch, aber du hast völlig recht. Na ja,

Mutter muß sich schließlich auch mal ein Vergnügen gönnen. Die Ärmste amüsiert sich königlich. Und sie ist ja auch wirklich noch sehr attraktiv, findest du nicht auch? Ach, alt zu werden, muß ganz schrecklich sein!«

»Ich trage es mit Fassung. Es ist ganz angenehm, das kann ich dir versichern, liebes Kind«, widersprach Laura.

»Ja, *du* hast natürlich gut reden, aber nicht jeder Mensch ist eine so starke Persönlichkeit! Was hast du übrigens in all der Zeit gemacht, seit wir dich zuletzt gesehen haben?«

»Ich bin viel herumgereist. Ich habe mich in das Leben anderer Leute eingemischt und ihnen weisgemacht, sie hätten den Himmel auf Erden und könnten glücklich sein, vorausgesetzt sie lebten so, wie ich es ihnen sage. Ich habe also meine Zeit damit verbracht, mich unbeliebt zu machen und anderen Menschen meine Meinung aufzudrängen.«

Sarah lachte entzückt.

»Vielleicht kannst du auch mir verraten, wie ich mein Leben am besten meistere.«

»Weißt du das denn nicht selbst?«

»Ich bin mir nicht sicher, ob ich es richtig anfange.«

»Stimmt irgend etwas nicht?«

»Ach, das kann man eigentlich nicht sagen. Mir geht's nicht schlecht, ich gehe viel aus..., aber vielleicht sollte ich endlich einmal etwas Vernünftiges tun.«

»Was zum Beispiel?«

Sarah ging nicht näher darauf ein.

»Ach, ich weiß nicht. Ich sollte mich ernsthaft mit etwas beschäftigen. Etwas lernen, einen Kursus belegen. Mich mit Archäologie befassen – oder Stenographie und Schreibmaschine lernen, Masseuse werden oder Architektin.«

»Was für eine umfangreiche Skala! Hast du nicht irgendein Hauptinteressengebiet?«

»Nein, eigentlich nicht. Die Arbeit im Blumenladen ist gar nicht mal so übel, aber sie fasziniert mich nicht gerade. Ich bekomme sie allmählich satt. Ich könnte nicht mal sagen, was mir vorschwebt...«

Sarah ging ziellos im Zimmer auf und ab.

»Hast du denn noch nicht daran gedacht, zu heiraten?«

»Heiraten!« Sarah verzog das Gesicht zu einer ausdrucksvollen Grimasse. »Da habe ich den Eindruck, daß das meistens schiefgeht.«

»Das muß nicht unbedingt so sein.«

Sarah wandte ein: »Die meisten meiner Freunde haben sich auseinandergelebt und wieder getrennt. Ein oder zwei Jahre geht es gut, doch dann geht es unweigerlich schief. Wenn man allerdings einen irrsinnig reichen Mann heiratet, ist wohl nichts dagegen einzuwenden.«

»Glaubst du wirklich?«

»Das ist doch ein ganz vernünftiger Standpunkt. Irgendwie hat die Liebe ja auch ihre Daseinsberechtigung«, fuhr Sarah völlig ungezwungen fort, »trotzdem beruht sie ja schließlich nur auf der sexuellen Anziehungskraft. Das kann doch nicht lange gutgehen.«

»Du scheinst ja bestens informiert zu sein. Das reinste Lexikon«, meinte Laura trocken.

»Aber es stimmt doch, oder etwa nicht?«

»Du hast völlig recht«, stimmte ihr Laura prompt zu.

Sarah schien fast etwas enttäuscht zu sein.

»Daher ist es das einzig Vernünftige, einen steinreichen Mann zu heiraten.«

Auf Lauras Lippen lag ein feines Lächeln.

»Das muß aber auch nicht unbedingt gutgehen«, sagte sie.

»Ja, ich fürchte, man kann sich heutzutage auf rein gar nichts mehr verlassen. Nicht mal auf das Geld.«

»Das wollte ich damit nicht sagen«, erklärte Laura Whitstable. »Ich habe gemeint, daß die Freude am Geldausgeben mit der sexuellen Anziehungskraft gleichzusetzen ist. Da setzt nämlich auch bald die Gewöhnung ein. Das Geld verliert wie alles andere irgendwann seinen Reiz.«

»Das trifft auf mich bestimmt nicht zu«, wehrte Sarah ab. »Schöne Kleider... Pelze – und wertvoller Schmuck – und vielleicht sogar eine Jacht...«

»Sarah, du bist wirklich noch ein Kind.«

»Nein, Laura, wirklich nicht. Manchmal fühle ich mich ganz alt und vom Leben enttäuscht.«

»Tatsächlich?« Laura mußte wider Willen lächeln angesichts von Sarahs Schönheit und Jugend und ihrer ernsten Miene.

»Ich glaube, ich sollte wirklich zusehen, daß ich hier herauskomme«, sagte Sarah völlig unerwartet. »Ich sollte eine Stellung annehmen oder heiraten. Jedenfalls muß ich irgend etwas unternehmen. Ich gehe Mutter nämlich schrecklich auf die Nerven. Ich bemühe mich natürlich, nett zu ihr zu sein, doch das hilft anscheinend nichts. Na ja, vielleicht bin ich ja wirklich schwierig. Ist das Leben nicht seltsam, Laura? Zuerst macht alles solchen Spaß und man ist ganz glücklich, und dann sieht es aus, als ginge alles schief. Man weiß gar nicht, wie es weitergehen und was man machen soll. Und man kann mit niemandem darüber reden. Manchmal überfällt mich ein ganz komisches Gefühl. Dann bekomme ich es mit der Angst zu tun – ohne zu wissen, warum ich mich fürchte und wovor..., dann habe ich einfach nur Angst. Vielleicht sollte ich zu einem Psychotherapeuten gehen oder sowas.«

Es läutete an der Wohnungstür. Sarah sprang auf.

»Das ist sicher Lawrence.«

»Lawrence Steene?« fragte Laura in scharfem Ton.

»Ja. Kennst du ihn etwa?«

»Ich habe von ihm gehört«, erklärte Laura nicht sehr freundlich.

Sarah lachte.

»Ich wette, dir ist nichts Gutes über ihn zu Ohren gekommen«, sagte sie. Edith kam herein und meldete Mr. Steene.

Lawrence Steene war groß und dunkelhaarig. Er war etwa vierzig Jahre alt und sah auch danach aus. Seine sonderbaren Augen fielen sofort auf, sie wurden fast von den Augenlidern bedeckt. Er bewegte sich mit animalischer Grazie und gehörte wohl zu den Männern, die Frauenherzen höher schlagen lassen.

»Hallo, Lawrence«, sagte Sarah. »Darf ich vorstellen – Lawrence Steene, meine Patentante Mylady Laura Whitstable.«

Lawrence Steene ging auf Laura zu und beugte sich über ihre Hand. Das wirkte etwas theatralisch und fast ein wenig unverschämt.

»Ich fühle mich geehrt«, erklärte er.

»Siehst du, meine Liebe«, sagte Sarah, »du hast *wirklich* etwas Königliches an dir! Du trägst deinen Titel ganz zu Recht. Es muß schön sein, den Titel Mylady zu führen. Was meinst du, ob ich mich wohl auch einmal so nennen kann?«

»Das halte ich für ziemlich unwahrscheinlich«, mischte sich Lawrence ein.

»So? Warum denn?«

»Deine Begabungen liegen auf anderen Gebieten.«

Er wandte sich Laura zu.

»Erst gestern habe ich einen Artikel von Ihnen gelesen. Im *Commentator*.«

»Ach ja«, sagte Laura. »Über die Beständigkeit der Ehe.«

Lawrence murmelte: »Sie setzen als selbstverständlich voraus, daß eine Ehe Bestand haben sollte. Aber ich neige zu der Ansicht, daß es ja gerade den größten Charme und Zauber der Ehe ausmacht, daß sie nicht von Bestand ist.«

»Lawrence war schon etliche Male verheiratet«, warf Sarah mit einem schelmischen Lächeln ein.

»Nur dreimal, Sarah.«

»Meine Güte.« Laura hob die Hände. »Sie haben die Damen doch hoffentlich nicht um die Ecke gebracht?«

»Er hat sie ganz legal vor den Scheidungsrichter gezerrt und ist sie auf diese Weise losgeworden«, sagte Sarah. »Das ist doch viel einfacher, als sich ihrer durch Mord zu entledigen.«

»Aber leider sehr viel teurer«, meinte Lawrence.

»Ich glaube, ich habe Ihre zweite Frau als Kind und junges Mädchen gekannt«, sagte Laura. »Sie hieß doch Moira Denham, stimmt's?«

»Ja, ganz richtig.«

»Ein zauberhaftes Mädchen.«

»Da kann ich Ihnen nur beipflichten. Sie war ganz entzückend. So ganz und gar nicht intellektuell.«

»Das rächt sich manchmal fürchterlich«, entgegnete Laura Whitstable und erhob sich. »Ich muß jetzt gehen.«

»Wir könnten dich nach Hause bringen oder irgendwo absetzen«, schlug Sarah vor.

»Nein, vielen Dank. Mir ist jetzt mehr nach einem langen Spaziergang zumute. Auf Wiedersehen, meine Liebe.«

Die Tür fiel hinter ihr ins Schloß.

»Sie hat keinen Hehl aus ihrem Mißfallen gemacht«, bemerkte Lawrence. »Sarah, ich habe einen schlechten Einfluß auf dich. Edith, dieser Drache, spuckt regelrecht Feuer, wenn sie mich reinläßt.«

»Psst«, ermahnte ihn Sarah. »Sonst bekommt sie das noch mit.«

»Diese Wohnung ist wirklich ein Alptraum. Hier ist man nie für sich.«

Er war ihr sehr nahegekommen. Sarah entzog sich ihm, indem sie ein paar Schritte zurücktrat. »Nein, in einer Mietwohnung hat man niemals seine Ruhe. Selbst die Wasserhähne und die Spülung machen einen Höllenlärm.«

»Wo steckt denn deine Mutter heute abend?«

»Sie ist zum Abendessen eingeladen.«

»Deine Mutter ist eine der klügsten Frauen, die ich kenne.«

»Wie meinst du das?«

»Sie mischt sich niemals ein.«

»Nein, wirklich nicht...«

»Eine kluge Frau, wie schon gesagt. Na, dann wollen wir mal gehen.« Er sah sie an. »Sarah, du siehst heute abend wirklich blendend aus. Ganz wie es dem Anlaß entspricht.«

»Warum machst du denn so ein Getue? Ich weiß nicht, wovon du sprichst. Was für einen Anlaß meinst du denn?«

»Es gibt etwas zu feiern. Um was es geht, erzähle ich dir später.«

2. KAPITEL

Nach ein paar Stunden wiederholte Sarah ihre Frage.

Sie saßen in einem der teuersten Nachtclubs von London. Eine feine Dunstschicht schien über dem Publikum zu schweben. Der Nachtclub war sehr gut besucht, obwohl es nicht ersichtlich war, was ihn von anderen Nachtclubs unterschied. Er war eben zur Zeit en vogue.

Sarah hatte schon ein- oder zweimal versucht, die Sprache darauf zu bringen, was es eigentlich zu feiern gab, doch Steene war ihr immer ausgewichen. Er verstand sich fabelhaft darauf, die Spannung auf den Höhepunkt zu treiben.

Während Sarah rauchte und sich umsah, meinte sie: »Viele von Mutters muffigen alten Bekannten finden es schrecklich, daß sie es mir erlaubt, in diesen Nachtclub zu gehen.«

»Und zu allem Unglück auch noch in meiner Gesellschaft, ist es nicht so?«

Sarah lachte. »Warum hält man dich eigentlich für so gefährlich, Larry? Verführst du vielleicht reihenweise unschuldige junge Mädchen?«

Lawrence schüttelte sich theatralisch. »Nichts liegt mir ferner als so etwas Ordinäres.«

»Warum halten die Leute dich dann für verrucht?«

»Mir wird vorgeworfen, daß ich an obskuren Orgien teilnehme. Wenigstens steht das in den Zeitungen.«

Sarah gab offen zu: »Ich habe allerdings gehört, daß du sehr sonderbare Partys gibst.«

»Mancher würde das wohl so bezeichnen. In Wahrheit ist es aber einfach so, daß ich nichts von Konventionen halte. Das Leben kann einem so viel bieten, wenn man wagemutig und experimentierfreudig ist.«

Sarah fing Feuer und stimmte ihm begeistert zu.

»Das allerdings finde ich auch.«

Steene fuhr fort: »Aus jungen Mädchen mache ich mir eigentlich nicht viel. Meist sind es alberne, primitive kleine Dinger. Aber du bist anders, Sarah. Du bist mutig, in dir glüht ein Feuer – dieses Feuer fasziniert mich.« Er ließ die

Blicke zärtlich auf ihr ruhen, und sie spürte sie wie eine Liebkosung. »Und du hast eine hinreißende Figur. Einen Körper, der etwas empfindet, spürt und fühlt... Du hast deine Fähigkeiten nur noch nicht voll ausgekostet.«

Sarah bemühte sich, ihm nicht zu zeigen, was bei seinen Worten in ihr vorging. Daher sagte sie leichthin: »Dieses Sprüchlein macht sich sicher gut. Es geht den Mädchen und Frauen bestimmt runter wie Öl.«

»Weißt du, meine Liebe, die meisten Mädchen langweilen mich ganz entsetzlich. Du aber nicht. Daher«, er prostete ihr zu, »haben wir etwas zu feiern.«

»Sag mir doch endlich, was wir feiern. Was soll denn die Geheimnistuerei?«

Lawrence sah sie lächelnd an.

»Es ist kein Geheimnis, sondern eigentlich ganz simpel. Ich bin frisch geschieden. Heute ist das Scheidungsurteil ausgesprochen worden. Rechtskräftig geschieden.«

»Ach...« Sarah sah ihn erschrocken an. Steene ließ sie nicht aus den Augen.

»Ja, diese Hürde ist genommen. Na, was hältst du davon?«

»Ich weiß nicht, was du meinst«, sagte Sarah.

Da brach es mit einer urplötzlichen, sehr eindrucksvollen Wildheit aus Lawrence Steene heraus: »Sarah, gebärde dich mir gegenüber nicht wie ein Unschuldslamm mit weitaufgerissenen Augen. Du weißt ganz genau, daß ich dich haben will. Und zwar schon seit geraumer Zeit.«

Sarah wich seinen Blicken aus, doch ihr Herz schlug freudig. Larry hatte etwas ungeheuer Erregendes an sich.

»Aber dich reizt doch fast jede Frau«, meinte sie leichthin.

»In letzter Zeit nur noch die wenigsten. Genaugenommen reizt mich keine außer dir.« Er verstummte. Nach einer Weile sagte er ganz ruhig und fast beiläufig: »Sarah, ich will, daß du meine Frau wirst.«

»Ich will aber nicht heiraten. Außerdem solltest du dich freuen, daß du wieder frei bist und dich nicht sofort wieder binden.«

»Die Freiheit ist doch nichts als Illusion.«

»Du kannst nicht gerade Reklame für die Ehe machen. Deine geschiedene Frau muß sehr unglücklich gewesen sein.«

Lawrence entgegnete seelenruhig: »In den letzten zwei Monaten, die wir zusammen waren, hat sie fast ununterbrochen geweint.«

»Wahrscheinlich, weil sie so an dir gehangen hat.«

»Ja, es sieht so aus. Sie ist schon immer unglaublich dumm gewesen.«

»Warum hast du sie dann geheiratet?«

»Weil sie so sehr an eine der frühen primitiven Madonnen erinnerte. Das ist mir die liebste Kunstepoche. Aber zu Hause verliert so etwas bald seinen Reiz.«

»Larry, findest du das nicht selber grausam? Du bist ja ein wahrer Teufel in Menschengestalt.« Sarah war gleichermaßen fasziniert und abgestoßen.

»Aber genau das gefällt dir ja an mir. Wenn ich einen guten, treuen, zuverlässigen Ehemann abgäbe, würdest du mich überhaupt nicht in Erwägung ziehen.«

»Na, du nimmst jedenfalls kein Blatt vor den Mund.«

»Sarah, willst du zahm oder gefährlich leben?«

Sarah äußerte sich nicht dazu. Sie spielte mit einem Stückchen Brot auf ihrem Teller. Schließlich sagte sie: »Vielleicht erzählst du mir, was es mit deiner zweiten Frau, dieser Moira Denham, die Laura kennt, eigentlich auf sich hat.«

»Da erkundigst du dich besser bei deiner Patentante.« Larry sah sie lächelnd an. »Sie weiß genau Bescheid und wird es dir in allen Einzelheiten anvertrauen. Ein süßes, unverfälschtes Mädchen. Ich habe ihr das Herz gebrochen, um es einmal ganz romantisch auszudrücken.«

»Du bist eine richtige Gefahr, das muß ich schon sagen.«

»Meiner ersten Frau habe ich nicht das Herz gebrochen, das kann ich dir versichern. Moralische Entrüstung war der Grund dafür, daß sie mich verlassen hat. Eine sehr moralische Frau mit eisernen Prinzipien. Weißt du, Sarah, die Frauen geben sich nie damit zufrieden, den Menschen zu heiraten, der man nun einmal ist. Sie möchten, daß man anders ist, versuchen einen umzukrempeln. Du mußt doch wohl zugeben, daß ich dir nicht verheimliche, wie ich wirklich bin. Ich lebe gern gefährlich, mir steht der Sinn stets nach Verbotenem. Mit meiner Moral ist es nicht sehr weit her, und ich gebe nicht vor zu sein, was ich nicht bin.«

Er senkte die Stimme.

»Sarah, ich kann dir sehr viel bieten. Nicht nur alles, was man für Geld kaufen kann – Pelzmäntel, in die du deinen wunderschönen Körper hüllen kannst, und Schmuck, der auf deiner schneeweißen Haut erst so richtig zur Geltung kommt. An meiner Seite kannst du die ganze Skala der Sinneslust erleben. Sarah, ich kann dich zum Leben erwecken, dafür sorgen, daß du alles Menschenmögliche fühlst und empfindest. Denk daran, daß die Erfahrungen das Leben ausmachen.«

»Ja, da hast du sicher recht.«

Sie sah ihn an. Ihre Miene drückte eine seltsame Mischung aus Faszination und Widerwillen aus. Er rückte näher an sie heran.

»Was weißt du schon vom Leben, Sarah? Weniger als nichts! Ich kann dich dahin mitnehmen, wo das Leben wild und dunkel ist, in schmutzige Lokale, in Lasterhöhlen, wo du alles sehen wirst, was es nur gibt – bis du selbst in jede dunkle Ekstase tauchst!«

Mit zusammengekniffenen Augen beobachtete er, wie seine Worte auf sie wirkten. Dann brach er den Zauber, jedoch mit voller Absicht.

»So, jetzt gehen wir wohl besser«, sagte er aufgeräumt und bedeutete dem Kellner, ihm die Rechnung zu bringen.

Lächelnd sah er Sarah an und schien weit weg zu sein.

»Jetzt bringe ich dich nach Hause.«

Im Dunkel des luxuriösen Wagens saß Sarah steif und kerzengerade da. Sie war auf der Hut vor Lawrence. Doch der machte nicht einmal den Versuch, sie zu berühren. Sarah mußte sich eingestehen, daß sie enttäuscht war. Lawrence lächelte in sich hinein. Sarahs Enttäuschung war ihm nicht entgangen. Vom rein technischen Standpunkt aus verstand er viel von Frauen.

Er begleitete Sarah zur Wohnung hinauf. Sarah schloß die Tür auf, ging ins Wohnzimmer und knipste dort das Licht an.

»Larry, einen Drink?«

»Nein, danke. Gute Nacht, Sarah.«

Irgend etwas zwang sie, ihn zurückzuhalten. Damit hatte er gerechnet.

»Larry?«

»Ja?«

Er stand an der Tür, blickte über die Schulter zurück und betrachtete sie mit Kennermiene. Vollkommen – absolut vollkommen. Ja, er mußte sie unbedingt besitzen. Sein Puls ging rascher, doch das sah man ihm nicht an.

»Weißt du, ich glaube...«

»Ja?«

Er ging zu ihr zurück. Sie sprachen ganz leise, denn es war ja anzunehmen, daß Sarahs Mutter und Edith schon schliefen.

Sarah flüsterte hastig: »Weißt du, Larry, Tatsache ist, daß ich nicht in dich verliebt bin.«

»Nein?«

Durch seinen Tonfall sah sie sich veranlaßt, schnell weiterzusprechen. Sie geriet ein wenig ins Stottern.

»Nein – eigentlich nicht. Jedenfalls nicht so, wie es sich gehört. Ich meine, wenn du zum Beispiel dein gesamtes Vermögen einbüßen solltest und dann irgendwo eine Orangenplantage betreiben müßtest, dann würde ich dich sofort fallenlassen.«

»Sehr vernünftig.«

»Aber das beweist doch, daß ich dich nicht liebe.«

»Ich kann mir nichts Langweiligeres vorstellen als eine romantische Verliebtheit. *Das* erwarte ich nicht von dir, Sarah.«

»Was erwartest du denn dann?«

Keine sehr geschickte Frage, doch sie wollte es unbedingt wissen. Sie wollte sich weiter vorwagen. Sie wollte sehen, was...

Er stand ganz dicht neben ihr. Ganz plötzlich neigte er sich über sie und küßte ihren Nacken. Dann umfaßte er sie und hielt ihre Brüste in den Händen.

Sie wollte sich ihm entziehen, doch dann hielt sie still. Ihr Atem ging stoßweise.

Gleich darauf ließ er sie wieder los.

»Sarah, es ist eine Lüge, zu behaupten, daß du nichts für mich empfindest«, sagte er unendlich sanft.

Damit ging er.

3. KAPITEL

Ann war etwa fünfundvierzig Minuten vor Sarah heimgekommen. Sie hatte die Wohnungstür selbst aufgeschlossen, doch Edith steckte den Kopf mit altmodischen Lockenwicklern aus ihrem Zimmer. Ann ärgerte sich sofort maßlos, Edith ging ihr in letzter Zeit immer mehr auf die Nerven.

Auch jetzt fiel sie gleich mit der Tür ins Haus: »Miß Sarah ist noch nicht da.«

Die Kritik, die sich hinter dieser Bemerkung verbarg, brachte Ann auf die Palme. Sie fauchte: »Na und? Was ist daran so schlimm?«

»Zu nachtschlafender Zeit noch unterwegs – sie ist doch noch so jung!«

»Das ist doch albern, Edith. Die Zeiten haben sich geändert, seit ich ein junges Mädchen war. Die Mädchen werden jetzt dazu erzogen, selbst auf sich aufzupassen.«

»Um so schlimmer«, sagte Edith. »Deshalb nehmen ja wohl auch so viele Schaden oder gehen zugrunde.«

»Als ich noch jung war, haben sie auch Schaden genommen«, gab Ann ihr zu bedenken. »Sie waren zu vertrauensselig und völlig ahnungslos, und wenn sie auch noch so wohlbehütet waren, hat sie das nicht davor bewahrt, sich zum Narren zu machen, wenn sie zu dieser Art von Mädchen gehörten. Heutzutage lesen junge Mädchen alles, machen alles und gehen überallhin.«

»Aha«, sagte Edith mit finsterer Miene, »ein Gramm Erfahrung wiegt ein Pfund Bücherwissen auf. Nun, wenn Sie nichts dagegen einzuwenden haben – mich geht es ja nichts an. Aber es gibt Gentlemen und Männer, die keine Gentlemen sind, wenn Sie wissen, was ich damit sagen will. Der Mann, mit dem Sarah jetzt noch unterwegs ist, gefällt mir ganz und gar nicht. Ein solcher Mann hat die zweitälteste Tochter meiner Schwester Nora ins Unglück gestürzt. Hinterher, wenn das Malheur geschehen ist, weint man sich dann die Augen aus.«

Obwohl Ann sich ärgerte, mußte sie doch auch lachen.

Edith und ihre unzähligen Verwandten! Außerdem konnte sie sich die selbstsichere Sarah nur schlecht als betrogene Unschuld vom Lande vorstellen. Der bloße Gedanke daran war ja schon grotesk.

»Edith, regen Sie sich darüber nicht auf. Gehen Sie lieber ins Bett«, riet sie dem Mädchen. »Haben Sie mir das Schlafmittel besorgt?«

»Ja, es liegt auf Ihrem Nachtschränkchen«, murrte Edith. »Fangen Sie bloß nicht damit an, Schlafmittel zu nehmen. Das schadet der Gesundheit. Nach einer Weile können Sie dann ohne diese Mittel nicht mehr schlafen. Und Sie werden noch nervöser, als Sie es jetzt schon sind.«

Ann fuhr sie wütend an: »Wieso nervös? Ich bin nicht nervös.«

Edith schwieg. Sie zog sich mit hängenden Mundwinkeln in ihr Zimmer zurück, wobei sie scharf die Luft einsog.

Ann ging wütend in ihr Zimmer.

Edith wird von Tag zu Tag unmöglicher, dachte sie bei sich. Ich weiß wirklich nicht, warum ich mir das bieten lasse. Nervös? Sie war nicht die Spur nervös. In letzter Zeit fand sie zwar immer lange keinen Schlaf, aber das war auch schon alles. Jeder litt manchmal an Schlaflosigkeit. Da war es doch viel angebrachter, etwas einzunehmen, damit man schlafen konnte, als Stunde um Stunde wachzuliegen, die Uhren immer wieder schlagen zu hören und sich den quälenden Gedanken nicht entziehen zu können, die im Kopf herumgeisterten wie Eichhörnchen in einem Käfig. Dr. McQueen hatte das eingesehen und ihr etwas verschrieben – ein ganz harmloses Mittel, das nicht schadete. Vermutlich Bromid. Das beruhigte und verhinderte, daß man ins Grübeln geriet...

Ach, wie lästig und ermüdend alle waren. Edith sowohl als auch Sarah, sogar die gute alte Laura. Sie fühlte sich ein wenig schuldbewußt, was Laura anging. Natürlich hätte sie Laura vor einer Woche anrufen sollen, Laura war schließlich eine ihrer ältesten Freundinnen. Doch es widerstrebte ihr im Augenblick, sich mit Laura auszusprechen. Manchmal erwies sich Laura doch als ziemlich schwierig...

Was hatte es mit Sarah und Lawrence Steene auf sich? Ob da wirklich etwas dran war? Die Mädchen gingen gern mit

Männern aus, die einen schlechten Ruf hatten. Sarah lag wohl gar nicht übermäßig viel an ihm. Und selbst wenn...

Das Bromid tat seine Wirkung. Ann schlief ein, doch selbst im Schlaf warf sie sich noch ruhelos im Bett hin und her.

Als sie am nächsten Morgen gerade Kaffee trank, läutete das Telefon an ihrem Bett. Sie nahm den Hörer ab und war verärgert, als sie die barsche Stimme von Laura Whitstable vernahm.

»Ann, ist Sarah viel mit Lawrence Steene zusammen?«

»Lieber Himmel, Laura – Sie rufen mich in aller Herrgottsfrühe an, um mich das zu fragen? Woher soll ich das denn wissen?«

»Immerhin sind Sie ja Sarahs Mutter, oder etwa nicht?«

»Ja, aber man horcht seine Kinder doch nicht aus und fragt sie ständig, wohin sie gehen und mit wem. Sie würden sich das ganz energisch verbitten.«

»Ann, ich bitte Sie – legen Sie sich doch nicht mit mir an. Er ist doch hinter ihr her, oder nicht?«

»Ach, das glaube ich eigentlich nicht. Vermutlich ist er noch nicht einmal rechtskräftig geschieden.«

»Doch, gestern wurde die Scheidung rechtskräftig. Ich habe es in der Zeitung gelesen. Was wissen Sie eigentlich über ihn?«

»Daß er der einzige Sohn des alten Sir Harry Steene ist. Er schwimmt im Geld.«

»Wissen Sie auch, daß er einen sehr schlechten Ruf hat?«

»Na wenn schon. Mädchen fühlen sich immer zu Männern hingezogen, die einen schlechten Ruf haben. Das ist schon seit der Zeit Lord Byrons so. Das hat doch gar nichts zu bedeuten.«

»Ann, ich muß Sie unbedingt sprechen. Sind Sie heute abend zu Hause?«

Ann erklärte hastig: »Nein, ich gehe aus.«

»Also, dann so gegen sechs.«

»Laura, es tut mir leid, aber ich gehe auf eine Cocktailparty...«

»Macht nichts, dann komme ich eben schon um fünf – oder soll ich lieber *jetzt gleich* kommen?« Laura Whitstable ließ keinen Zweifel daran, daß sie wild entschlossen war. Ihre Stimme klang schroff und unnachgiebig.

Ann gab sich geschlagen.

»Also gut, um fünf. Ich freue mich.«

Erschöpft legte sie den Hörer auf. Sie seufzte abgrundtief. Laura war wirklich unmöglich. All diese Ausschußsitzungen, die Unesco und die Uno waren ihr zu Kopf gestiegen. Das konnte einer Frau ja nicht bekommen.

Doch als ihre Freundin dann bei ihr erschien, empfing sie sie mit allen Anzeichen der Freude. Sie schwatzte fröhlich drauflos, während Edith den Tee servierte. Allerdings war ihre Nervosität nicht zu übersehen. Laura Whitstable verhielt sich ungewöhnlich passiv. Sie hörte zu und antwortete auf Fragen, aber das war auch schon alles.

Als ihnen der Gesprächsstoff ausging, stellte Laura ihre Tasse weg und sagte geradeheraus, wie es nun einmal ihre Art war: »Ann, es tut mir leid. Ich will Sie wirklich nicht ängstigen. Aber zufällig habe ich auf dem Rückflug von den Vereinigten Staaten mitangehört, wie sich zwei Männer über Larry Steene unterhielten, und was sie sagten, war nicht gerade angenehm.«

Ann zuckte die Schultern.

»Ach, was man so zu hören kriegt, wenn man jemanden belauscht...«

»Das sind oft hochinteressante Dinge«, fiel ihr Laura ins Wort. »Es waren grundanständige, ehrenwerte Männer. Sie haben Steene in Grund und Boden verdammt. Ich kannte seine zweite Frau Moira Denham vor und nach ihrer Ehe mit ihm. Sie war hinterher nervlich ein Wrack.«

»Wollen Sie damit sagen, daß Sarah...«

»Ich will nicht behaupten, daß Sarah auch bald ein nervliches Wrack wäre, falls sie Lawrence Steene heiraten sollte. Sie ist kein zartes Pflänzchen. Sie hat mehr Widerstandskraft.«

»Na also, wenn das so ist...«

»Aber ich fürchte, sie würde in ihr Unglück rennen. Und das ist noch nicht alles. Haben Sie in der Zeitung über eine junge Frau namens Sheila Vaughan Wright gelesen?«

»Dieses Mädchen, das rauschgiftsüchtig war?«

»Ja. Sie steht schon zum zweitenmal vor Gericht. Lawrence Steene war mit ihr befreundet. Ann, ich will Sie doch nur warnen und Ihnen klarmachen, daß Lawrence Steene mit Vorsicht zu genießen ist. Er ist wirklich ein übles Subjekt. Ich sage Ihnen das nur für den Fall, daß Sie das noch nicht wissen sollten. Aber vielleicht wissen Sie es längst.«

»Ich weiß natürlich, daß viel über ihn geredet wird«, gab Ann widerstrebend zu. »Aber was kann ich da machen – sagen Sie doch selbst. Ich kann Sarah nicht verbieten, mit ihm auszugehen. Wenn ich das nämlich täte würde ich wahrscheinlich genau das Gegenteil bewirken. Und wenn es nur eine Trotzreaktion wäre. Wie Sie ja wohl wissen, lassen sich die Mädchen heutzutage nichts mehr vorschreiben. Dadurch würde man der ganzen Sache nur übermäßig viel Gewicht beimessen. So wie die Dinge stehen, käme ich nie darauf, daß es sich um etwas Ernstes handeln könnte. Er bewundert Sarah, und sie fühlt sich geschmeichelt, weil man ihm nachsagt, daß man sich besser von ihm fernhält. Aber Sie scheinen anzunehmen, daß er sie heiraten will...«

»Ja, ich bin davon überzeugt, daß er sie heiraten möchte. Er gehört zu den Männern, die ich Sammler nenne.«

»Ich weiß nicht, was das heißen soll.«

»Das ist so ein ganz bestimmter Typ, und wirklich nicht der beste. Was würden Sie denn dazu sagen, wenn sie ihn heiraten wollte?«

Ann entgegnete erbittert: »Was ich davon hielte, tut doch nichts zur Sache. Die Mädchen machen heutzutage, was sie wollen, und heiraten, wen sie wollen.«

»Aber Sie haben doch großen Einfluß auf Sarah.«

»Nein, Laura, da irren Sie sich gewaltig. Sarah tut, was sie will. Ich mische mich da nicht ein.«

Laura Whitstable starrte sie entgeistert an.

»Ann, ich werde nicht schlau aus Ihnen. Wären Sie nicht entsetzt, wenn Sarah diesen Mann heiratete?«

Ann steckte sich eine Zigarette an und zog nervös daran.

»Es ist alles ziemlich schwierig. Es hat schon viele Männer mit einem schlechten Ruf gegeben, die vorbildliche Ehemänner abgegeben haben, wenn sie sich erst einmal die Hörner abgestoßen hatten. Und wenn man es einmal von der praktischen Seite betrachtet, so ist Lawrence Steene eine sehr gute Partie.«

»Davon lassen Sie sich doch wohl nicht beeinflussen. Ihnen wird doch wohl vor allem Sarahs Glück am Herzen liegen und nicht die materiellen Interessen.«

»Ja, natürlich. Aber Sarah legt großen Wert auf schöne Dinge. Das ist Ihnen sicher auch schon aufgefallen. Ihr liegt viel an einem luxuriösen Leben – entschieden mehr als mir.«

»Aber würde sie einen Mann nur deshalb heiraten, weil er ihr jeden nur erdenklichen Luxus bieten kann?«

»Nein, das glaube ich eigentlich nicht.« Doch Ann schien da ihre Zweifel zu haben. »Ich glaube vielmehr, daß sie sich wirklich sehr zu Lawrence hingezogen fühlt.«

»Trotzdem glauben Sie, daß das Geld dabei den Ausschlag gibt.«

»Ich weiß nicht, was ich glauben soll – ich weiß es *wirklich* nicht. Ich bin mir allerdings ziemlich sicher, daß es Sarah niemals in Erwägung ziehen würde, einen mittellosen Mann zu heiraten. Ja, wir wollen es einmal so ausdrücken.«

»Wer weiß«, meinte Laura nachdenklich.

»Ich habe fast den Eindruck, als ob die jungen Mädchen heutzutage nur noch ans Geld denken und von nichts anderem reden.«

»*Reden*, ja! Ich habe Sarah reden hören. Was sie sagt, klingt ganz vernünftig, realistisch, wohldurchdacht. Keine Spur von Sentimentalität. Aber die Sprache ist uns nicht nur zu dem Zweck gegeben worden, damit wir mit ihrer Hilfe unsere Gedanken ausdrücken, sondern auch, damit wir unsere Gedanken verbergen können. Das gilt natürlich auch für junge Mädchen, welcher Generation sie auch angehören mögen. Es fragt sich nur, was Sarah *wirklich* will.«

»Ich habe keine Ahnung«, sagte Ann. »Ich könnte mir vorstellen, daß sie sich vor allem amüsieren will.«

Laura warf ihr einen raschen Blick zu.

»Glauben Sie, daß Sarah glücklich ist?«

»Aber ja! Wirklich, Laura, sie genießt das Leben.«

Laura meinte nachdenklich: »Sie hat aber keinen sehr glücklichen Eindruck gemacht.«

Ann erwiderte heftig: »Die jungen Mädchen sehen heutzutage alle unzufrieden aus. Sie gefallen sich in dieser Pose.«

»Mag sein. Sie meinen also nicht, daß Sie wegen Lawrence Steene irgend etwas unternehmen sollten?«

»Ich wüßte wirklich nicht, was ich da machen sollte. Sprechen Sie doch mal mit ihr darüber.«

»Nein, auf keinen Fall. Das steht mir nicht zu, das ist nicht meine Sache. Schließlich bin ich ja nur Sarahs Patentante.«

Ann stieg die Zornesröte ins Gesicht.

»Das soll wohl heißen, daß es *meine* Sache ist, mit ihr zu reden.«

»Nein, das wollte ich damit nicht sagen. Reden hilft nicht viel.«

»Aber Sie meinen, ich müßte etwas tun?«

»Nicht unbedingt.«

»Aber was meinen Sie denn dann?«

Laura Whitstable starrte nachdenklich vor sich hin.

»Ich habe mich nur gefragt, was in Ihrem Kopf vorgeht.«

»In *meinem* Kopf?«

»Ja.«

»Gar nichts. Überhaupt nichts.«

Laura Whitstable richtete den Blick auf Ann. Es war ein blitzschneller, eindringlicher Raubvogelblick.

»Eben«, sagte sie. »Das habe ich befürchtet.«

»Mir ist schleierhaft, wovon Sie reden.«

Laura Whitstable erklärte:

»In Ihrem Kopf spielt sich nichts ab. Es sitzt viel tiefer.«

»Ach, jetzt kommt dieser Unsinn mit dem Unterbewußtsein! Laura, Sie machen mir Vorwürfe! Sie beschuldigen mich.«

»Nein, *ich* werfe Ihnen gar nichts vor.«

Ann stand auf und ging ruhelos im Zimmer auf und ab.

»Ich weiß wirklich nicht, wovon Sie reden... Ich tue doch alles für Sarah... Sie können sich gar nicht vorstellen, wieviel sie mir immer bedeutet hat. Schließlich habe ich alles für sie aufgegeben!«

Laura sagte ernst: »Ich weiß, daß Sie ihr vor zwei Jahren ein großes Opfer gebracht haben.«

»Na, ist das nicht der beste Beweis?«

»Beweis wofür?« fragte Laura.

»Das zeigt doch, wie sehr ich an Sarah hänge und daß ich alles für sie tue.«

»Meine Liebe, das habe ich ja nicht bestritten! Sie verteidigen sich, obwohl ich Ihnen keinen Vorwurf mache.« Laura erhob sich. »Ich muß jetzt gehen. Vielleicht war es gar nicht angebracht, daß ich hergekommen bin –«

Ann brachte sie zur Tür.

»Wissen Sie, es ist alles so vage. Es gibt einfach nichts Greifbares, woran man sich halten könnte...«

»Ja, ja.«

Laura schwieg. Dann sagte sie plötzlich erschreckend energisch: »Das Schlimme an diesen Sachen ist, daß man sie nicht beenden kann, wenn sie einmal angefangen haben. Sie entwickeln sich weiter und weiter...«

Ann starrte sie verdattert an.

»Laura, was wollen Sie damit sagen?«

»Ach, gar nichts. Gott segne Sie, meine Liebe. Und ich möchte Ihnen raten – das bringt mein Beruf so mit sich – leben Sie nicht in so einem Wahnsinnstempo, daß Ihnen keine Zeit zum Denken bleibt.«

Da lachte Ann. Ihre gute Laune war wiederhergestellt.

»Ich kann mich ja immer noch ausruhen und denken, wenn ich zu alt bin, um etwas anderes zu tun«, erklärte sie beschwingt und verabschiedete sich von Laura.

Edith kam herein, um abzuräumen. Ann warf einen Blick auf die Uhr, erschrak und lief in ihr Zimmer.

Sie schminkte sich besonders sorgfältig und betrachtete sich aus allernächster Nähe im Spiegel. Sie fand, daß ihr der neue Haarschnitt ausgezeichnet stand. Mit dieser Frisur sah sie viel jünger aus. Es klopfte an der Wohnungstür. Sie rief Edith zu: »Ist Post gekommen?«

Edith sah die Briefe durch und sagte: »Nichts als Rechnungen, Madam – und ein Brief für Miß Sarah, aus Südafrika.«

Edith betonte die letzten beiden Wörter, doch das fiel Ann nicht auf. Sie ging ins Wohnzimmer zurück. Sarah schloß gerade die Wohnungstür auf.

»An den Chrysanthemen stört mich, daß sie so eklig riechen«, grollte Sarah. »Ich glaube, ich schmeiße die Arbeit bei

Noreen hin und arbeite als Mannequin. Sandra ist ganz wild darauf, mich anzuheuern. Die Arbeit ist auch viel besser bezahlt. Sieh mal einer an, hier hat wohl eine Teeparty stattgefunden«, meinte sie, als Edith eintrat, um die letzte Teetasse wegzutragen.

»Laura ist hiergewesen.«

»Laura? Schon wieder? Sie war doch erst gestern hier.«

»Ja.« Ann zögerte, dann sagte sie: »Sie ist hergekommen, um mir ans Herz zu legen, daß ich nicht zulasse, daß du dich mit Larry Steene abgibst.«

»Laura ist ja rührend besorgt um mich. Sie hat wohl Angst, der große böse Wolf könnte mich verschlingen.«

»Ja, es sieht so aus. Er scheint aber auch wirklich einen furchtbar schlechten Ruf zu haben«, fügte sie noch hinzu.

»Klar, *das* weiß doch jeder! Ich glaube, es ist Post gekommen.« Sarah ging in den Flur hinaus und kam mit einem Brief zurück, der mit einer afrikanischen Marke frankiert war.

Ann sagte: »Laura findet, ich sollte dem Einhalt gebieten.«

Sarah starrte auf den Brief. Sie fragte geistesabwesend: »Was?«

»Laura findet, ich sollte dir verbieten, daß du dich mit Lawrence triffst.«

Das schien Sarah sehr zu amüsieren. Lachend fragte sie: »Aber meine Liebe, was willst du denn dagegen machen?«

»Das habe ich ihr ja auch gesagt«, erklärte Ann triumphierend. »Die Mütter sind heutzutage ziemlich machtlos.«

Sarah setzte sich auf die Armlehne und machte ihren Brief auf. Sie strich die beiden Seiten glatt und fing an zu lesen.

Ann fuhr fort: »Man vergißt manchmal ganz, daß Laura sich einfach ihrem Alter entsprechend verhält! Sie ist so alt geworden, daß sie bei modernen Auffassungen einfach nicht mehr mitkommt. Aber – um ehrlich zu sein – *ich* habe mir *auch* Sorgen gemacht. Es gefällt mir nicht, daß du so viel mit Larry Steene zusammen bist. Doch ich habe mir gesagt, wenn ich versuche, dich daran zu hindern, mache ich alles nur noch schlimmer. Ich weiß ja, daß ich bei dir ganz sicher sein kann, daß du keine Dummheiten machst...«

Sie unterbrach sich. Sarah war ganz in ihren Brief vertieft und murmelte nur abwesend: »Da hast du recht.«

»Es muß dir freistehen, dir deine Freunde selber auszusuchen. Ich glaube, manchmal kommt es nur zu Reibungen, weil...«

Das Telefon läutete.

»Ach, dieses Telefon!« rief Ann. Freudig stürzte sie zu dem Apparat und nahm erwartungsvoll den Hörer ab.

»Hallo? Ja, hier ist Mrs. Prentice... Ja... Wer? Ich habe Ihren Namen nicht verstanden... Ach so, mein Gott, wie dumm von mir! Richard, bist du es...? Ja, inzwischen ist viel Zeit vergangen... Das ist aber furchtbar nett von dir... Nein, natürlich nicht... Nein, ich freue mich... Wirklich, das ist mein Ernst... Ich habe mich schon oft gefragt... Wie ist es dir denn so ergangen? Wie? Ach, wirklich...? Das freut mich sehr für dich. Herzlichen Glückwunsch... Sie ist sicher sehr charmant... Das ist nett von dir... Ja, ich möchte sie gern kennenlernen...«

Sarah erhob sich von der Sessellehne, auf der sie gesessen hatte. Sie ging ganz langsam auf die Tür zu, mit weitaufgerissenen Augen, doch ohne etwas zu sehen. Sie hatte ihren Brief zerknüllt und hielt ihn fest umklammert.

Ann sprach weiter in den Hörer:»Nein, morgen kann ich nicht. Einen Augenblick mal. Ich hole meinen kleinen Terminkalender...« Sie rief »Sarah«, und es klang sehr eindringlich.

Sarah wandte sich in der Tür um.

»Ja?«

»Wo ist mein kleines Büchlein?«

»Dein Büchlein? Woher soll ich das wissen?«

Sarah war nicht bei der Sache, war meilenweit entfernt. Ann rief gereizt: »Dann such es mir doch bitte! Irgendwo muß es ja schließlich sein. Wahrscheinlich liegt es auf meinem Nachttischchen. *Beeil dich* bitte, Liebling.«

Sarah ging und kam kurz darauf mit Anns Terminkalender wieder.

»Hier, Mutter.«

Ann blätterte in dem Büchlein herum.

»Richard, bist du noch da? Nein, Lunch geht auch nicht. Aber kommt doch am Donnerstag auf einen Drink zu mir... Ach so, das tut mir leid. Und zum Lunch geht es auch nicht?

Aber mußt du denn unbedingt schon mit dem *Morgenzug* fahren?... Wo wohnt ihr denn...? Aber das Hotel ist ja gleich um die Ecke. Dann kommt ihr am besten gleich auf einen Drink herüber... Ich gehe zwar später noch aus, aber bis dahin bleibt mir noch genügend Zeit... Ja, ich freue mich. Kommt nur gleich herüber.«

Sie legte den Hörer auf, stand geistesabwesend da und starrte ins Leere.

Sarah fragte ohne sonderliches Interesse: »Wer war denn das?« Sie zwang sich, noch hinzuzufügen: »Mutter, Gerry hat mir geschrieben...«

Ann erwachte aus ihrer Erstarrung.

»Sag Edith, sie soll die besten Gläser und Eis hereinbringen. Aber schnell. Sie kommen auf einen Drink herüber.«

Sarah setzte sich gehorsam in Bewegung.

»Wer denn?« fragte sie noch einmal, doch es interessierte sie noch immer nicht.

»Richard – Richard Cauldfield!« sagte Ann.

»Wer ist das denn?« fragte Sarah.

Ann sah ihre Tochter eindringlich an, doch Sarah verzog keine Miene. Sie ging hinaus, um Edith auszurichten, was ihre Mutter wollte. Als sie zurückkam, sagte Ann wieder: »Das war Richard Cauldfield.«

»Wer ist denn Richard Cauldfield?« Sarah wirkte ganz verwirrt.

Ann preßte die Hände aufeinander. Ihr Zorn kannte keine Grenzen. Sie schwieg, bis sie ihre Stimme wieder in der Gewalt hatte.

»Du erinnerst dich also nicht einmal mehr an seinen Namen?«

Sarahs Blick fiel wieder auf den Brief, den sie noch immer in der Hand hielt. Sie entgegnete ganz unbefangen: »Kenne ich ihn denn? Erzähl mir was von ihm.«

Anns Stimme klang heiser. Sie sagte scharf und unmißverständlich: *»Ich spreche von Richard Cauldfield!«*

Sarah fuhr zusammen. Plötzlich begriff sie.

»Was? Doch nicht etwa...!«

»Doch.«

Sarah hielt das für einen schlechten Witz. »Daß der wieder

auftaucht«, lästerte sie fröhlich. »Ist er denn immer noch hinter dir her, Mutter?«

Ann sagte kurzangebunden: »Nein, er hat geheiratet.«

»Das freut mich«, sagte Sarah. »Wie die Frau wohl ist?«

»Er kommt mit ihr auf einen Drink her. Und zwar sofort. Sie wohnen im Hotel Langport. Sarah, räum die Bücher weg. Und bring deine Sachen in den Flur hinaus. Vergiß die Handschuhe nicht.«

Ann ließ ihre Handtasche aufschnappen und betrachtete sich besorgt im Spiegel. Als Sarah zurückkam, fragte sie sie: »Wie sehe ich denn aus?«

»Wunderbar wie immer«, antwortete Sarah automatisch.

Sie stand mit gerunzelter Stirn da. Ann ließ die Handtasche wieder zuschnappen und ging rastlos im Zimmer auf und ab. Sie rückte einen Stuhl zurecht, klopfte ein Kissen glatt.

»Mutter, Gerry hat mir geschrieben.«

»Ja?«

Die Vase mit den Chrysanthemen würde auf dem Ecktisch besser aussehen.

»Er hat wirklich Pech gehabt. War regelrecht vom Pech verfolgt.«

»Was du nicht sagst.«

Die Zigarettendose machte sich hier am besten, die Streichhölzer gleich daneben.

»Ja, die Orangen sind von irgendeiner Krankheit befallen worden. Gerry und sein Partner mußten Schulden machen, und dann waren sie gezwungen, alles zu verkaufen. Das Ganze ist eine Riesenpleite.«

»Was für ein Jammer. Doch daß es mich wundert, kann ich wirklich nicht behaupten.«

»Wieso denn nicht?«

»Bei Gerry scheint alles schiefzulaufen«, sagte Ann. Es schien sie nicht weiter zu berühren.

»Ja, es sieht ganz danach aus.« Sarah war niedergeschlagen. Im Grunde hatte sie ihm früher nie etwas angelastet, aber jetzt sagte sie nur halbherzig: »Ihn trifft keine Schuld...« Aber sie war gar nicht mehr so überzeugt davon.

»Kann schon sein«, sagte Ann geistesabwesend. »Ich fürchte nur, daß er immer alles falsch anfängt.«

»Glaubst du wirklich?« Sarah setzte sich wieder auf die Sessellehne. »Mutter, glaubst du wirklich, daß Gerry es nie zu etwas bringen wird?«

»Es sieht ganz danach aus.«

»Trotzdem bin ich mir ganz sicher – ich weiß es einfach –, daß sehr viel in Gerry steckt.«

»Er ist ein lieber Junge«, sagte Ann. »Aber ich fürchte, er ist ein Versager.«

»Vielleicht«, seufzte Sarah.

»Wo ist denn der Sherry? Richard hat lieber Sherry getrunken als Gin. Ach, da ist er ja.«

Sarah erzählte: »Gerry schreibt, daß er nach Kenia will – zusammen mit einem Freund. Dort wollen sie Autos verkaufen und sich eine Werkstatt einrichten.«

»Unglaublich«, lautete Anns Kommentar, »wie viele Nichtsnutze und Versager bei einer Tankstelle mit Autowerkstatt enden.«

»Aber Gerry hat schon immer viel von Autos verstanden. Den Wagen, den er für zehn Pfund gekauft hat, hat er sehr gut wieder hingekriegt. Weißt du, Mutter, es ist nicht etwa so, daß Gerry faul oder arbeitsscheu wäre. Er arbeitet schon, manchmal sogar schwer. Ich glaube, es liegt vielmehr daran, daß ihn sein Urteilsvermögen immer wieder im Stich läßt.« Nun hatte sie es richtig ausgedrückt.

Da widmete Ann ihrer Tochter zum erstenmal ihre volle Aufmerksamkeit. Sie sagte freundlich, aber sehr entschieden: »Weißt du, Sarah, an deiner Stelle würde ich nicht mehr an Gerry denken. Du schlägst ihn dir am besten aus dem Kopf.«

Sarah schien sehr nervös zu sein. Ihre Lippen bebten.

»Meinst du wirklich?« fragte sie verunsichert.

Es läutete lang und anhaltend an der Wohnungstür.

»Da sind sie«, sagte Ann.

Sie nahm eine hübsche Pose vor dem Kamin ein.

4. KAPITEL

Richard betrat das Zimmer eine Spur zu selbstsicher. Diese Haltung nahm er immer an, wenn er verlegen war. Er tat das nur für Doris. Sie war neugierig auf Ann gewesen und hatte ihm ständig damit in den Ohren gelegen, ja, sie hatte ihn gequält, schlechte Laune an den Tag gelegt und geschmollt. Doris war sehr jung und hübsch, und Richard war sehr viel älter. Was Doris wollte, setzte sie auch durch.

Ann ging auf ihre Gäste zu, ein liebenswürdiges Lächeln lag um ihren Mund. Sie kam sich vor wie auf der Bühne, sie spielte eine Rolle.

»Richard, wie ich mich freue! Und das ist also deine Frau.«

Die höfliche Begrüßung, die nichtssagenden unverbindlichen Floskeln waren nur Fassade. Dahinter jagten und überstürzten sich die Gedanken.

Richard dachte insgeheim: »Sie ist kaum mehr wiederzuerkennen. Ich hatte sie ganz anders in Erinnerung...«

Erleichtert kam er zu dem Schluß: »Sie hätte nicht zu mir gepaßt – jedenfalls nicht sehr gut. Zu elegant, zu modisch. Ausgesprochen vergnügungssüchtig. Nicht mein Fall.«

Eine Welle der Zuneigung zu seiner Frau überflutete ihn. Er war ganz vernarrt in seine Doris – sie war ja noch so jung. Doch zuweilen gestand er sich voller Unbehagen ein, daß ihm ihr sorgsam kultivierter Redestrom gewaltig auf die Nerven ging. Die meisten ihrer Äußerungen irritierten ihn. Auch ihre ständige Launenhaftigkeit ertrug er fast nicht mehr. Er gab nicht zu, daß er keine Frau seines Standes geheiratet hatte. Er hatte sie in einem Hotel an der Südküste kennengelernt. Ihre Eltern waren reich, ihr Vater war Baumeister und schon in Pension. Die Eltern hatten ihn zuweilen unangenehm berührt, doch hatte sich das inzwischen gelegt. Jetzt betrachtete er die Freunde von Doris auch schon als ihrer beider Freunde. Seine Ehe war nicht das, was er sich erträumt hatte... Aline, die nun schon so lange tot war, würde ihm Doris nie ersetzen können. Doch mit ihr erlebte er den zweiten Frühling. Vorerst genügte das.

Doris war im Hinblick auf Ann Prentice äußerst mißtrauisch gewesen, fast ein wenig eifersüchtig. Doch nun war sie angenehm überrascht. Anns äußere Erscheinung entsprach nämlich keineswegs dem Bild, das sie sich von ihr gemacht hatte.

»Meine Güte, so alt hätte ich sie mir nicht vorgestellt«, dachte sie grausam und so intolerant, wie junge Leute oft sind.

Von dem Zimmer und dem Mobiliar dagegen war sie sehr beeindruckt. Auch die Tochter sah sehr schick aus – wie der Zeitschrift ›Vogue‹ entstiegen. Immerhin war ihr Richard einmal mit dieser hochmodischen Frau befreundet gewesen, und dadurch stieg er in ihrer Achtung.

Für Ann war der Anblick Richards ein Schock. Der Mann, der da so selbstverständlich mit ihr sprach, war ihr ganz fremd geworden. Das beruhte auf Gegenseitigkeit. Auch sie war jetzt eine Fremde für ihn. Sie hatten sich auseinandergelebt, in verschiedene Richtungen bewegt und fanden nun keine gemeinsame Basis mehr. Sie war sich Richards Doppelnatur immer bewußt gewesen. Er hatte immer zur Wichtigtuerei geneigt und gleichzeitig zur Engstirnigkeit.

Nun gut, jetzt hatte er dieses überaus gewöhnliche Kind kennengelernt und geheiratet; ein Mädchen, das weder Herz noch Hirn besaß, das nichts als ein hübsches Lärvchen mit ein wenig jugendlichem Sex-Appeal war.

Sarah brachte ihnen Drinks und machte höflich Konversation. Was in ihr vorging, war ganz simpel und ließ sich in einem Satz zusammenfassen: »Diese Leute sind ja sterbenslangweilig!« Alles Unterschwellige entging ihr. Nur bei dem Gedanken an Gerry überkam sie immer noch ein dumpfer Schmerz.

»Du hast dich ganz neu eingerichtet, wie ich sehe.«
Richard sah sich um.

»Es ist ganz entzückend, Mrs. Prentice«, säuselte Doris. »All das ist doch der letzte Schrei, nicht wahr? Was für Möbel hatten Sie denn vorher?«

»Altmodische rosa Polstermöbel«, sagte Richard unverfänglich. Er mußte an den warmen Schein des Kaminfeuers denken. Er und Ann hatten auf dem alten Sofa gesessen, das der Empire-Couch hatte weichen müssen. »Mir haben die alten Möbel besser gefallen.«

»Die Männer hängen immer am Althergebrachten und sind furchtbar altmodisch, finden Sie nicht auch, Mrs. Prentice?« Doris lächelte affektiert.

»Meine Frau ist wild entschlossen, einen ganz modernen Mann aus mir zu machen«, sagt Richard.

»Das ist doch ganz klar, mein Liebling. Ich lasse ganz bestimmt nicht zu, daß du vorzeitig zu einem alten Trottel wirst«, erklärte Doris zärtlich. »Finden Sie nicht, daß er jetzt viel jünger aussieht als zu der Zeit, als Sie mit ihm befreundet waren, Mrs. Prentice?«

Ann vermied es, Richard anzusehen.

»Ich finde, er sieht blendend aus«, versicherte sie Doris.

»Ich spiele jetzt Golf«, erklärte Richard.

»Wir haben ein Haus in der Nähe von Bathing Heath entdeckt. Da haben wir wirklich Glück gehabt. Die Bahnverbindung ist ausgezeichnet, so daß Richard täglich hin und her fahren kann. Und ein ganz fantastischer Golfplatz. An den Wochenenden ist er natürlich sehr bevölkert.«

»Heutzutage ist es wirklich ein ausgesprochener Glücksfall, wenn man genau das Haus findet, das man sucht«, meinte Ann höflich.

»Ja. Da steht zwar noch ein alter Kochherd drin, aber ansonsten ist alles supermodern. Richard wollte lieber in eines dieser schrecklichen alten, abbruchreifen Häuser aus der Gründerzeit ziehen! Aber die Frauen haben doch entschieden mehr Sinn fürs Praktische, finden Sie nicht auch?«

Ann raffte sich zu der Behauptung auf: »Ein modernes Haus erspart einem viel Ärger. Gehört zu dem Haus auch ein Garten?«

Richard sagte: »So kann man das kaum nennen.«

Gleichzeitig fiel Doris ein: »Ja, *und ob!*«

Sie sah Richard vorwurfsvoll an.

»Aber Liebling, wie kannst du das nur behaupten! Nachdem wir all die Blumenzwiebeln eingepflanzt haben.«

»Tausend Quadratmeter um das Haus herum«, erklärte Richard.

Anns und seine Blicke kreuzten sich ganz kurz. Sie hatten

sich manchmal über den Garten unterhalten, den sie anlegen wollten, wenn sie erst einmal auf dem Lande lebten. Einen eingezäunten Obstgarten und eine Blumenwiese...

Richard wandte sich hastig an Sarah: »Na, junge Frau, und was haben Sie inzwischen so getrieben?« Sie machte ihn nervös. Auch jetzt noch. Deshalb sprach er so sonderbar gezwungen. »Wahrscheinlich besuchen Sie eine Unmenge wilder Partys, stimmt's?«

Sarah lachte ausgelassen und dachte insgeheim: »Ich hatte ganz vergessen, wie widerwärtig dieser Kerl ist. Mutter kann sich glücklich schätzen, daß ich ihn rausgeekelt habe.«

»Das kann man wohl sagen«, erwiderte sie boshaft. »Aber ich sehe zu, daß ich höchstens zweimal in der Woche sinnlos betrunken bin.«

»Die jungen Mädchen trinken heutzutage viel zuviel. Das verdirbt den Teint – was man bei Ihnen allerdings noch nicht behaupten kann.«

»Ich weiß noch, wie sehr Sie sich immer für Kosmetik interessiert haben«, sagte Sarah honigsüß.

Sie ging zu Doris, die mit Ann sprach.

»Darf ich Ihnen noch etwas zu trinken bringen?«

»Nein, vielen Dank, Miß Prentice. Das vertrage ich nicht. Auch dieses eine Glas ist mir schon zu Kopf gestiegen. Was für eine schöne Cocktailbar Sie haben. Alles sehr, sehr schick.«

»Und sehr praktisch«, sagte Ann.

»Sarah, sind Sie noch nicht verheiratet?« erkundigte sich Richard.

»Nein, noch nicht. Aber vielleicht schon bald.«

»Sie fahren sicher nach Ascot und all sowas«, sagte Doris neidisch.

»Dieses Jahr hat der Regen mein bestes Kleid ruiniert«, entgegnete Sarah.

»Wissen Sie, Mrs. Prentice«, wandte sich Doris an Ann, »Sie sind ganz und gar nicht so, wie ich Sie mir vorgestellt hatte.«

»Was haben Sie denn erwartet?«

»Männer können eine Frau nur schlecht beschreiben, finden Sie nicht auch?«

»Wie hat mich Richard denn beschrieben?«

»Ach, ich weiß nicht. Entscheidend war nicht, was er *sagte*. Wichtig war die Vorstellung, die ich hatte. Irgendwie habe ich mir Sie als stille kleine graue Maus vorgestellt.« Sie lachte schrill.

»Eine stille kleine graue Maus? Das klingt ja furchtbar langweilig!«

»Nein, nein. Richard hat Sie sehr *bewundert*. Wirklich, das können Sie mir glauben. Manchmal war ich schrecklich eifersüchtig, wissen Sie.«

(Denkst du noch manchmal an mich, Richard? Ist das wirklich wahr? Ich glaube es nämlich nicht. Du gibst dir Mühe, nicht mehr an mich zu denken – genau wie ich mich bemühe, nie mehr an dich zu denken.)

»Wenn Sie je in der Gegend von Bathing Heath sind, müssen Sie uns *unbedingt* besuchen, Mrs. Prentice.«

»Aber gern. Das ist sehr nett von Ihnen.«

»Natürlich ist es dort wie überall sehr schwer, Hauspersonal zu finden. Es gibt nur Tageskräfte, und die sind oft unzuverlässig.«

Richard gab das schleppende Gespräch mit Sarah auf. Er wandte ich an Ann.

»Wie ich sehe, hast du deine alte Edith immer noch.«

»Ja. Ohne Edith wären wir verloren.«

»Sie hat sehr gut gekocht. Hat uns abends immer nette kleine Mahlzeiten serviert.«

Betretenes Schweigen.

Ja, die kleinen Mahlzeiten, die Edith zauberte..., das Feuer im Kamin, die chintzbezogenen Polstermöbel mit dem Rosenmuster... Ann mit ihrer sanften Stimme und dem kastanienbraunen Haar... Gespräche, Pläneschmieden... eine glückverheißende Zukunft... Die Tochter wurde aus der Schweiz zurückerwartet, doch was für eine Rolle sie einmal spielen würde, hätte er sich nicht träumen lassen...

Ann ließ ihn nicht aus den Augen. Ganz kurz kam der wahre Richard zum Vorschein – ihr Richard. Er sah sie traurig an und dachte an ihre gemeinsame Zeit zurück.

Der wahre Richard? War der Richard von Doris nicht auch der wahre Richard?

Doch ihren Richard gab es schon nicht mehr. Der Richard von Doris verabschiedete sich. Wieder wurde Konversation gemacht, wurden Phrasen gedroschen, die Einladung noch einmal ausgesprochen. Gingen sie denn niemals? Dieses widerliche raffgierige Weibchen mit der affektierten Kleinmädchenstimme. Der arme Richard, der arme, arme Richard. Sie war schuld daran. Sie hatte ihn ja weggeschickt, und so war er in der Hotelhalle gelandet, wo Doris auf ihn lauerte.

Aber konnte man wirklich von dem ›armen Richard‹ sprechen? Er hatte eine hübsche junge Frau und war vermutlich überglücklich.

Endlich gingen sie. Sarah begleitete sie höflich bis zur Tür. Als sie wieder ins Zimmer zurückkam, seufzte sie kolossal erleichtert: »Puh!«

»Gottlob, *das* liegt nun endlich hinter uns! Weißt du, Mutter, du kannst wirklich von Glück sagen, daß du noch rechtzeitig abgesprungen bist.«

»Ja, da hast du sicher recht.« Ann sprach wie im Traum.

»Na, würdest du ihn jetzt noch heiraten wollen?«

»Nein«, sagte Ann, »ich würde ihn jetzt nicht mehr heiraten wollen.«

(Wir haben uns beide von der Stelle entfernt, an der sich unsere Wege kreuzten. Und zwar in entgegengesetzte Richtungen. Richard, ich bin nicht die Frau, mit der du im St. James' Park spazierengegangen bist, und du bist nicht der Mann, mit dem zusammen ich alt werden wollte... Wir sind ganz andere Menschen – Fremde. Ich gefalle dir nicht mehr, so wie ich jetzt aussehe, und ich halte dich für einen Langweiler und Wichtigtuer...)

»Du würdest dich mit ihm unsterblich langweilen, aber das weißt du ja wohl selbst«, sagte Sarah mit ihrer festen jungen Stimme, aus der nicht der geringste Zweifel klang.

»Ja«, sagte Ann gedehnt, »das stimmt. Ich würde mich mit ihm zu Tode langweilen.«

(Ich kann jetzt nicht mehr einfach dasitzen und zusehen, wie ich immer älter werde. Ich muß ausgehen und mich amüsieren. Um mich herum muß immer etwas los sein.)

Sarah legte ihrer Mutter liebevoll die Hand auf die Schulter.

»Du stürzt dich gern ins Vergnügen. Du brauchst Jubel, Trubel, Heiterkeit. Du würdest dich entsetzlich langweilen, wenn du irgendwo in einem Vorort in einem Haus mit einem kleinen Garten wohnen müßtest und nichts zu tun hättest als auf Richard zu warten, der um sechs Uhr heimkommt oder dir haarklein erzählt, wie er beim Golfspiel abgeschnitten hat. Das Landleben ist nun mal nichts für dich.«

»Ich war aber einmal sehr dafür zu haben.«

(Ein alter Garten mit einer Mauer drumherum, eine baumbestandene Wiese und mittendrin ein kleines rosarotes Ziegelhaus im Queen Anne Stil. Richard hätte gar nicht Golf gespielt. Er hätte die Rosen besprengt und unter den Bäumen Glockenblumen angepflanzt. Und selbst wenn er tatsächlich angefangen hätte, Golf zu spielen, wäre sie stolz auf ihn gewesen – selbst wenn er dabei gar nicht so gut abgeschnitten hätte.)

Sarah küßte ihre Mutter zärtlich auf die Wange.

»Meine Liebe, du solltest mir wirklich dankbar dafür sein, daß ich dich vor dieser Ehe bewahrt habe. Wäre ich nämlich nicht gewesen, hättest du ihn ganz bestimmt geheiratet.«

Ann entzog sich Sarah. Sie starrte ihre Tochter mit weitaufgerissenen Augen an.

»Wenn du nicht gewesen wärst, hätte ich ihn geheiratet. Aber jetzt käme mir das nicht mehr in den Sinn. Er bedeutet mir nichts mehr.«

Sie ging langsam zum Kamin und fuhr mit dem Zeigefinger den Kaminsims entlang. Ihre dunklen Augen drückten Verwunderung und Schmerz aus. Sie sagte leise: »Nichts mehr... nichts... Das Leben ist ein schlechter Witz!«

Sarah ging zur Bar und genehmigte sich noch einen Drink. Sie stand ein wenig unschlüssig da. Ohne sich umzudrehen sagte sie schließlich betont unbeschwert und sachlich: »Mutter, du mußt es schließlich irgendwann erfahren. Larry hat mich gebeten, seine Frau zu werden.«

»Lawrence Steene?«

»Ja.«

Schweigen. Ann sagte eine ganze Weile nichts. Dann fragte sie: »Und wie lautet deine Antwort?«

Sarah drehte sich um. Sie warf ihrer Mutter einen flehentlichen Blick zu, doch Ann sah in diesem Augenblick nicht hin.

»Ich weiß nicht, was ich tun soll«, sagte Sarah.

Das klang ganz verloren. Sie sagte das verschreckt wie ein kleines Mädchen. Sarah erhoffte sich Hilfe von ihrer Mutter, doch Anns Miene blieb hart und undurchdringlich. Erst nach einer Weile meinte sie: »Du mußt selber wissen, was du tust.«

»Ja, natürlich.«

Sarah griff nach Gerrys Brief, der auf dem Tisch lag, und hielt ihn fest umklammert. Sie stieß hervor: »Ich weiß aber nicht, wie ich mich entscheiden soll!« Es klang fast wie ein Aufschrei.

»Und ich weiß nicht, wie ich dir da helfen soll«, erklärte Ann.

»Aber was würdest du mir *raten*, Mutter? Sag doch um Himmels willen etwas.«

»Ich habe dir ja schon gesagt, daß er keinen guten Ruf hat.«

»Ach, wenn's weiter nichts ist! Das macht mir nichts aus. Ein Tugendbold würde mich nur langweilen.«

»Er schwimmt in Geld, das ist auch nicht zu verachten«, sagte Ann. »Er kann dir alles schenken, was dein Herz begehrt. Kein Luxus wäre ihm zu teuer. Aber wenn du dir nichts aus ihm machst, solltest du ihn auch nicht heiraten.«

»Ich mache mir schon etwas aus ihm«, entgegnete Sarah gedehnt.

Ann sah auf die Uhr.

»Dann verstehe ich nicht, warum du zögerst«, erkärte sie lebhaft. »Mein Gott, ich habe ja ganz vergessen, daß ich zu den Eliots muß. Ich komme viel zu spät.«

»Trotzdem bin ich mir nicht sicher...« Sarah verstummte. »Weißt du...«

Ann fragte: »Gibt es noch einen anderen Mann, der dir mehr bedeutet?«

»Ach, das kann man eigentlich nicht sagen«, meinte Sarah. Wieder sah sie auf Gerrys Brief hinunter, den sie noch immer in der Hand hielt.

Ann sagte rasch: »Ach, du denkst an Gerry. Sarah, den solltest du dir wirklich endgültig aus dem Kopf schlagen.

Gerry taugt nichts, und je eher du das einsiehst, desto besser.«

»Vermutlich hast du recht«, gab Sarah zögernd zu.

»Und ob ich recht habe«, versicherte ihr Ann. »Denk nicht mehr an Gerry. Wenn dir an Lawrence Steene nichts liegt, dann heirate ihn nicht. Laß dir damit ruhig Zeit. Du bist ja noch sehr jung.«

Sarah ging nachdenklich zum Kamin.

»Aber es spricht eigentlich auch nichts dagegen, daß ich Larry heirate. Schließlich ist er ungeheuer attraktiv. Ach, Mutter«, ein richtiger Aufschrei, »was soll ich bloß *tun*?«

Ann fuhr sie wütend an: »Also wirklich, Sarah, du führst dich auf wie ein zweijähriges Kind! Ich kann das schließlich nicht entscheiden, das mußt du schon selber tun. Die Verantwortung liegt ganz allein bei dir.«

»Ja, ich weiß.«

»Also, was gibt es da noch zu bereden?« Ann konnte ihre Ungeduld kaum noch zügeln.

Sarah entgegnete trotzig wie ein kleines Mädchen: »Ich habe gedacht, du könntest – du könntest mir trotzdem irgendwie helfen.«

»Ich habe dir doch schon gesagt, daß du *niemanden* zu heiraten brauchst, wenn du es nicht wirklich willst.«

Sarah sah immer noch ganz kindlich aus, als sie völlig unerwartet antwortete: »Aber du wärst mich doch gern los, nicht wahr?«

»Sarah, wie kannst du so etwas behaupten? Ich will dich natürlich *nicht* loswerden! Was für eine Idee!

»Entschuldige, Mutter. Ich habe das nicht so gemeint. Aber alles ist jetzt so anders, findest du nicht auch? Wir hatten es doch immer so schön zusammen und haben uns immer so gut verstanden. Jetzt gehe ich dir anscheinend nur noch auf die Nerven.«

»Ich bin jetzt leider manchmal sehr nervös«, sagte Ann kalt. »Aber du bist schließlich auch nicht leicht zu haben und neigst zu Temperamentsausbrüchen, Sarah.«

»Na ja, ich gebe ja zu, daß das alles meine Schuld ist«, meinte Sarah. Nachdenklich fuhr sie fort: »Fast alle meine Freundinnen sind schon verheiratet. Pam, Betty und auch

Susan. Joan allerdings noch nicht, aber dafür ist sie in die Politik gegangen.« Sie unterbrach sich und fuhr dann fort: »Eigentlich muß es Spaß machen, mit Lawrence verheiratet zu sein. Denk doch nur mal an all die schönen Kleider und Pelze. Er kann sich jeden Luxus leisten.«

Ann erklärte trocken: »Ich finde, du solltest wirklich einen reichen Mann heiraten, Sarah. Du hast einen sehr teuren Geschmack. Du kommst nie mit deinem Geld aus.«

»Es wäre mir wirklich gräßlich, arm zu sein«, erklärte Sarah.

Ann holte tief Luft. Sie kam sich unaufrichtig vor, doch sie wußte einfach nicht mehr, was sie sagen sollte.

»Liebes, ich weiß wirklich nicht, was ich dir raten könnte. Ich finde, das ist ganz allein deine Angelegenheit. Es wäre völlig falsch, wenn ich dir zu- oder abraten würde. Siehst du denn nicht ein, daß du selber wissen mußt, was das Beste für dich ist?«

Sarah beeilte sich, ihrer Mutter zu versichern: »Doch, natürlich. Ich fürchte, ich bin furchtbar lästig. Ich will nicht, daß du dir Sorgen um mich machst. Aber eines kannst du mir noch sagen: Was macht Larry denn auf *dich* für einen Eindruck?«

»Ich weiß nicht recht. Weder einen positiven, noch einen negativen. Ich bin weder für noch gegen ihn.«

»Manchmal habe ich fast ein bißchen Angst vor ihm.«

»Aber Liebling!« Das schien Ann zu amüsieren. »Das ist doch wirklich albern.«

»Ja, wahrscheinlich...«

Langsam machte sich Sarah daran, Gerrys Brief zu zerreißen, zuerst in Streifen und dann in kleine Schnipsel. Die warf sie ganz hoch in die Luft und sah dann zu, wie sie Schneeflocken gleich herunterwirbelten.

»Armer Gerry«, sagte sie.

Sie sah ihre Mutter kurz von der Seite an und fragte: »Mein Wohl liegt dir doch am Herzen, wie man so schön sagt – oder irre ich mich da?«

»Sarah, ich bitte dich!«

»Tut mir leid, daß ich einfach keine Ruhe gebe. Aber mir ist ganz *merkwürdig* zumute. Mir ist, als steckte ich in einem

Schneesturm und hätte mich verlaufen, als wüßte ich nicht mehr, wo es nach Hause geht... Das ist ein schreckliches Gefühl. Alles ist so fremd. Auch die Menschen. Du bist auch nicht mehr wie früher, Mutter.«

»Aber Schätzchen, was redest du da für einen Unsinn! Jetzt muß ich aber wirklich gehen.«

»Wenn du meinst... Ist diese Party denn so wichtig?«

»Na ja, ich möchte unbedingt die neuen Wandmalereien sehen, die Kit Eliot hat anbringen lassen.«

»Ach so.« Sarah schwieg und fügte dann hinzu: »Weißt du, Mutter, wahrscheinlich bin ich viel versessener auf Lawrence, als mir selber klar ist.«

»Das würde mich nicht wundern«, meinte Ann leichthin. »Aber laß dir Zeit. Auf Wiedersehen, meine Süße, jetzt muß ich schleunigst los.«

Die Wohnungstür fiel hinter Ann ins Schloß.

Edith kam aus der Küche und brachte die Gläser auf einem Tablett ins Wohnzimmer zurück.

Sarah hatte eine Platte aufgelegt und hörte melancholisch zu, wie Paul Robeson ›Sometimes I feel like a motherless child‹ sang.

»Diese traurige Musik!« wunderte sich Edith. »Da wird einem ja ganz elend.«

»Mir gefällt es.«

»Das ist eben Geschmackssache«, knurrte Edith ärgerlich. »Es gibt Leute, bei denen landet die Asche nie im Aschenbecher. Im ganzen Zimmer wird sie rumgeschnippt.«

»Das tut dem Teppich gut.«

»Das wird schon seit ewigen Zeiten behauptet, aber das heißt nicht, daß es stimmt. Ich verstehe auch nicht, warum das Papier überall auf dem Fußboden rumliegen muß, wo der Papierkorb doch da drüben an der Wand steht...«

»Tut mir leid, Edith. Das war gedankenlos. Ich habe meine Vergangenheit zerrissen, das sollte eine Geste sein.«

»Die Vergangenheit, das darf doch wohl nicht wahr sein!« schnaubte Edith. Doch ein Blick in Sarahs Gesicht ließ sie umschwenken. »Stimmt was nicht, mein Liebchen?«

»Alles in Ordnung, Edith. Aber es kann sein, daß ich bald heirate.«

»Damit hat es keine Eile. Sie sollten warten, bis der Richtige kommt.«

»Ich glaube, es spielt keine Rolle, wen man heiratet. Es geht sowieso nicht lange gut.«

»Aber Miß Sarah, reden Sie doch nicht solchen Unsinn! Was soll das überhaupt?«

»Ich will hier weg.«

»Ich möchte wirklich einmal wissen, was es an Ihrem Zuhause auszusetzen gibt«, sagte Edith verblüfft.

»Ich weiß es nicht. Nichts ist mehr so wie früher. Warum ist jetzt alles anders, Edith?«

Edith erwiderte sanft: »Es könnte daran liegen, daß Sie erwachsen werden. Da sieht man vieles mit ganz anderen Augen.«

»Und daran soll es liegen?«

»Es könnte sein.«

Edith ging auf die Tür zu. Doch dann überlegte sie es sich anders. Sie kam zurück und strich Sarah über das schwarze Haar. Das hatte sie sehr oft getan, als Sarah noch ein kleines Mädchen war.

»Ist ja schon gut, mein Kleines. Alles halb so schlimm.«

Sarahs Stimmung schlug plötzlich um. Sie sprang auf, packte Edith um die Taille und schwenkte sie übermütig im Walzertakt herum.

»Edith, ich heirate! Ist das nicht schön? Ich heirate Mr. Steene. Der schwimmt im Geld und ist sagenhaft attraktiv. Bin ich nicht ein Glückspilz?«

Edith machte sich schnell wieder los und murrte: »Immer schön der Reihe nach. Miß Sarah, was ist denn los mit Ihnen?«

»Ich glaube, ich spinne ein bißchen. Du bist auch zu meiner Hochzeit eingeladen, Edith. Ich kaufe dir dazu ein wunderschönes neues Kleid. Roten Samt, wenn der dir gefällt.«

»Eine Hochzeit ist doch keine Krönung.«

Sarah drückte Edith das Tablett wieder in die Hand und schob sie zur Tür.

»Geh schon, du lieber alter Drachen, und hör auf zu schnauben.«

Edith schüttelte den Kopf und ging.

Sarah drehte sich langsam um. Plötzlich warf sie sich in den großen Sessel und weinte bitterlich. Lange konnte sie sich nicht beruhigen.

Die Platte lief allmählich aus. Die tiefe, melodiöse Stimme erklang noch ein letztes Mal.

Sometimes I feel like a motherless child – a long way from home . . .

BUCH III

1. KAPITEL

Langsam und ein wenig steif verrichtete Edith ihre Küchenarbeit. In letzter Zeit spürte sie ihr Rheuma immer stärker. Es machte ihr immer mehr zu schaffen, und man konnte nicht behaupten, daß das ihre Laune besserte. Trotzdem lehnte sie es kategorisch ab, sich zumindest einen Teil ihrer Aufgaben abnehmen zu lassen.

Eine Frau, die Edith naserümpfend ›diese Mrs. Hopper‹ nannte, kam einmal in der Woche, um unter den Augen der eifersüchtigen Edith bestimmte Dinge zu erledigen. Doch darüber hinaus lehnte sie jegliche Unterstützung dermaßen heftig und haßerfüllt ab, daß sich die Putzfrauen geschlagen gaben und sich nicht um die Stellung rissen.

»Schließlich bin ich immer allein zurechtgekommen, oder etwa nicht?« betonte Edith immer wieder.

Sie kam auch weiterhin zurecht, doch sie tat ihre Arbeit mit Märtyrermiene und wurde immer mürrischer. Sie hatte es sich auch angewöhnt, fast den ganzen Tag zu murren und vor sich hinzuschimpfen. So auch jetzt.

»Die Milch erst mittags zu bringen, das muß man sich mal vorstellen! Die Milch muß vor dem Frühstück geliefert werden und nicht erst Stunden später. Unverschämte junge Burschen, kommen da pfeifend in ihren weißen Mänteln an... Was bilden die sich eigentlich ein...?«

Der Schlüssel, der ins Schloß der Wohnungstür gesteckt wurde, unterbrach ihren Redefluß.

Edith murmelte: »Gleich ist alles wieder in heller Aufregung!« Wütend spülte sie mit heftig kreisenden Bewegungen eine Schüssel unter dem fließenden Wasser aus.

Ann rief: »Edith!«

Edith stellte die Schüssel weg und trocknete sich die Hände sorgsam an dem Handtuch der Handtuchrolle ab.

»Edith... Edith...«

»Ich komme ja schon, Madam.«

»*Edith!*«

Edith riß die Augenbrauen hoch, verzog den Mund und stampfte aus der Küche. Sie ging durch den Flur ins Wohnzimmer, wo Ann Prentice hastig ihre Rechnungen und Briefe durchsah. Sie wandte sich an Edith: »Haben Sie Mylady Laura angerufen?«

»Ja, natürlich.«

»Haben Sie ihr auch ausgerichtet, daß es dringend ist – daß ich sie unbedingt sprechen muß? Hat sie versprochen herzukommen?«

»Sie hat gesagt, sie macht sich sofort auf den Weg.«

»Warum ist sie dann noch nicht da?« fragte Ann wütend.

»Ich habe ja erst vor zwanzig Minuten angerufen. Gleich nachdem Sie gegangen sind.«

»Kommt mir vor wie eine Stunde. Warum kommt sie denn nicht endlich?«

Edith versuchte, sie zu besänftigen: »Es geht nicht immer alles gleich – nicht so schnell, wie man es möchte. Es hat doch keinen Sinn, sich aufzuregen.«

»Haben Sie ihr gesagt, daß ich krank bin?«

»Ich habe ihr gesagt, daß Sie einen Ihrer Zustände haben.«

»Was soll das heißen – einen meiner Zustände?« fuhr Ann sie an. »Es sind die Nerven. Sie sind zum Zerreißen gespannt.«

»Ja, genau.«

Ann sah ihre getreue Haushälterin ärgerlich an. Ruhelos ging sie zuerst zum Fenster und dann zum Kamin. Edith stand da und sah ihr nach. Ihre großen, plumpen, verarbeiteten Hände mit den geschwollenen Gelenken wischte sie immer wieder an der Schürze ab.

»Ich kann keinen Augenblick stillstehen«, klagte Ann. »Letzte Nacht habe ich kein Auge zugetan. Ich fühle mich ganz schrecklich, wirklich hundeelend...« Sie setzte sich und preßte beide Hände an die Schläfen. »Ich weiß nicht, was mit mir los ist.«

»Ich kann es Ihnen sagen«, meinte Edith. »Sie sind ständig unterwegs, immer nur auf Achse. In Ihrem Alter ist das viel zu anstrengend.«

»Das ist eine Unverschämtheit, Edith!« schrie Ann sie wütend an. »Mit Ihnen wird es immer schlimmer. Sie sind schon lange bei mir und ich weiß Ihre Hilfe wirklich sehr zu schätzen. Aber lassen Sie sich eines gesagt sein: Wenn Sie sich weiterhin soviel herausnehmen, können Sie nicht bei mir bleiben.«

Edith verdrehte die Augen, blickte zur Decke und setzte ihre Märtyrermiene auf.

»Ich denke nicht daran zu gehen«, sagte sie. »Und damit basta.«

»Wenn ich Ihnen kündige, bleibt Ihnen wohl nichts anderes übrig«, sagte Ann.

»Sie wären dümmer als ich dachte, wenn Sie das wirklich täten. Ich finde im Handumdrehen eine neue Stelle. Diese Agenturen für Hauspersonal vermitteln mich mit Handkuß. Aber wie wollen *Sie* alleine fertigwerden? Sie bekämen höchstens eine Tageskraft vermittelt, wenn überhaupt – aber bestimmt keine ständige Haushälterin. Allenfalls eine Ausländerin. Bei denen schwimmt jedes Essen in Öl, so daß sich Ihnen der Magen umdreht – ganz zu schweigen davon, wie es dann in der Wohnung riecht. Und am Telefon können sich diese Ausländerinnen nicht verständigen – sie könnten sich keinen Namen merken. Vielleicht bekommen Sie aber auch eine nette, saubere Frau – zu schön, um wahr zu sein –, und eines Tages kommen Sie dann heim und stellen fest, daß sie sich mit Ihrem Schmuck und Ihren Pelzen aus dem Staub gemacht hat. Ich habe gerade erst von einem solchen Fall gehört. Nein, Sie gehören zu den Menschen, die wollen, daß man alles richtig macht, so wie es sich gehört. Ich koche Ihnen gute kleine Gerichte und ich lasse Ihr schönes Geschirr nicht fallen, wenn ich spüle. Vor allem aber kenne ich Sie schon lange und weiß, wie Sie alles haben möchten – im Gegensatz zu einer dieser Schlampen. Ich weiß ganz genau, daß Sie ohne mich gar nicht zurechtkommen, und deshalb bleibe ich bei Ihnen. Sie sind manchmal ganz schön anstrengend, aber jeder hat sein Kreuz zu tragen. Das steht schon in der Heiligen Schrift. Sie sind mein Kreuz, und ich bin eine Christin.«

Ann kniff die Augen zu und wiegte sich stöhnend hin und her.

»Mein Kopf, mein armer Kopf...«

Ediths üble Laune verflog, plötzlich sprachen Mitgefühl und Zärtlichkeit aus ihr.

»Na, na, ich mache Ihnen eine schöne Tasse Tee.«

Ann rief widerspenstig: »Ich will aber keine schöne Tasse Tee. Bloß das nicht!«

Edith seufzte und sandte einen Blick gen Himmel

»Des Menschen Wille ist sein Himmelreich«, sagte sie und ging.

Ann griff nach der Zigarettendose, nahm sich eine Zigarette, zündete sie an, rauchte ein paar Züge und drückte sie im Aschenbecher aus. Sie erhob sich und ging ruhelos im Zimmer auf und ab.

Schließlich eilte sie ans Telefon und wählte eine Nummer.

»Hallo, hallo, ich möchte Lady Ladscombe sprechen... Ach, sind Sie es, liebe Marcia?« Ihre Stimme nahm einen gewollt fröhlichen, unbeschwerten Klang an. »Wie geht es Ihnen? Ach, eigentlich nichts Konkretes. Mir ist gerade eingefallen, daß ich Sie einmal anrufen könnte. Ich weiß nicht, meine Liebe – ich war einfach furchtbar deprimiert. Sie wissen, wie es einem manchmal geht. Sind Sie morgen zum Mittagessen schon verabredet? Ach so... Donnerstag abend? Ja, das geht. Da habe ich nichts vor. Ich freue mich. Ich werde Lee oder sonst irgend jemanden mitbringen, dann sind wir eine richtige Gesellschaft. Ja, ganz fantastisch... Ich rufe Sie dann morgen an.«

Sie legte auf. Und ging sofort wieder ruhelos im Zimmer auf und ab, bis es an der Wohnungstür läutete. Ann blieb erwartungsvoll stehen.

Sie hörte Edith sagen: »Madam wartet im Wohnzimmer auf Sie.« Laura Whitstable kam herein. Hochgewachsen, unnachgiebig, irgendwie erschreckend, aber so zuverlässig wie ein Fels in der Brandung.

Ann lief mit hysterischen Ausrufen auf sie zu.

»Ach Laura, Laura, ich bin ja *so* froh, daß Sie gekommen sind...«

Laura zog die Augenbrauen hoch. Sie war eine gute Beobachterin, legte Ann die Hände auf die Schultern und schob sie sachte zum Sofa. Als sie dann nebeneinander saßen, fragte sie: »Nun erzählen Sie mal – was gibt es denn?«

Anns Hysterie war noch nicht verflogen.

»Ich bin ja *so* glücklich, daß Sie gekommen sind. Ich glaube, ich verliere den Verstand.«

»Unsinn.« Laura nahm kein Blatt vor den Mund. »Was beunruhigt Sie denn so?«

»Gar nichts. Überhaupt nichts. Meine Nerven machen nicht mehr mit. Das ist so beängstigend. Ich kann keinen Augenblick mehr stillsitzen. Ich weiß einfach nicht, was mit mir los ist.«

»Hm.« Laura sah sie forschend an, mit einem durch und durch professionellen Blick. »Sie sehen nicht besonders gut aus.«

Das war noch milde ausgedrückt. Sie war entsetzt darüber, wie Ann aussah. Unter dem dick aufgetragenen Make-up wirkte Ann todmüde. Laura hatte sie seit ein paar Monaten nicht mehr gesehen und dachte, daß sie jetzt um Jahre älter wirkte.

Ann erklärte ausgesprochen gereizt: »Mir geht es *blendend*. Nur – ich weiß nicht, warum – ich kann nicht einschlafen; jedenfalls nicht ohne Schlaftabletten. Und ich bin ständig nervös und schlecht gelaunt.«

»Schon beim Arzt gewesen?«

»Eine ganze Weile nicht mehr. Die Ärzte verschreiben nur Bromid und raten einem, sich nicht zu überanstrengen.«

»Der Rat ist sicherlich begründet.«

»Ja – aber ist das nicht grotesk? Ich bin doch nie nervös gewesen, Laura, das können Sie bestätigen. Ich habe früher nicht einmal gewußt, was Nerven sind.«

Laura Whitstable sagte eine Weile nichts. Sie mußte daran denken, wie Ann Prentice vor drei Jahren noch gewesen war. Sie erinnerte sich noch gut an Anns Gelassenheit, die Ruhe, die sie ausstrahlte, an Anns Lebensfreude, ihre Sanftmut und ihr ausgeglichenes Temperament. Der derzeitige Zustand ihrer Freundin bekümmerte sie zutiefst.

»Was nutzt es, wenn Sie sagen, daß Sie nie nervös gewesen sind? Schließlich hat jemand, der sich ein Bein bricht, sich höchstwahrscheinlich auch noch nie zuvor ein Bein gebrochen!«

»Aber weshalb bin ich auf einmal so ein Nervenbündel?«

Laura Whitstable wählte ihre Worte sorgsam: »Ihr Arzt hat recht. Sie muten sich wahrscheinlich zuviel zu.«

Ann entgegnete mit scharfer Stimme: »Ich kann doch nicht den ganzen Tag zu Hause sitzen und Trübsal blasen.«

»Man kann schließlich auch mal zu Hause bleiben, ohne daß man deshalb Trübsal blasen muß«, gab Laura zu bedenken.

»Nein.« Anns Hände flatterten nervös. »Ich kann nicht einfach tatenlos herumsitzen.«

»Und warum nicht?« erkundigte sich Laura prompt. Die Frage glich einem spitzen Geschoß.

»Ich weiß es nicht.« Ann wurde immer zittriger. »Ich kann einfach nicht allein sein. Ich halte das nicht aus...« Sie sah Laura völlig verzweifelt an. »Sie halten mich wahrscheinlich für verrückt, wenn ich Ihnen eingestehe, daß ich *Angst* vor dem Alleinsein habe.«

»Das ist das Vernünftigste, was Sie bisher von sich gegeben haben«, erwiderte Laura prompt.

»Wieso vernünftig?« fragte Ann erschreckt.

»Weil es die reine Wahrheit ist.«

»Die Wahrheit?« Ann senkte den Kopf. »Ich weiß nicht, was das heißen soll.«

»Ich will damit nur sagen, daß wir nicht weiterkommen, wenn Sie nicht ehrlich sind.«

»Sie begreifen das alles sicher nicht. Sie haben doch bestimmt nie Angst davor gehabt, allein zu sein.«

»Nein.«

»Dann können Sie das auch nicht verstehen.«

»O doch, und ob ich das verstehe. Warum wollten Sie denn, daß ich komme, meine Liebe?«

»Weil ich unbedingt mit jemandem sprechen mußte... Ich habe es einfach nicht mehr ausgehalten..., und ich dachte, daß Sie mir vielleicht *helfen* könnten.«

Sie sah ihre Freundin erwartungsvoll an.

Laura nickte seufzend.

»Verstehe. Ihnen schwebt ein Zauberkunststück vor.«

»Ja, vielleicht würde mir ein Zauberkunststück helfen, Laura. Vielleicht Psychoanalyse oder auch Hypnose oder irgend etwas in der Art.«

»Mit anderen Worten – ich soll den Medizinmann spielen.« Laura schüttelte den Kopf. »Ann, ich kann für Sie keine Kaninchen aus dem Zylinderhut zaubern. Das müssen Sie schon selbst tun. Aber zunächst müssen Sie herausbekommen, was sich eigentlich in dem Hut befindet.«

»Ich verstehe nicht, wie Sie das meinen.«

Laura Whitstable ließ eine Minute verstreichen. Dann erst sagte sie: »Ann, Sie sind nicht glücklich.«

Das war eine Feststellung und keine Frage.

Ann ließ das nicht auf sich sitzen, sie reagierte schnell, vielleicht ein wenig zu schnell darauf.

»Und ob ich glücklich bin – jedenfalls auf eine ganz bestimmte Art und Weise. Ich genieße das Leben und amüsiere mich dabei.«

Laura ließ sich nicht überzeugen. »Nein, Ann, Sie sind nicht glücklich.«

Ann zuckte die Schultern und machte eine wegwerfende Geste. »Wer kann schon von sich behaupten, daß er glücklich ist?«

»Zum Glück kann das so mancher von sich behaupten«, meinte Laura aufgeräumt. »*Warum* sind Sie nicht glücklich, Ann?«

»Ich weiß es nicht.«

»Wie schon gesagt, Ann – ohne die Wahrheit kommen wir nicht weiter. Sie können sich die Frage am besten selbst beantworten.«

Ann schwieg. Dann nahm sie offensichtlich all ihren Mut zusammen, und es brach aus ihr heraus: »Wenn ich ehrlich sein soll, so liegt es sicherlich daran, daß ich alt werde. Ich bin eine Frau in mittleren Jahren und sehe nicht mehr so gut aus. Ich habe keine Zukunft und habe an nichts mehr Freude.«

»Aber meine Liebe, Sie können sich doch wirklich nicht beklagen! Sie sind kerngesund und auch nicht gerade dumm. Es gibt so vieles, wofür man keine Zeit hat, solange man noch jung ist. Damit kann man sich dann in mittleren Jahren befassen. Das habe ich Ihnen doch schon einmal erklärt. Schließlich gibt es ja Bücher, Blumen, Musik, die Malerei, die Menschen und die Sonne – das ganze ineinander verwobene, unlösbar miteinander verbundene Universum, das wir Leben nennen.«

Ann schwieg zunächst, doch dann sagte sie trotzig: »Ich behaupte, daß das alles eine Frage der Sexualität ist. Wenn man nicht mehr auf die Männer wirkt, zählt gar nichts mehr.«

»Auf manche Frauen trifft das sicher zu, Ann, aber nicht auf Sie. Haben Sie den *Göttlichen Augenblick* gesehen oder vielleicht gelesen? Da heißt es nämlich: *Es gibt einen ganz bestimmten Moment, der – wenn man ihn erkennt – dazu führen kann, daß ein Mensch sein Leben lang glücklich ist.* Bei Ihnen wäre das fast so gekommen.«

Ann entspannte sich. Ihre Züge wurden weicher. Sie sah mit einemmal viel jünger aus.

Sie murmelte: »Ja, das hat es einmal gegeben. Mit Richard hätte ich glücklich werden können. Mit ihm zusammen hätte ich dem Alter getrost entgegensehen können.«

Laura sagte tief bewegt und voller Mitgefühl: »Ich weiß.«

Ann fuhr fort: »Aber jetzt bedaure ich nicht einmal mehr, daß ich ihn verloren habe! Wissen Sie, ich habe ihn nämlich inzwischen wiedergesehen – vor etwa einem Jahr. Da hatten wir uns nichts mehr zu sagen. Er hat mir nichts mehr bedeutet, absolut nichts mehr. Ist das nicht eine Tragödie, ja geradezu grotesk? Uns verband nichts mehr. Wir hatten nicht mehr das Geringste füreinander übrig. Er war nur noch ein ganz gewöhnlicher Mann in mittleren Jahren – ein bißchen aufgeblasen, ziemlich öde und ganz vernarrt in seine hübsche kleine Frau, einen aufdringlichen Hohlkopf. Ganz nett, wissen Sie – aber entsetzlich langweilig. Trotzdem bin ich davon überzeugt, daß wir glücklich geworden wären, wenn wir geheiratet hätten. Das weiß ich *ganz genau.*«

»Ja«, sagte Laura nachdenklich, »das glaube ich auch.«

»Das Glück war zum Greifen nah«, Anns Stimme zitterte vor Selbstmitleid, »doch es war mir nicht vergönnt, danach zu greifen.«

»Und warum nicht?«

»Sarah zuliebe habe ich darauf verzichtet, ich habe alles aufgegeben!«

»Stimmt«, bestätigte Laura. »*Und Sie haben ihr das nie verziehen.*«

Ann erschrak und kam wieder zur Besinnung.

»Was soll das denn heißen?«

Laura Whitstable fauchte boshaft: »Und jetzt fühlen Sie sich als Opfer! Dieses gräßliche Sichaufopfern! Ann, überlegen Sie doch mal, was so ein Opfer bedeutet. Zu einem Opfer gehört ja nicht nur der eine heroische Moment, in dem einem das Herz überläuft, in dem man sich großmütig gebärdet und bereit ist, ohne weiteres alles zu tun. Es ist leicht, ein Opfer zu bringen, bei dem man mit entblößter Brust freiwillig ins Messer läuft, denn damit hat es sich dann auch – es endet mit dem Augenblick, in dem man *über sich selbst hinauswächst*. Aber mit den meisten Opfern muß man auch *hinterher* noch leben – Tag für Tag und Nacht für Nacht. Und das ist *nicht* so einfach. Dazu bedarf es schon menschlicher Größe. Daran hat es Ihnen leider gemangelt, Ann...«

Ann sah Laura wütend an und setzte sich vehement zur Wehr: »Ich habe doch Sarah zuliebe auf alles verzichtet, als sich mir die einmalige Chance bot, glücklich zu werden. Und da behaupten Sie auch noch, ich hätte nicht genug getan!«

»Das habe ich nicht behauptet.«

»Wahrscheinlich bin *ich* wieder mal an allem schuld!« Ann glühte immer noch vor Zorn.

Laura entgegnete ernst: »Ein Großteil des Elends und der Schwierigkeiten im Leben rührt daher, daß man sich für einen besseren und edleren Menschen hält als den, der man ist.«

Doch Ann hörte ihr gar nicht zu. All ihre aufgestauten Ressentiments brachen sich jetzt Bahn.

»Sarah ist wie alle jungen Mädchen heutzutage. Sie hält sich für den Mittelpunkt der Welt und sieht über ihre eigene Nasenspitze nicht hinaus. Es kümmert sie nicht, was in anderen Menschen vorgeht! Als Richard vor einem Jahr hier anrief, konnte Sarah sich nicht einmal mehr an ihn erinnern. Sein Name sagte ihr nichts – überhaupt nichts.«

Laura Whitstable nickte ernst. An ihrer Miene ließ sich ablesen, daß sie ihre Diagnose dadurch bestätigt sah.

»Ja, ich verstehe«, sagte sie.

Ann fuhr fort: »Was sollte ich denn machen? Sie lagen sich ja ständig in den Haaren. Es war eine furchtbare Strapaze. Ich war am Ende meiner Nervenkraft! Wenn das so weitergegangen wäre, hätten wir niemals Frieden gefunden.«

»Ann, vielleicht sollten Sie einmal ernsthaft darüber nachdenken, ob Sie um Sarahs willen oder um Ihres eigenen Seelenfriedens willen auf Richard Cauldfield verzichtet haben.«

Ann sah Laura vorwurfsvoll an.

»Ich habe Richard wirklich geliebt«, erklärte sie. »Aber Sarah war mir wichtiger...«

»Nein, Ann – ganz so einfach ist das nicht. Es hat wohl wirklich einen Zeitpunkt gegeben, zu dem Sie Richard mehr als Sarah geliebt haben. Ich glaube, daß Ihr ganzes Unglück und Ihre Ressentiments genau daher rühren. Wenn Sie sich von Richard getrennt hätten, weil Sie Sarah mehr geliebt haben, wären Sie jetzt nicht in diesem Zustand. Wenn Sie aber aus Schwäche auf Richard verzichtet haben, weil Sarah Sie so dazu gedrängt hat, weil Sie das ewige Gezänke und die Streitigkeiten nicht mehr ertragen konnten – wenn es also eine Niederlage und kein Verzicht war, so fällt es Ihnen jetzt sicher schwer, sich das einzugestehen. Richard hat Ihnen viel bedeutet. Sie haben sehr an ihm gehangen.«

»Und jetzt bedeutet er mir gar nichts mehr!« meinte Ann verbittert.

»Und wie steht es mit Sarah?«

»Mit Sarah?«

»Ja. Bedeutet Ihnen Sarah viel?«

Ann zuckte die Schultern.

»Seit ihrer Heirat habe ich sie kaum mehr zu Gesicht bekommen. Ich glaube, sie hat sehr viel um die Ohren und führt ein höchst ausgelassenes Leben. Aber wie gesagt – ich sehe sie ja kaum noch.«

»*Ich* habe sie erst gestern abend gesehen...« Laura machte eine kurze Pause und fuhr fort: »In einem Restaurant, zwischen lauter betrunkenen Leuten.« Sie unterbrach sich wieder und sagte dann ganz frei heraus: »Sarah war auch betrunken.«

»Betrunken?« Das klang entsetzt. Doch dann brach Ann in

Gelächter aus. »Meine liebe Laura, wie altmodisch Sie doch sind. Die Zeiten haben sich geändert. Heutzutage trinken die jungen Leute nun mal mehr als früher. Das Ausgehen macht ihnen offensichtlich keinen Spaß mehr, wenn sie nicht zumindest stark angeheitert oder *high* sind oder wie auch immer man das heute nennt.«

Doch Laura ließ sich nicht aus dem Konzept bringen.

»Mag sein. Vielleicht ist es altmodisch, aber ich sehe es nicht gern, wenn sich eine junge Dame meiner Bekanntschaft in aller Öffentlichkeit betrinkt. Noch dazu mein Patenkind. Aber das ist noch nicht alles, Ann. Ich habe mich mit Sarah unterhalten. Ihre Pupillen waren stark erweitert.«

»Was hat das denn zu bedeuten?«

»Das *könnte* zum Beispiel bedeuten, daß Sarah Kokain schnupft.«

»Sarah soll rauschgiftsüchtig sein?«

»Ja. Ich habe Ihnen gegenüber ja schon einmal den Verdacht geäußert, daß Lawrence Steene in der Rauschgiftszene eine Rolle spielt. Nicht etwa um des Geldes willen. Ihm geht es dabei um den Nervenkitzel.«

»Er ist mir immer ganz normal vorgekommen.«

»Dem macht das Rauschgift auch nicht viel aus. Ich kenne diese Sorte Menschen. Die brauchen den Nervenkitzel wie die Luft zum Atmen und lassen in ihrer Gier nach Sensationen rein gar nichts unversucht. Menschen wie Lawrence Steene werden davon nicht süchtig. Aber Frauen reagieren ganz anders. Wenn eine Frau erst einmal unglücklich ist, verfällt sie dieser Sucht und kommt nicht mehr davon los.«

»Unglücklich?« Ann konnte es nicht fassen. »Sarah soll unglücklich sein?«

Laura sah sie forschend an und meinte dann trocken: »Das sollten Sie doch am besten wissen. Sie sind schließlich Sarahs Mutter.«

»Das spielt keine Rolle. Sarah vertraut sich mir nicht an.«

»Aber warum denn nicht?«

Ann erhob sich, ging zum Fenster und kam dann langsam zum Kamin zurück. Laura saß unbeweglich da und beobachtete sie. Als Ann sich eine Zigarette anzündete, erkundigte sich Laura ruhig: »Ann, was geht in Ihnen vor, wenn Sie gesagt bekommen, daß Sarah unglücklich ist?«

»Was für eine Frage! Das ist ein Schock für mich – ein fürchterlicher Schock!«

»Tatsächlich?« Laura erhob sich. »So, jetzt muß ich aber los. In zehn Minuten muß ich auf einer Ausschußsitzung sein. Wenn ich Glück habe, komme ich gerade noch zurecht.«

Sie ging zur Tür. Ann folgte ihr.

»Laura, was sollte dieses hingeworfene ›tatsächlich‹?«

»Wo sind denn meine Handschuhe geblieben? Wo habe ich sie bloß hingelegt?«

Es läutete an der Wohnungstür. Edith kam aus der Küche getrottet, um die Tür aufzumachen.

Ann ließ nicht locker. »Sie haben sich doch etwas dabei gedacht.«

»Ach, da sind sie ja.«

»Laura, ich finde, daß Sie sich mir gegenüber unfreundlich benehmen, wirklich unfreundlich!«

Edith kam herein und verkündete mit einem Gesicht, auf dem man fast ein Lächeln zu erkennen glaubte: »Ein völlig Fremder ist da, Madam. Mr. Lloyd.«

Im ersten Augenblick starrte Ann Gerry Lloyd so fassungslos an, als könne sie kaum glauben, daß sie ihn leibhaftig vor Augen hatte.

Seit über drei Jahren hatte sie ihn nicht mehr gesehen, und Gerry war in dieser Zeit um mehr als drei Jahre gealtert. Er sah sehr mitgenommen aus, der Mißerfolg hatte sich tief in seine Züge eingegraben. Er trug einen groben Tweed-Anzug, der so aussah, als hätte er ihn aus zweiter Hand erstanden. Seine Schuhe wirkten schäbig. Es ließ sich nicht verleugnen, daß er geschäftlich kein Glück gehabt hatte.

Ann begrüßte er mit einem ernsten Lächeln und machte überhaupt einen sehr ernsten – um nicht zu sagen regelrecht verstörten Eindruck.

»Gerry, das ist aber wirklich eine Überraschung!«

»Es freut mich jedenfalls, daß Sie sich noch an mich erinnern. Ich war ja dreieinhalb Jahre fort. Das ist eine lange Zeit.«

»Ich erinnere mich auch noch gut an Sie, junger Mann«, sagte Mylady Whitstable, »aber Sie werden sich wohl kaum an mich erinnern.«

»Selbstverständlich erinnere ich mich an Sie, Mylady. Wer könnte *Sie* vergessen?«

»Danke, das haben Sie sehr nett gesagt. Jetzt muß ich mich aber wirklich auf den Weg machen. Auf Wiedersehen, Ann. Auf Wiedersehen, Mr. Lloyd.«

Sie ging aus dem Zimmer. Gerry ging hinter Ann her zum Kamin, setzte sich und griff zu, als sie ihm eine Zigarette anbot.

Ann gab sich heiter und lebhaft.

»Gerry, erzählen Sie mir von sich. Was haben Sie so lange im Ausland gemacht? Bleiben Sie lange hier?«

»Das weiß ich noch nicht.«

Er sah sie unverwandt an. Ann fühlte sich allmählich unbehaglich. Sie hätte gern gewußt, was in ihm vorging. Dieser Blick paßte so gar nicht zu dem Gerry, den sie kannte.

»Darf ich Ihnen etwas zu trinken anbieten? Möchten Sie lieber Gin mit Orange oder Pink Gin?«

»Nein danke, weder noch. Ich bin nur gekommen, um mich mit Ihnen zu unterhalten.«

»Das ist aber nett von Ihnen. Haben Sie Sarah schon getroffen? Sie ist jetzt verheiratet, wissen Sie das? Mit einem Mann namens Lawrence Steene.«

»Ich weiß. Sie hat es mir geschrieben. Ich habe sie auch gesehen. Gestern abend. Eben deshalb wollte ich Sie sprechen.« Er unterbrach sich kurz und fuhr gleich darauf fort: »Mrs. Prentice, ich verstehe nicht, wie Sie es zulassen konnten, daß Sarah diesen Mann heiratete.«

Ann war fassungslos.

»Also wirklich, Gerry, wie können Sie so etwas sagen!«

Ihm war es jedoch so ernst, daß ihr Protest seine Wirkung verfehlte. Er sprach so eindringlich, wie Ann das früher nicht an ihm gekannt hatte.

»Sarah ist nicht glücklich, das wissen Sie doch. Sie ist ganz und gar nicht glücklich.«

»Hat sie Ihnen das gesagt?«

»Nein, natürlich nicht. So etwas sähe Sarah nicht ähnlich. Aber sie brauchte auch kein Wort darüber zu verlieren. Ich habe es ihr sofort angesehen. Sie befand sich in größerer Gesellschaft, und ich konnte nur ein paar Worte mit ihr wechseln. Aber es ist sonnenklar. Wie konnten Sie das nur geschehen lassen, Mrs. Prentice?«

Ann spürte, wie ihr die Zornesröte ins Gesicht stieg.

»Mein lieber Gerry, finden Sie nicht selbst, daß das zu weit geht?«

»Nein, das finde ich nicht.« Er überlegte einen Augenblick. Seine Aufrichtigkeit und sein Eifer waren entwaffnend. »Wissen Sie, Mrs. Prentice, Sarah bedeutet mir sehr viel. Das ist schon immer so gewesen. Ich hänge mehr an ihr als an irgend jemandem oder irgend etwas auf der Welt. Deshalb möchte ich auch wissen, ob sie glücklich ist oder nicht. Sie hätten wirklich nicht zulassen dürfen, daß sie Steene heiratet.«

Ann fuhr ihn wütend an: »Also wirklich, Gerry – Sie reden daher, als lebten Sie zur Zeit von Queen Victoria. Ich konnte Sarah weder erlauben noch verbieten, Larry Steene zu heiraten. Die Mädchen heiraten heutzutage genau den Mann, der ihnen gefällt. Die Eltern werden nicht gefragt, die haben nichts zu melden. Und Sarah hat sich nun einmal entschlossen, Larry Steene zu heiraten. Mehr gibt es dazu nicht zu sagen.«

Gerry entgegnete ganz ruhig und mit untrüglicher Sicherheit: »Sie hätten es verhindern können.«

»Mein lieber Junge, wenn man versucht, die Menschen daran zu hindern, das zu tun, was sie gern tun möchten, werden sie nur um so bockiger und störrischer.«

Er sah sie so eindringlich an, daß es kein Entkommen gab.

»Haben Sie denn versucht, ihr diese Heirat auszureden?«

Der klare Blick seiner Augen bewirkte, daß Ann schwankend wurde und nur noch stammeln konnte: »Ich... ich... Natürlich ist er viel älter als Sarah und hatte einen sehr schlechten Ruf. Darauf habe ich sie aufmerksam gemacht, aber...«

»Er ist ein solcher Mistkerl, daß es sich gar nicht beschreiben läßt.«

»Aber Gerry, was wissen Sie schon über ihn? Sie waren doch seit Jahren nicht mehr in England.«

»Sowas spricht sich rum. Es ist allgemein bekannt. Jeder weiß das. Vermutlich wissen Sie nicht bis in alle Einzelheiten Bescheid, Mrs. Prentice. Die Haare würden Ihnen zu Berge stehen, das können Sie mir glauben. Aber Sie müssen doch *gespürt* haben, daß dieser Kerl ein Gauner ist.«

»Er war immer sehr höflich und zuvorkommend zu mir, ein ausgesprochener Charmeur«, setzte sich Ann zur Wehr. »Und ein Mann mit Vergangenheit muß ja nicht unbedingt einen schlechten Ehemann abgeben. Die Leute lästern gern und sind sehr boshaft. Sarah hat sich zu ihm hingezogen gefühlt. Sie war fest entschlossen, ihn zu heiraten. Er ist ungeheuer reich...«

Gerry fiel ihr ins Wort: »Ja, das ist er. Aber, Mrs. Prentice, Sie gehören doch nicht zu den Frauen, die ihre Töchter unbedingt mit einem reichen Mann verheiratet sehen wollen, für die nur eine Geldheirat in Frage kommt. Sie waren doch nie das, was man berechnend nennt. Sie wollten doch sicher nur, daß Sarah glücklich ist. Jedenfalls habe ich mir das immer eingebildet.«

Neugierig und verwirrt sah er sie an.

»Natürlich habe ich mir immer gewünscht, daß mein einziges Kind glücklich wird«, sagte Ann. »Das versteht sich doch wohl von selbst. Aber Tatsache ist, daß man sich nicht *einmischen* darf, Gerry.« Sie wollte ihm das noch deutlicher vor Augen führen. »Selbst wenn man das, was der andere tut, für falsch hält, kann man nichts dagegen machen, weil man kein Recht hat, sich da einzumischen.«

Sie sah ihn trotzig an.

Gerry wandte noch immer keinen Blick von ihr und trug immer noch diese nachdenkliche Miene zur Schau.

»War Sarah wirklich so versessen darauf, ihn zu heiraten?«

»Sie war ganz vernarrt in ihn«, erklärte Ann mit Bestimmtheit.

Als Gerry sich nicht dazu äußerte, fügte sie hinzu: »Ihnen

ist das wohl kaum aufgefallen, aber Lawrence übt eine starke Anziehungskraft auf Frauen aus.«

»Ja, ja, darüber bin ich mir im klaren.«

Unter Aufbietung all ihrer Kräfte fuhr Ann fort: »Wissen Sie, Gerry, Sie sind wirklich ungerecht. Sie kommen hierher und machen mir Vorwürfe, bloß weil Sie und Sarah als halbe Kinder mal miteinander befreundet gewesen sind. Als sei es meine Schuld, daß Sarah einen anderen Mann geheiratet hat.«

Er unterbrach sie.

»Das *ist* auch Ihre Schuld.«

Sie starrten sich an. Gerry verfärbte sich rot, Ann dagegen erbleichte. Beide hielten der Anspannung kaum mehr stand.

Schließlich sprang Ann auf. »Das geht zu weit!«

Da erhob sich Gerry ebenfalls. Er blieb ganz ruhig und höflich, doch Ann erkannte, daß sich hinter der ruhigen Fassade Unversöhnlichkeit verbarg.

»Es tut mir leid, wenn ich Ihnen zu nahegetreten bin...«

»Es ist unverzeihlich!«

»Ja, vielleicht. Aber sehen Sie, mir liegt so ungeheuer viel an Sarah. Mich interessiert nichts außer ihr. Ich kann mir nicht helfen, aber ich habe nun mal das Gefühl, daß Sie es zugelassen haben, daß sie eine Ehe eingegangen ist, die gar nicht gutgehen konnte.«

»Also wissen Sie!«

»Aber ich hole sie da raus.«

»*Was? Ich höre wohl nicht recht?*«

»Ja, ich werde Sarah dazu bringen, daß sie diesen Schweinehund verläßt.«

»Das ist doch barer Unsinn. Nur weil Sie als halbe Kinder einmal ineinander verliebt gewesen sind.«

»Ich verstehe Sarah – und sie versteht mich auch.«

Ann lachte hart und grausam.

»Mein lieber Gerry, Sie werden ganz schnell merken, daß Sarah sich sehr verändert hat, seit Sie sie vor Jahren zuletzt gesehen haben.«

Gerry wurde leichenblaß.

»Ich weiß«, sagte er ganz leise. »Das habe ich sofort gemerkt...«

Er zögerte eine Weile und meinte dann ganz ruhig: »Mrs. Prentice, es tut mir leid, wenn Sie jetzt den Eindruck haben, daß ich unverschämt gewesen bin. Aber Sarah geht mir eben über alles, wissen Sie.«

Er ging.

Ann trat an die Bar und goß sich einen Gin ein. Sie trank einen Schluck und murmelte dann vor sich hin: »Wie kann er es wagen? Was fällt ihm eigentlich ein? Und zu allem Unglück auch noch Laura. *Auch sie ist gegen mich.* Alle sind gegen mich. Das ist einfach nicht fair. Was habe ich denn verbrochen? Nichts, überhaupt nichts...«

2. KAPITEL

1

Der Butler, der Gerry am Pauncefoot Square Nr. 18 die Tür öffnete, rümpfte die Nase, nachdem er Gerry gemustert hatte. Ein Blick in seine Augen veränderte seine Einstellung, und er versprach nachzusehen, ob Mrs. Steene zu Hause sei.

Bald darauf wurde Gerry in einen großen, dämmrigen Raum mit einer Fülle exotischer Blumen geführt. Die Möbel waren mit Brokat bezogen.

Sarah betrat das Zimmer nach ein paar Minuten. Sie lächelte erfreut, als sie ihn erblickte.

»Ach, Gerry, wie nett von dir, mich zu besuchen. Neulich abends konnten wir ja kaum ein paar Worte miteinander wechseln. Möchtest du etwas trinken?«

Sie machte ihm einen Drink und nahm sich selbst auch einen. Dann ließ sie sich auf ein Sitzkissen dicht vor dem offenen Kamin fallen. Der Duft eines teuren Parfums, das er von früher her nicht an ihr kannte, umgab sie.

»Na, Gerry?« fragte sie leichthin.

»Na, Sarah?« erwiderte er lächelnd und tippte ihr mit dem Finger auf die Schulter: »Du trägst jetzt die ganze Tierwelt zur Schau, was?«

Sarah trug einen Hauch von Chiffon, ein Kleid, das mit einer Unmenge von weichem, hellem Pelz besetzt war.

»Trägt sich gut!« versicherte ihm Sarah.

»Das kann ich mir denken. Du siehst sündhaft teuer aus!«

»Ja, das bin ich auch. Komm schon, Gerry, erzähl mir, was es Neues gibt. Seit du von Südafrika nach Kenia gegangen bist, habe ich nichts mehr von dir gehört.«

»Ja, weißt du, ich habe seitdem auch kein Glück mehr gehabt...«

»Wie könnte es auch anders sein!«

Gerry nahm das nicht so einfach hin. »Was soll das heißen – wie könnte es auch anders sein?«

»Na ja, das Glück war dir nie hold, oder irre ich mich da?«

Das war die alte Sarah, die ihn neckte und dabei den Nagel auf den Kopf traf. Die schöne Frau mit dem harten Gesicht, die exotische Fremde gab es in diesem Augenblick nicht mehr. Sarah, seine Sarah, las ihm die Leviten.

Er ging genau wie früher darauf ein, indem er murrte: »Es hat einfach nichts geklappt. Das ging Schlag auf Schlag. Eines kam zum andern, bis ich auf dem Trocknen saß. Zuerst eine Mißernte, an der ich ja nicht schuld war. Dann ist diese Rinderseuche ausgebrochen...«

»Ich weiß, ich weiß. Es ist immer die gleiche traurige Geschichte.«

»Und dann hatte ich natürlich nicht mehr genügend Kapital. Wenn ich mehr Geld gehabt hätte...«

»Ich weiß, ich weiß.«

»Ach, Sarah du mußt doch zugeben, daß das nicht nur *meine* Schuld ist.«

»Dich trifft nie die Schuld. Warum bist du eigentlich nach England zurückgekommen?«

»Also, meine Tante ist gestorben...«

»Tante Lena?« fragte Sarah, die Gerrys Verwandte zumindest vom Hörensagen alle kannte.

»Ja. Auch mein Onkel Luke ist vor zwei Jahren gestorben. Der alte Geizhals hat mir aber keinen Penny hinterlassen...«

»Ein kluger Mann.«

»Aber Tante Lena...«

»Hast du von deiner Tante etwas geerbt?«

»Ja, zehntausend Pfund.«

»Hm.« Sarah überlegte. »Gar nicht mal so schlecht. Das ist auch heute noch ein hübsches Sümmchen.«

»Ich tue mich mit einem Mann zusammen, der eine Ranch in Kanada hat.«

»Mit was für einem Mann? Das ist immer das gleiche Problem. Was ist denn mit der Werkstatt und Garage, die du zusammen mit einem Partner aufziehen wolltest, nachdem du Südafrika den Rücken gekehrt hattest?«

»Ach, das ist nicht lange gutgegangen. Zu Beginn lief es ganz leidlich, doch dann haben wir uns vergrößert. Das Geschäft ging nicht mehr so gut. Es kam zu einer Flaute...«

»Du brauchst gar nicht weiterzuerzählen. Wie gut ich das

kenne. Wie oft habe ich das von dir schon zu hören gekriegt. Bei *dir* endet es immer so.«

»Ja«, stimmte ihr Gerry zu, »ich bringe es wirklich zu nichts, da hast du wahrscheinlich ganz recht. Trotzdem glaube ich, daß ich auch vom Pech verfolgt war. Natürlich habe ich mich auch sehr dämlich angestellt. Doch das kommt nicht wieder vor. Von jetzt an wird alles anders.«

Sarah meinte bissig: »Schön wär's.«

»Na hör mal, Sarah, glaubst du nicht, daß ich aus meinen Fehlern gelernt habe?«

»Nein, glaube ich nicht«, entgegnete Sarah. »Die Menschen lernen nie aus ihren Fehlern. Ganz im Gegenteil. Sie machen immer wieder die gleichen Fehler. Du brauchst einen Manager, Gerry – so wie die Filmstars und Schauspielerinnen. Es müßte jemand sein, der viel Sinn fürs Praktische hat und geschäftstüchtig ist – der dich davor bewahrt, zum falschen Zeitpunkt allzu optimistisch zu sein.«

»Klingt eigentlich ganz vernünftig. Aber glaub mir, Sarah, dieses Mal läuft alles glatt. Ich habe mir nämlich vorgenommen, auf der Hut zu sein.«

Es entstand eine kleine Pause. Gerry brach das Schweigen: »Gestern war ich bei deiner Mutter.«

»Ja? Das ist aber nett von dir. Was macht sie denn? Hetzt sie immer noch von einer Party zur nächsten?«

Gerry sagte langsam und gedehnt: »Deine Mutter hat sich sehr geändert. Sie ist kaum mehr wiederzuerkennen.«

»Wirklich?«

»Ja.«

»Inwiefern hat sie sich geändert?«

»Ich weiß nicht, wie ich es sagen soll.« Gerry zögerte. »Vor allem ist mir aufgefallen, daß sie fürchterlich nervös ist.«

Sarah meinte leichthin: »Wer ist das heutzutage nicht?«

»Sie ist aber früher nicht nervös gewesen. Von ihr ging immer soviel Ruhe aus. Sie war immer lieb und sanft...«

»Klingt wie eine Lobeshymne.«

»Du weißt ganz genau, wie ich das meine. Sie ist wirklich kaum mehr wiederzuerkennen. Alles an ihr ist anders – sie hat jetzt eine andere Haarfarbe und Frisur, sie kleidet sich ganz anders, nichts an ihr erinnert mehr an früher.«

»Sie geht jetzt eben viel mehr aus. Warum sollte sie auch nicht, die Arme? Alt zu werden, muß ja furchtbar sein! Jedenfalls ist es nun einmal so, daß sich die Menschen ändern.« Sarah verstummte. Nach einer Weile fügte sie trotzig hinzu: »Wahrscheinlich habe ich mich auch verändert...«

»Ach, eigentlich nicht.«

Sarah errötete, und Gerry sagte ganz bewußt: »Trotz des Fells, das du am Leibe trägst«, er fuhr mit der Fingerspitze über den teuren, weichen Pelz, »und des Klunker-Sortiments von Woolworth«, er tippte auf den Blütenzweig aus Diamanten, den sie an der Schulter trug, »und der luxuriösen Aufmachung bist du doch noch so ziemlich die gleiche gute alte Sarah...« Er zögerte und fügte dann hinzu: »*Meine* Sarah.«

Sarah wandte sich unbehaglich zur Seite. Sie sagte übertrieben fröhlich: »Und du bist immer noch der gleiche gute alte Gerry. Wann brichst du denn auf nach Kanada?«

»Schon bald. Sobald der Anwalt alles unter Dach und Fach hat.« Er erhob sich. »So, jetzt muß ich aber gehen. Sehen wir uns bald einmal wieder, Sarah? Laß uns zusammen ausgehen.«

»Nein, komm doch lieber zum Essen zu uns. Wir könnten eine Party geben. Du mußt doch Larry kennenlernen.«

»Ich habe ihn doch neulich abends schon kennengelernt.«

»Da hast du ihn doch nur ganz kurz gesehen.«

»Ich fürchte, ich habe keine Zeit für Partys. Wir können doch morgens mal einen Spaziergang machen, Sarah.«

»Ach, mein Lieber, morgens bin ich zu rein gar nichts zu gebrauchen. Das ist eine fürchterliche Tageszeit.«

»Aber da sieht man am klarsten.«

»So? Und wer will denn das?«

»*Wir* müssen klarsehen. Na, nun sag schon ja. Gleich morgen früh gehen wir zweimal um den Regent's Park herum. Wir treffen uns am Hanover Gate.«

»Gerry, was für eine Schnapsidee! Und was du für einen gräßlichen Anzug anhast.«

»Trägt sich aber gut.«

»Dieser Schnitt, wirklich unmöglich!«

»Was Kleidung angeht, bist du ein Snob geworden! Also, morgen um zwölf am Hanover Gate! Das ist doch nun wirklich nicht zu früh. Und bleib heute abend einigermaßen nüchtern, damit du morgen keinen Kater hast.«

»Soll das vielleicht heißen, daß ich gestern abend einen sitzen hatte?«

»Stimmt doch, oder etwa nicht?«

»Die Leute waren so furchtbar langweilig. Was kann man da anders machen? Das steht man nur durch, wenn man ein bestimmtes Quantum Alkohol intus hat.«

Gerry wiederholte: »Also, morgen um zwölf am Hanover Gate.«

2

»Siehst du, ich bin gekommen«, sagte Sarah herausfordernd.

Gerry nahm sie ganz genau in Augenschein. Sie war unbeschreiblich schön – noch viel schöner, als sie es als junges Mädchen gewesen war. Ihm fiel ihre betont einfache, doch sehr teure Kleidung auf. Sarahs großer Smaragdring stach ihm in die Augen. Ich muß verrückt sein, dachte er. Trotzdem wurde er nicht schwankend.

»Komm, wir gehen spazieren«, schlug er vor.

Er schritt tüchtig aus. Sie gingen um den See herum, dann durch den Rosengarten. Schließlich setzten sie sich in einem wenig besuchten Teil des Parks auf Stühle. Außer ihnen saß hier kaum jemand, denn eigentlich war es dafür viel zu kalt.

Gerry holte tief Luft.

»So, nun wollen wir mal zur Sache kommen«, sagte er. »Sarah, kommst du mit nach Kanada?«

Sie starrte ihn völlig verdattert an.

»Was um alles in der Welt soll das denn heißen?«

»Du hast mich ganz genau verstanden.«

»Schlägst du mir vor, zu verreisen?« fragte Sarah zweifelnd.

Gerry lachte.

»Nein, du sollst für immer mitkommen. Verlaß deinen Mann und bleib bei mir.«

Jetzt lachte Sarah.

»Gerry, hast du den Verstand verloren? Hör mal, wir haben uns seit fast vier Jahren nicht gesehen und...«

»Als ob das eine Rolle spielte.«

»Da hast du allerdings recht.« Das klang schon ziemlich verunsichert. »Nein, das spielt natürlich überhaupt keine Rolle.«

»Ich glaube, bei uns würde es nicht einmal eine Rolle spielen, wenn wir uns zehn oder sogar zwanzig Jahre nicht gesehen hätten. Wir gehören nun einmal zusammen. Das habe ich schon immer gewußt, und daran hat sich nichts geändert. Spürst du das nicht auch?«

»Irgendwie schon«, gab Sarah zu. »Trotzdem – was du mir da vorschlägst, ist völlig ausgeschlossen.«

»Ich sehe nicht ein, was daran so unmöglich sein sollte. Wenn du mit einem netten, anständigen Mann verheiratet wärst und eure Ehe wäre glücklich, würde es mir natürlich nicht im Traum einfallen, mich zwischen euch zu drängen.« Er fragte sie ganz leise: »Aber du bist doch nicht glücklich, Sarah, stimmt's?«

»Vermutlich bin ich nicht unglücklicher oder glücklicher als die meisten Leute«, behauptete Sarah kühn.

»Ich glaube eher, daß du todunglücklich bist.«

»Und wenn es so ist, so habe ich mir das ganz allein zuzuschreiben. Wenn man einen Fehler macht, muß man auch die Folgen tragen.«

»Von Lawrence Steene kann man sicher nicht behaupten, daß er ausbadet, was er angerichtet hat.«

»Das ist gemein! Wie kannst du sowas sagen?«

»Was ist daran gemein? Das ist die reine Wahrheit.«

»Jedenfalls ist das, was du mir da vorschlägst, Gerry, völlig irre. Der reine Wahnsinn!«

»Bloß weil ich nicht ständig um dich rum war und schrittchenweise vorgegangen bin? Als ob das nötig wäre! Wie gesagt – wir gehören zusammen, du und ich. Das weißt du doch genauso gut wie ich.«

Sarah seufzte.

»Ich gebe ja zu, daß ich dich einmal sehr gern gehabt habe.«

»Es geht viel tiefer, meine Liebe.«

Sie wandte sich ihm zu und sah ihn an. Alle ihre Vorwände lösten sich in nichts auf.

»Glaubst du wirklich? Bist du dir da ganz sicher?«
»Hundertprozentig sicher.«

Sie verstummten beide. Nach einer Weile fragte Gerry sanft: »Sarah, kommst du mit nach Kanada?«

Sarah seufzte. Sie setzte sich gerade hin und zog ihren Pelzmantel fester um sich. Durch die Bäume fuhr eine kalte Brise.

»So leid es mir tut, Gerry – aber die Antwort lautet nein.«
»Warum?«
»Ganz einfach – ich bringe es nicht fertig.«
»Tag für Tag verlassen Frauen ihre Ehemänner. Beziehungsweise Ehemänner ihre Frauen.«
»Ich kann nicht.«
»Willst du mir etwa weismachen, daß du Lawrence Steene liebst?«

Sarah schüttelte den Kopf.

»Nein, ich liebe ihn nicht. Ich habe ihn nie geliebt. Aber er hat mich fasziniert. Er – er weiß genau, wie man mit Frauen umgehen muß, um sie für sich zu gewinnen.« Der Ekel übermannte sie. Es schauderte sie. »Man hat nur bei wenigen Menschen das Gefühl, daß sie durch und durch schlecht und verdorben sind. Wenn dieses Gefühl in mir aufkommt – dann im Zusammenhang mit Lawrence Steene. Weil das, was er anrichtet, nicht aus Leidenschaft oder im Affekt geschieht. Er tut es nicht, weil er nicht anders kann. Er hat einfach Freude daran, mit Menschen und Dingen Experimente zu machen.«

»Wenn das so ist, brauchst du doch keine Skrupel zu haben, ihn zu verlassen.«

Sarah schwieg und überlegte. Dann sagte sie ganz leise: »Ich habe keine Skrupel. Ach«, rief sie sich ungeduldig zur Ordnung, »es ist einfach widerlich, daß man sich immer etwas vorlügt! Also schön, Gerry, da du es nicht anders willst, sollst du erfahren, wie ich wirklich bin. Durch das Zusammenleben mit Lawrence habe ich mich an bestimmte Dinge gewöhnt. Und darauf will ich nicht verzichten. Ich meine die Kleider, Pelze, das viele Geld, die teuren Restaurants, die Partys, die Zofe, die Luxuswagen und die Jacht ... Ich brauche mich nicht anzustrengen, der Luxus fällt mir in den Schoß. Und da erwartest du von mir, daß ich dich nach Kanada begleite und mich meilenweit von jeglicher Zivilisation entfernt auf einer Farm abschufte? Das bringe ich nicht über mich, und ich will auch gar nicht! Ich bin ein Luxusweibchen – total versnobt. Der Luxus hat mich korrumpiert. Ich kann ohne diesen Luxus nicht mehr leben.«

Gerry entgegnete völlig ungerührt: »Dann ist es höchste Zeit, daß du da herausgerissen wirst.«

»Ach, Gerry!« Sarah wußte nicht, ob sie lachen oder weinen sollte. »Wie nüchtern und prosaisch du das alles siehst.«

»Ich stehe mit beiden Beinen ganz fest auf der Erde.«

»Mag ja sein, aber du weißt noch längst nicht alles.«

»Nein?«

»Es geht mir nicht nur um das Geld, sondern auch um andere Dinge. Begreifst du denn nicht? Gerry, ich bin ein schrecklicher Mensch geworden. Weißt du, die Partys, die wir geben, und die Etablissements, die wir besuchen...«

Sie wurde rot und konnte nicht mehr weitersprechen.

»Na schön«, sagte Gerry seelenruhig. »Du bist lasterhaft und verkommen. Ist das alles?«

»Nein. Weißt du, ich habe mir Dinge angewöhnt, die ich nun nicht mehr lassen kann.«

»Was hast du dir angewöhnt?« Er packte sie am Kinn und drehte ihren Kopf zu sich herum. »Ich habe schon sowas läuten hören. Bist du rauschgiftsüchtig?«

Sarah nickte. »So schlimm ist es zwar noch nicht, aber ich nehme ziemlich regelmäßig Drogen. Es ist ein herrliches Gefühl.«

»Hör mal«, sagte Gerry schneidend scharf. »Du kommst mit nach Kanada, und damit hörst du sofort auf.«

»Und wenn ich das nicht kann?«

»Ich sorge schon dafür, daß das ein Ende hat.« Gerry sah sie grimmig an.

Sarah entspannte sich. Seufzend neigte sie sich zu ihm, doch Gerry machte einen Rückzieher.

»Nein, ich küsse dich nicht«, sagte er.

»Aha, ich muß mich also zuerst entscheiden, ganz kaltblütig.«

»Ja.«

»Du bist vielleicht ein komischer Heiliger!«

Sie saßen eine Weile schweigend da. Dann redete Gerry, und es fiel ihm offensichtlich schwer: »Ich weiß, daß ich nicht viel tauge. Bisher ist alles schiefgegangen, was ich angefaßt habe. Ich verstehe ja, daß du nicht übermäßig viel Vertrauen zu mir hast. Aber ich bin fest davon überzeugt, daß ich sehr viel klüger handeln würde, wenn du bei mir wärst. Sarah, du bist so gescheit. Und du weißt, wie man jemanden auf Trab bringt, der die Lust verliert, weil er nicht mehr durchblickt.«

»Wenn man dir glaubt, muß ich ein anbetungswürdiges Geschöpf sein!« sagte Sarah.

Doch Gerry ließ sich nicht aus der Fassung bringen. Unbeirrt fuhr er fort:

»Ich weiß auch, daß ich kein hoffnungsloser Fall bin und daß ich es noch zu etwas bringen kann. Du wirst ein höllisches Leben führen müssen. Schwerarbeit, da hilft kein Jammern und Klagen. Wirklich, die reine Hölle. Ich weiß gar nicht, woher ich den Mut nehme, dich zu bitten, mitzukommen. Aber es lohnt sich, Sarah. Das ist das *wahre* Leben...«

»Das... wahre... Leben...«, wiederholte Sarah.

Sie stand auf und ging. Gerry lief neben ihr her.

»Sarah, du kommst doch mit, nicht wahr?«

»Ich weiß es nicht.«

»Sarah... Liebling...«

»Bitte, Gerry, sag nichts mehr. Du hast doch schon alles gesagt. Es gibt nichts mehr zu sagen. Es liegt jetzt ganz bei mir. Ich muß es mir überlegen. Ich sage dir Bescheid...«

»Wann denn?«

»Bald...«

3. KAPITEL

»Was für eine freudige Überraschung!«

Als Edith Sarah einließ, verzog sie ihr mürrisches Gesicht zu einem matten Lächeln.

»Tag, Edith, du gutes altes Haus. Ist meine Mutter da?«

»Sie muß jeden Augenblick zurück sein. Ich bin heilfroh, daß Sie gekommen sind. Sie könnten sie ein bißchen aufheitern.«

»Hat sie das denn nötig? Am Telefon klingt ihre Stimme immer ausgesprochen fröhlich.«

»Mit Ihrer Mutter stimmt irgend etwas nicht. Ich mache mir ernsthafte Sorgen um sie.« Edith ging hinter Sarah her ins Wohnzimmer. »Sie ist so zappelig geworden, kann nicht mal zwei Minuten stillsitzen oder auch nur die Hände ruhig halten. Und wenn man eine harmlose Bemerkung macht, reißt sie einem fast den Kopf ab. Sie ist sicher krank. Jedenfalls würde mich das nicht wundern.«

»Ach, Edith, mal nicht den Teufel an die Wand. Wenn man dir glauben wollte, läge die halbe Welt im Sterben.«

»Also Sie ganz bestimmt nicht, Miß Sarah. Sie sehen blühend aus. Na, na, Sie können Ihren schönen Pelzmantel doch nicht einfach auf den Boden werfen. Das sieht Ihnen wieder ähnlich. Ein wunderschöner Pelz – muß einen Batzen Geld gekostet haben.«

»Stimmt, sowas kostet ein Vermögen.«

»So einen herrlichen Pelz hat die Dame des Hauses niemals gehabt. Miß Sarah, Sie haben wirklich viele schöne Sachen.«

»Das muß ja wohl auch so sein. Wenn man seine Seele schon verkauft, dann nur zu einem angemessenen Preis.«

»Was Sie für Reden führen«, rügte Edith sie mißbilligend. »Das Schlimmste an Ihnen sind Ihre Stimmungen, Miß Sarah. Ich erinnere mich noch daran, als wäre es gestern gewesen. Hier, in diesem Zimmer, haben Sie mir gesagt, daß Sie Mr. Steene heiraten wollten. Sie haben mich wie eine Wahnsinnige im Zimmer rumgeschwenkt. ›Ich heirate – ich heirate!‹ haben Sie immer wieder gerufen.«

»Nicht, Edith, nicht!« fiel ihr Sarah ins Wort. »Ich kann es nicht mehr hören.«

Edith horchte auf und glaubte zu verstehen.

»Ist ja schon gut, Liebchen«, sagte sie tröstend. »Es heißt, die ersten zwei Jahre sind immer am schlimmsten. Wenn man die einmal überstanden hat, ist alles nur noch halb so schwer.«

»Das ist ja keine sehr optimistische Einstellung zur Ehe.«

Edith erklärte verächtlich: »Die Ehe ist nun mal eine armselige Angelegenheit, aber ohne diese Ehen geht es anscheinend nicht. Die Welt würde glatt aufhören, sich zu drehen. Entschuldigen Sie, wenn ich mir eine Frage erlaube: Ist denn noch nichts Kleines unterwegs?«

»Nein, Edith, *nein*!«

»Tut mir leid. Aber Sie wirken in letzter Zeit ein bißchen gereizt, und ich dachte, das könnte der Grund sein. Junge Ehefrauen benehmen sich manchmal höchst seltsam. Als meine ältere Schwester guter Hoffnung war, ging sie einmal zum Kaufmann und bekam ganz plötzlich Heißhunger auf eine große, saftige Birne in einer Obstkiste. Sie griff danach und biß sofort hinein. »He, was machen Sie denn da?« fragte sie der Ladengehilfe. Doch der Ladenbesitzer war selbst Familienvater. Er verstand, was in meiner Schwester vorgegangen war. »Schon gut, mein Junge«, sagte er. »Ich bediene diese Dame.« Er hat ihr die Birne nicht einmal berechnet. Er war sehr verständnisvoll, er hatte nämlich selber dreizehn Kinder.«

»Bringt es nicht Unglück, dreizehn Kinder zu haben?« meinte Sarah. »Du mußt in einer sehr netten Familie aufgewachsen sein, Edith. Als ich ein kleines Mädchen war, hast du mir immer wieder von deine Familie erzählt.«

»Ja, ich habe Ihnen so manche Geschichte erzählt. Sie waren ja auch so ein ernsthaftes kleines Ding, und alles hat Sie brennend interessiert. Ach ja, da fällt mir ein: Dieser junge Mann, ein Freund von Ihnen, war neulich hier. Ich meine Mr. Lloyd. Haben Sie ihn getroffen?«

»Ja, wir haben uns gesehen.«

»Er sieht jetzt viel älter aus – aber herrlich braungebrannt ist er. Das kommt sicher daher, daß er so viel im Ausland war. Hat er sein Glück gemacht?«

»Das kann man nicht gerade sagen.«

»Ach, wie schade. Er hat nichts, wofür es sich lohnte zu arbeiten, und niemanden, der ihn antreibt. Das ist es, was ihm fehlt.«

»Kann schon sein. Was meinst du – ob Mutter wohl bald heimkommt?«

»Ganz bestimmt, Miß Sarah. Sie geht zum Abendessen aus. Da muß sie sich ja vorher umziehen. Wenn Sie mich fragen, Miß Sarah, es ist ein Jammer, daß sie sich nicht öfter Ruhe gönnt und mal zu Hause bleibt. Sie übernimmt sich ganz entschieden.«

»Dann macht es ihr anscheinend Spaß.«

»Sie hetzt von einem Vergnügen zum anderen.« Man sah Edith deutlich an, wie sehr ihr das mißfiel. »Das paßt gar nicht zu ihr. Sie war immer ein ruhiger Mensch.«

Sarah drehte den Kopf mit einem Ruck, als hätten Ediths Worte eine Saite in ihr zum Klingen gebracht und eine Erinnerung in ihr wachgerufen. Sie wiederholte nachdenklich: »Ein ruhiger Mensch? Ja, Mutter war immer ganz ruhig und ausgeglichen. Das hat Gerry auch gesagt. Merkwürdig, daß sie sich in den letzten drei Jahren so verändert hat. Edith, findest du, daß sie sich *sehr* verändert hat?«

»Manchmal könnte man fast glauben, das ist nicht mehr derselbe Mensch.«

»Früher war sie ganz anders... Früher war sie...« Sarah verstummte wieder, überlegte. Schließlich fuhr sie fort: »Edith, glaubst du, daß Mütter ihre Kinder immer lieben, auch wenn sie schon erwachsen sind, ganz gleich, was auch geschieht?«

»Ja, sicher, Miß Sarah. Das ist doch nur natürlich.«

»Aber ist es denn so natürlich, immer noch an seinen Sprößlingen zu hängen, auch wenn sie schon erwachsen und schon längst aus dem Haus sind? Bei Tieren ist das nicht so.«

Edith war schockiert.

»Tiere! Was ist das für ein Vergleich! Wir sind nicht nur Menschen, sondern auch noch Christen. Sie dürfen doch nicht solchen Unsinn reden, Miß Sarah. Kennen Sie nicht den Spruch: *Sohn bleibt Sohn – bis er sich eine Frau nimmt, Tochter bleibt Tochter bis an ihr Lebensende.*«

Sarah mußte lachen.

»Ich kenne viele Mütter, die ihre Töchter hassen und verabscheuen, und ich kenne Töchter, die von ihren Müttern ebensowenig wissen wollen.«

»Also wirklich, Miß Sarah, ich muß schon sagen... Ich finde das nicht schön.«

»Aber das ist eine viel gesündere und normalere Einstellung, Edith – das behaupten zumindest unsere Psychologen.«

»Denen ist auch gar nichts heilig.«

Sarah meinte nachdenklich: »Ich habe Mutter immer sehr lieb gehabt – als Menschen, nicht als Mutter.«

»Und Ihre Mutter hängt an Ihnen und würde alles für Sie tun, Miß Sarah.«

Sarah antwortete nicht gleich. Dann sagte sie nachdenklich: »Na, ich weiß nicht...«

Edith war entrüstet: »Wenn Sie wüßten, in welchem Zustand Ihre Mutter war, als Sie mit vierzehn Lungenentzündung hatten...«

»Damals, ja, da hat sie schon an mir gehangen, aber jetzt...«

Beide horchten auf, als der Schlüssel ins Schloß gesteckt wurde.

»Da kommt sie ja«, bemerkte Edith.

Ann kam atemlos herein und nahm ihren mit vielen bunten Federn geschmückten Hut ab.

»Sarah, das ist aber eine Überraschung! Meine Güte, tut mir der Kopf von diesem Hut weh! Wieviel Uhr ist es denn? Ich fürchte, ich bin furchtbar spät dran. Ich treffe mich um acht mit den Ladesburys bei Chaliano. Komm mit in mein Zimmer, während ich mich umziehe.«

Sarah folgte ihr gehorsam durch den Flur ins Schlafzimmer.

»Wie geht es Lawrence?« erkundigte sich Ann.

»Danke, gut.«

»Schön. Ich habe ihn seit einer Ewigkeit nicht mehr gesehen – dich übrigens auch nicht. Wir müssen mal zusammen ausgehen. Die neue Revue im ›Coronation‹ zum Beispiel wird sehr gelobt...«

»Mutter, ich möchte mit dir reden.«

»Ja, Liebling?«

»Kannst du nicht aufhören, an deinem Gesicht herumzupinseln und mir einfach nur zuhören?«

Ann sah ihre Tochter verwundert an.

»Lieber Himmel, Sarah, bist du aber gereizt.«

»Ich möchte mit dir reden! Es ist wirklich wichtig. Es geht nämlich um Gerry.«

»Ach so.« Ann ließ die Hände sinken und blickte nachdenklich drein.

Sarah platzte unverblümt mit ihrem Anliegen heraus.

»Gerry möchte, daß ich Lawrence verlasse und mit ihm nach Kanada gehe.«

Ann sog ein- oder zweimal die Luft ein. Dann meinte sie leichthin: »Das ist doch an den Haaren herbeigezogen. Was für ein Blödsinn! Der gute alte Gerry. Er ist wirklich dümmer als die Polizei erlaubt.«

Sarah fiel ihr ins Wort: »Gerry ist ganz in Ordnung.«

»Liebling, ich weiß ja, daß du dich immer für ihn eingesetzt hast. Aber nun mal ganz im Ernst: Findest du nicht selbst, daß du inzwischen längst über ihn hinausgewachsen bist, jetzt, wo du ihn wiedergesehen hast?«

»Mutter, du bist mir wirklich keine große Hilfe«, entgegnete Sarah mit zitternder Stimme. »Ich möchte mich ganz ernsthaft mit dir darüber unterhalten.«

Ann erwiderte beißend scharf: »Du nimmst doch diesen lächerlichen Blödsinn hoffentlich nicht ernst.«

»O doch!«

»Kind, das ist wirklich dumm von dir.« Ann war außer sich.

Sarah ließ sich nicht aus der Fassung bringen. Sie beharrte auf ihrem Standpunkt. »Ich habe schon immer an Gerry gehangen – genau wie er an mir.«

Ann lachte.

»Aber mein liebes Kind!«

»Ich wünschte, ich hätte Lawrence nie geheiratet. Das war der größte Fehler, den ich je begangen habe.«

»Ihr werdet euch schon noch zusammenraufen«, versuchte Ann ihr einzureden.

Da erhob sich Sarah und ging ruhelos im Zimmer auf und ab.

»Ich werde mich niemals daran gewöhnen, mich nie damit abfinden. Diese Ehe ist die Hölle auf Erden. Verstehst du? Mein Leben ist die Hölle!«

»Jetzt übertreibst du aber, Sarah.« Anns Stimme klang schneidend.

»Er ist ein Vieh – er hat nichts Menschliches an sich.«
»Aber er hängt doch sehr an dir«, hielt Ann ihr vor.
»Warum habe ich ihn bloß geheiratet? Was hat mich dazu getrieben? Ich wollte ihn doch eigentlich gar nicht heiraten.« Sie fuhr herum und starrte Ann an. »Und ich hätte ihn auch nicht geheiratet, wenn *du* nicht gewesen wärst.«

»Ich?« Ann stieg die Zornesröte ins Gesicht. »Ich hatte nichts damit zu tun!«

»Und ob!«

»Habe ich dir damals nicht gesagt, du mußt selber wissen, was du tust, *du* mußt dich entscheiden?«

»Du hast durchblicken lassen, daß du *für* diese Ehe bist und mir damit indirekt zugeraten.«

»Was für eine bösartige Behauptung! Das ist doch barer Unsinn. Ich habe dich sogar darauf aufmerksam gemacht, was er für einen schlechten Ruf hat und welches Risiko du eingehst...«

»Ja, ich weiß. Aber *wie* du das gesagt hast. Als ob das keine Rolle spielte. Der genaue Wortlaut ist ja auch nicht wichtig. Daran ist nichts auszusetzen, doch der Ton macht die Musik. *Du wolltest, daß ich Larry heirate.* Mutter, ich weiß es ganz genau. Mir ist nur nicht klar, warum du für diese Ehe warst. Vielleicht war sie eine willkommene Gelegenheit für dich, mich loszuwerden.«

Ann sah ihre Tochter wütend an.

»Also wirklich, Sarah, das ist ja ein ungeheuerlicher Vorwurf!«

Sarah trat ganz dicht vor ihre Mutter hin. In ihrem leichenblassen Gesicht wirkten ihre Augen ganz besonders groß und dunkel. Mit weitaufgerissenen Augen starrte sie ihrer Mutter ins Gesicht – auf der Suche nach der Wahrheit.

»Ich weiß, daß es so ist. *Du wolltest, daß ich Lawrence hei-*

rate. Und das war ein großer Fehler. Ich bade das jetzt aus. Ich bin furchtbar unglücklich, aber dir ist das egal. Manchmal glaube ich sogar, daß dich das *freut*...«

»Sarah!«

»Ja, es *freut* dich.« Sie sah ihre Mutter noch immer forschend an. Ann fühlte sich sehr unbehaglich. »Es freut dich... Du willst, daß ich unglücklich bin... Du gönnst es mir...«

Ann wandte sich brüsk ab und ging zur Tür. Sarah folgte ihr.

»Aber warum bloß, Mutter, warum? Wenn ich es nur verstehen könnte.«

Ann rang sich die Worte ab: »Du weißt nicht, was du sagst.«

Doch Sarah ließ nicht locker.

»Ich möchte wissen, warum du wolltest, daß ich unglücklich werde.«

»Ich wollte nicht, daß du in dein Unglück rennst. Rede doch nicht solchen Unsinn!«

»Mutter...« Schüchtern, wie ein kleines Kind, faßte Sarah ihre Mutter am Arm. »Mutter... Ich bin doch deine Tochter... Du müßtest mich doch gerne haben.«

»Natürlich habe ich dich gern. Ich möchte wissen, was dir jetzt noch einfällt.«

»Ich glaube nicht, daß du mich magst«, behauptete Sarah. »Du hast mich schon lange nicht mehr gern... Du hast dich ganz von mir gelöst und dich von mir zurückgezogen, irgendwohin, wo ich dich nicht erreichen kann...«

Ann rang um Selbstbeherrschung. Schließlich sagte sie ganz nüchtern: »Und wenn man noch so sehr an seinen Kindern hängt – sie müssen einmal lernen, auf eigenen Füßen zu stehen. Mütter dürfen nicht besitzergreifend sein.«

»Nein, das nicht. Aber wenn man Kummer oder Sorgen hat, sollte man sich seiner Mutter anvertrauen dürfen.«

»Aber Sarah, was erwartest du von mir?«

»Ich will, daß du mir sagst, ob ich mit Gerry gehen oder bei Lawrence bleiben soll.«

»Bleib bei deinem Mann.«

»Du scheinst dir ja sehr sicher zu sein.«

»Mein liebes Kind, was für eine Antwort hast du denn von einer Frau meiner Generation erwartet? Ich bin dazu erzogen worden, bestimmte Verhaltensregeln zu beachten.«

»Es entspricht den Moralvorstellungen, beim Ehemann auszuharren, und es ist unmoralisch, mit dem Geliebten wegzugehen. So meinst du das doch, oder?«

»Ja, natürlich. Ich glaube allerdings, daß deine modern eingestellten Freunde darüber anders denken. Aber du hast *mich* um meinen Rat gebeten.«

Sarah seufzte und schüttelte den Kopf.

»Es ist nicht entfernt so einfach, wie du mir einreden willst. Ich bin völlig durcheinander. Etwas in mir, der schlechtere Teil meines Wesens, würde gern bei Lawrence bleiben, um Armut und Schwierigkeiten zu vermeiden und um all das zu genießen, was man verbotene Wonnen nennt. Doch mein besseres Ich sehnt sich nach einem Leben an der Seite von Gerry. Glaub mir, eigentlich bin ich nicht flatterhaft und ich bin auch nicht nur vorübergehend in ihn verliebt. Ich glaube an Gerry mit allem, was gut in mir ist, und ich möchte ihm helfen. Es gibt Augenblicke, da versagt er einfach und vergeht vor Selbstmitleid. Dann braucht er mich, damit ich ihm beistehe! Ja – er braucht mich, *nur* mich...«

Sarah verstummte und sah ihre Mutter flehend an. Doch Ann kannte kein Erbarmen. Sie verschloß sich ihrer Tochter.

»Sarah, ich habe keine Lust, dir vorzuheucheln, daß ich beeindruckt bin. Was hätte das für einen Sinn? Es war dein freier Entschluß, Lawrence zu heiraten, ganz gleich, was du dir jetzt auch einredest, und du solltest bei ihm bleiben.«

»Vielleicht...«

Ann verstand den schwachen Augenblick zu nutzen.

»Weißt du, Liebling«, sie verlieh ihrer Stimme einen zärtlichen Klang, »ich fürchte, du bist nicht dafür geschaffen, ein entbehrungsreiches Leben zu führen und dich so abzustrampeln. Solange man nur darüber spricht, hört sich das nicht so schlimm an. Aber ich bin fest davon überzeugt, daß es dir grausen würde, wenn es wirklich soweit ist. Besonders wenn du das Gefühl haben müßtest, daß du Gerry eher im Weg bist als daß du ihm helfen kannst.« Auf diesen letzten Satz war sie besonders stolz.

Doch ihr wurde sofort klar, daß sie den Bogen überspannt hatte. Sie war zu weit gegangen.

Sarahs Züge verhärteten sich. Sie ging zur Frisierkommode und zündete sich eine Zigarette an.

»Mutter, es macht dir offensichtlich Spaß, dich als Advokat des Teufels zu betätigen.«

»Was soll das denn heißen?« Ann war bestürzt.

Sarah kam zurück und baute sich vor ihrer Mutter auf. Ihre Züge drückten jetzt Unversöhnlichkeit und Mißtrauen aus.

»Verrat mir doch bitte, was der wahre Grund dafür ist, daß du nicht willst, daß ich mit Gerry gehe.«

»Aber Sarah, ich habe dir doch eben schon gesagt...«

»Ich will den *wahren* Grund wissen...« Sie sah ihre Mutter so eindringlich an, daß sich diese ihren Blicken nicht entziehen konnte. »Du hast wohl Angst, *daß ich mit Gerry glücklich werden könnte*, stimmt's?«

»Ich fürchte, du würdest mit ihm sehr *unglücklich* werden!«

»Nein, das stimmt nicht«, schleuderte ihr Sarah erbittert entgegen. »Ob ich unglücklich bin oder werde, das schert dich nicht im geringsten. Aber du willst um jeden Preis verhindern, daß ich glücklich bin. Du magst mich nicht. Das ist noch viel zu milde ausgedrückt. Aus irgendeinem Grunde haßt du mich... Gib es doch wenigstens zu. Du haßt mich. Du haßt mich aus tiefstem Herzen!«

»Sarah, bist du verrückt geworden?«

»Nein, wahrhaftig nicht. Endlich liegen die Karten auf dem Tisch und es stellt sich heraus, wie wir wirklich zueinander stehen. Du haßt mich schon eine ganze Weile – schon seit Jahren. Aber *warum*?«

»Das stimmt doch einfach nicht...«

»Es *stimmt*. Aber warum haßt du mich? Es liegt doch nicht daran, daß du eifersüchtig auf mich bist, weil ich jünger bin. Natürlich gibt es Mütter, die so sind, aber zu denen gehörst du ganz bestimmt nicht... Mutter, ich muß wissen, warum du mich so haßt!«

»Ich hasse dich ja gar nicht!«

Sarah schrie sie an: »Hör doch endlich auf mit diesen Lügen! Sei doch einmal ehrlich! Warum haßt du mich so? Was habe ich dir getan? Ich habe dich immer liebgehabt und mir immer Mühe gegeben, nett zu dir zu sein und alles für dich zu tun.«

Ann wandte sich ihrer Tochter zu. Erbittert warf sie Sarah an den Kopf, wobei sie jedes Wort betonte: »Du tust ja gerade so, als ob nur du Opfer gebracht hättest!«

»Opfer? Was denn für Opfer?«

Ann rang die Hände und sagte mit zitternder Stimme: »Ich habe alles für dich aufgegeben – alles, woran mir je etwas gelegen hat, und du weißt nicht einmal, wovon ich rede!«

Sarah hatte sich von ihrem Staunen noch immer nicht erholt. »Mein Gedächtnis läßt mich da offenbar im Stich. Ich weiß nicht, was du meinst.«

»Nein, das sehe ich. Du hast dich nicht einmal an Richard Cauldfields Namen erinnert. *Richard Cauldfield, wer ist das denn?* hast du mich gefragt.«

Allmählich dämmerte es Sarah. Bestürzt riß sie die Augen auf.

»Richard Cauldfield?«

»Ganz richtig, Richard Cauldfield.« Ann machte nun keinen Hehl mehr daraus, was sie Sarah vorwarf. »*Dir* war er unsympathisch. Aber *ich* habe ihn geliebt! Ich habe sehr an ihm gehangen. Wir wollten heiraten. Aber um deinetwillen mußte ich auf ihn verzichten.«

»Mutter...«

Sarah war entsetzt.

»Ich hatte schließlich ein Recht darauf, glücklich zu sein.«

»Ich konnte doch nicht wissen, daß dir soviel an ihm liegt«, stammelte Sarah schuldbewußt.

»Du hast die Augen davor verschlossen, du wolltest es nicht sehen. Du hast alles nur Erdenkliche getan, um diese Ehe zu verhindern. Stimmt das oder stimmt das nicht?«

»Ja, das stimmt...« Sarah dachte an die Zeit damals zurück und ihr wurde fast übel, als ihr einfiel, was sie sich als halbes Kind herausgenommen hatte. »Ich glaubte eben, du würdest mit ihm nicht glücklich werden...«

»Du hattest gar kein Recht, über das Leben eines anderen Menschen zu bestimmen!« Ann war jetzt alles gleichgültig.

Genau das hatte Sarah auch Gerry vorgehalten. Ihre Anmaßung hatte ihm gar nicht gefallen. Aber sie war sehr zufrieden mit sich gewesen. Ihr triumphaler Sieg über den verhaßten Richard hatte sie glücklich gemacht. Jetzt erst erkannte sie, daß das nichts als kindliche Eifersucht gewesen war! Ihretwegen hatte ihre Mutter so gelitten... Ihretwegen war eine so nervöse, unglückliche Frau aus ihr geworden, die ihr jetzt diesen Vorwurf machte, auf den sie keine Antwort wußte.

Sie flüsterte völlig entgeistert und mit zittriger Stimme: »Ich hatte ja keine Ahnung... Ach, Mutter, hätte ich das nur geahnt...«

Ann dachte wieder an die Vergangenheit zurück.

»Wir hätten so glücklich werden können«, sagte sie. »Er war sehr einsam. Seine erste Frau war bei der Geburt des Kindes gestorben. Das war für ihn ein fürchterlicher Schock. Er hat sehr um sie getrauert. Ich weiß, daß er seine Fehler hatte. Er hat dazu geneigt, sich aufzuspielen und herrisch aufzutreten – so etwas fällt jungen Leuten ganz besonders auf. Aber im Grunde seines Herzens war er ein ganz einfacher, lieber und guter Mensch. Wir hätten zusammen alt werden können, hätten glücklich werden können. Statt dessen habe ich ihm sehr wehgetan. Ich habe ihn weggeschickt – und er ist in einem Hotel an der Südküste gelandet, wo sich ihm diese kleine, habgierige Person an den Hals geworfen hat, die sich gar nichts aus ihm macht.«

Sarah trat den Rückzug an. Jedes Wort war wie ein Nadelstich, tat weh. Trotzdem brachte sie etwas zu ihrer Verteidigung vor.

»Wenn du dich so sehr danach gesehnt hast, seine Frau zu werden«, sagte sie, »hättest du dich durchsetzen und ihn heiraten müssen.«

Ann fuhr herum und sagte schneidend scharf: »Erinnerst du dich denn nicht mehr an diese gräßlichen Szenen? Es gab ewig Streit. Ihr habt euch aufgeführt wie Hund und Katze. Du hast ihn ständig provoziert. Dir war jedes Mittel recht, um Richard rauszuekeln.«

Ja, daran war wohl nicht zu rütteln...

»So ging das Tag für Tag. Ich habe das einfach nicht mehr ausgehalten. Dann stand ich vor der Wahl: Ich mußte mich zwischen Richard und dir entscheiden – so hat es Richard ausgedrückt. Du warst meine Tochter, mein eigenes Fleisch und Blut. Also habe ich mich für dich entschieden.«

Sarah sah jetzt endlich klar. »Und seitdem haßt du mich...«

Nun lagen die Karten offen auf dem Tisch.

Sarah griff sich ihren Pelzmantel und wandte sich zur Tür.

»Jetzt wissen wir zumindest, was wir voneinander zu halten haben«, sagte sie.

Ihre Stimme klang hart und hell. Hatte sie sich zuerst Gedanken darüber gemacht, daß sie Anns Leben zerstört hatte, so ging es ihr jetzt nicht mehr aus dem Kopf, daß auch ihr eigenes Leben in Scherben lag.

In der Tür wandte sie sich noch einmal um und sagte zu der Frau mit dem verbitterten Gesicht, die den letzten Vorwurf gar nicht abgestritten hatte: »Mutter, du haßt mich, weil ich *dein* Leben zerstört habe«, sagte sie. »Und ich hasse dich, weil du *meines* zerstört hast.«

Ann hielt ihr scharf entgegen: »Was geht mich dein Leben an? Das ist deine Angelegenheit. Es war deine eigene Entscheidung.«

»Nein, das war es eben nicht. Mutter, mach dir doch nichts vor, sei doch einmal ehrlich. Ich bin zu dir gekommen, weil ich wollte, daß du mich davon abhältst, Larry zu heiraten. Du wußtest ganz genau, daß ich mich zwar zu ihm hingezogen fühlte, daß ich aber eigentlich von ihm loskommen wollte. Du hast es sehr schlau angestellt und dir genau überlegt, was du tun und sagen mußtest.«

»Was für ein Unsinn. Was sollte mir denn daran liegen, daß du Lawrence heiratest?«

»Ich glaube, du wußtest ganz genau, daß ich mit ihm nicht glücklich werden würde. Weil *du* unglücklich warst, wolltest du, daß ich es auch bin. Komm schon, Mutter, willst du mir dein Geheimnis nicht verraten? Hat es dich nicht gefreut zu wissen, daß ich in meiner Ehe nicht glücklich bin?«

Da brach es mit einemmal aus Ann heraus: »Ja, manchmal habe ich mir gesagt, daß dir das ganz recht geschieht!«

Mutter und Tochter starrten sich unversöhnlich an.

Sarah brach in Gelächter aus. Es war ein hartes, grausames, unangenehmes Lachen.

»Das wär's dann also! Auf Wiedersehen, *liebe* Mutter...«
Sie verließ das Zimmer. Ann hörte sie den Flur entlanggehen. Dann fiel die Wohnungstür mit einem lauten Knall ins Schloß. Ein Kapitel war endgültig abgeschlossen.
Ann blieb allein zurück.
Zitternd schwankte sie zu ihrem Bett und ließ sich darauf niedersinken. Tränen strömten ihr über die Wangen.
Sie weinte so heftig wie seit Jahren nicht mehr.
Weinte und schluchzte herzzerreißend...
Sie hätte nicht sagen können, wie lange sie so weinte, doch als das Schluchzen schließlich erstarb, hörte sie leise Porzellan klingen. Edith brachte ihr den Tee auf einem Tablett ans Bett. Sie stellte das Tablett auf dem Nachtschränkchen ab, setzte sich zu ihrer Herrin und klopfte ihr sanft auf die Schulter.
»Aber, aber, mein Lämmchen, meine Gute... Ich habe Ihnen ein schöne Tasse Tee gebracht, und der wird jetzt getrunken. Keine Widerrede.«
»Ach Edith, Edith...« Ann umschlang ihre getreue Bedienstete und Freundin und klammerte sich an ihr fest.
»Na, na, nehmen Sie es nicht so tragisch. Es wird sicher alles wieder gut.«
»Was ich alles gesagt habe, was ich ihr alles vorgeworfen habe...«
»Zerbrechen Sie sich nicht den Kopf darüber. Nun setzen Sie sich erst mal auf. Ich schenke Ihnen Tee ein. Der wird dann schön getrunken.«
Gehorsam setzte Ann sich auf und nippte an dem heißen Tee.
»Sie werden sehen, gleich fühlen Sie sich besser.«
»Die arme Sarah! Wie konnte ich nur...«
»Jetzt machen Sie sich mal keine Sorgen.«
»Wie konnte ich nur all das zu ihr sagen?«
»Besser Sie sagen es, als Sie denken es nur, finde ich.«
Edith hielt mit ihrer Meinung nicht mehr hinterm Berg. »Es sind ja gerade die Sachen, die man nur denkt und nicht ausspricht, die einem so zusetzen. Tatsache, so ist es.«
»Ich war so grausam, so entsetzlich grausam...«
»Ich glaube, das hat Ihnen seit langem zugesetzt, daß Sie

alles in sich hineingefressen und nichts herausgelassen haben. Es ist viel besser, man streitet sich mal richtig. Das reinigt die Atmosphäre. Das war schon immer meine Rede. Wenn Sie alles runterschlucken und tun, als ob nichts wäre, macht das auf die Dauer richtig krank. Alle Menschen haben zuweilen böse Gedanken und geben das nur nicht gerne zu.«

»Hasse ich Sarah wirklich? Meine kleine Sarah, die so ein fröhliches und süßes Kind war? Und ich soll sie hassen?«

»Aber nein«, wehrte Edith ab.

»Doch, es stimmt, ich habe sie gehaßt. Ich wollte, daß sie leidet, daß ihr wehgetan wird – so wie mir.«

»Was reden Sie sich da für einen Unsinn ein? Sie hängen sehr an Miß Sarah, und das ist schon immer so gewesen.«

Ann murmelte: »Und die ganze Zeit... all die Jahre... habe ich sie tief im Innersten gehaßt... Der Haß war unterschwellig schon seit Jahren da...«

»Schade, daß Sie das nicht schon viel früher losgeworden sind. Ein ordentlicher Streit muß manchmal sein.«

Ann sank erschöpft auf die Kissen zurück.

»Aber jetzt hasse ich sie nicht mehr«, flüsterte sie verwundert. »Das ist jetzt vorbei... Ja, es ist überstanden.«

Edith stand auf und klopfte Ann auf die Schulter.

»Quälen Sie sich nicht mehr, meine Beste. Es wird alles wieder gut.«

Ann schüttelte den Kopf.

»Nein, Edith, es wird nie wieder gut. Wir haben uns Dinge an den Kopf geworfen, die wir beide nicht vergessen können.«

»Da irren Sie sich aber, das können Sie mir glauben. Durch Worte kommt es nicht zum Bruch, Sie werden sehen.«

Doch Ann ließ sich nicht beirren.

»Es gibt aber Dinge, grundlegende Dinge, die man *nie* verwindet.«

Edith nahm das Tablett auf.

»*Nie* sollten Sie nicht sagen. Das ist ein viel zu starkes Wort«, meinte sie und ging.

4. KAPITEL

Zu Hause angekommen, ging Sarah zu dem großen Raum auf der Rückseite des Hauses, den Lawrence als Atelier bezeichnete.

Dort packte er gerade eine kleine Statue aus, die er vor kurzem erst erworben hatte – das Werk eines jungen französischen Bildhauers.

»Na, Sarah, wie gefällt sie dir? Ist sie nicht wunderschön?«

Er fuhr zärtlich mit den Fingern über die Konturen der wollüstig hingestreckten Nackten.

Sarah überlief ein leiser Schauer. Eine Erinnerung stieg vage in ihr auf. Stirnrunzelnd sagte sie: »Ja, schön ist sie schon – aber auch obszön!«

»Na hör mal. Übrigens erstaunlich, daß du deine puritanische Haltung noch immer nicht ganz abgelegt hast, Sarah. Merkwürdig, daß sich das so lange hält.«

»Die Figur ist *wirklich* obszön.«

»Zugegeben – vielleicht ein bißchen dekadent, aber sehr gut gemacht. Zeugt von Fantasie. Paul raucht natürlich Haschisch. Das hat sich bei seiner Arbeit an der Statuette ausgewirkt.«

Er stellte sie wieder weg und wandte sich Sarah zu.

»Du siehst heute wieder bezaubernd aus, meine überaus charmante Frau, und du hast dich über irgend etwas schrecklich aufgeregt. Kummer hat dir schon immer gut gestanden.«

»Ich habe gerade einen fürchterlichen Streit mit meiner Mutter hinter mir«, erklärte Sarah.

»Tatsächlich?« Lawrence zog amüsiert die Augenbrauen hoch. »Kaum zu glauben. Das traut man ihr gar nicht zu, der lieben, sanften Ann.«

»Heute war sie alles andere als sanftmütig! Ich muß allerdings zugeben, daß ich auch nicht gerade zart mit ihr umgegangen bin. Was ich ihr alles an den Kopf geworfen habe!«

»Solche familiären Streitigkeiten sind völlig uninteressant, Sarah. Sprechen wir nicht mehr darüber.«

»Das hatte ich sowieso nicht vor. Wir haben uns wohl endgültig entzwei, meine Mutter und ich – darauf läuft es hinaus. Ich bin aus einem ganz anderen Grund zu dir gekommen, Lawrence. Ich glaube, ich verlasse dich.«

Lawrence Steene blieb ganz ruhig. Er hob lediglich die Augenbrauen, sah Sarah an und murmelte: »Du weißt doch sicher, daß das sehr unklug von dir wäre.«

»Das klingt wie eine Drohung.«

»Nein, nichts dergleichen – ich möchte dich nur warnen. Kannst du mir vielleicht sagen, warum du mich verlassen willst? Du wärst zwar nicht die erste Ehefrau, die mir wegläuft, aber wohl kaum aus den gleichen Gründen wie die anderen. So habe ich dir dein Herz zum Beispiel nicht gebrochen. Du empfindest sowieso nicht allzuviel für mich, und du bist immer noch...«

»...die derzeitige Favoritin?« ergänzte Sarah seinen Satz.

»Wenn du es so orientalisch formulieren willst, ja. Sarah, in meinen Augen bist du vollkommen. Sogar dieser Hauch von Puritanismus verleiht unserer – wie soll ich sagen – heidnischen Lebensweise eine ganz besondere Würze. Übrigens kannst du mich auch nicht aus dem gleichen Grund verlassen wollen wie meine erste Frau. Meine moralische Verkommenheit bzw. deine moralische Entrüstung können doch wohl kaum der Grund sein, wenn man es recht bedenkt.«

»Spielt es denn eine Rolle, warum ich dich verlasse? Willst du mir allen Ernstes weismachen, daß dich die Gründe interessieren?«

»Und ob ich Wert drauf lege, zu erfahren, warum du gehen willst! Du bist im Augenblick mein kostbarster Besitz – kostbarer als alles hier.«

Er wies auf die Schätze in dem Atelier.

»Ich wollte damit sagen – du *liebst* mich doch nicht etwa? Ich habe dir ja schon erklärt, daß mir diese romantische Schwärmerei nicht liegt.«

»Du sollst die Wahrheit wissen«, entgegnete Sarah. »Es gibt einen anderen Mann in meinem Leben. Ich gehe mit ihm weg.«

»Aha! Du lebst also hinfort frei von Sünden?«

»Soll das heißen...«

»Ich bezweifle, daß das so leicht ist, wie du glaubst. Du bist eine gelehrige Schülerin gewesen, Sarah, du liebst es, das Leben in vollen Zügen auszukosten. Kannst du auf diese Sinneslust verzichten, auf diese Freuden, diese Wollust? Denk doch mal an den Abend im Mariana... oder an Charcot und seine Zerstreuungen. All das kann man nicht so leicht aufgeben, Sarah.«

Sarah sah ihn an, Angst in den Augen. Aber nur vorübergehend.

»Das weiß ich. Aber man *kann* darauf verzichten!«

»Glaubst du? Du steckst schon sehr tief drin, mein Engel...«

»Ich komme da schon wieder raus... Ich habe es mir fest vorgenommen...«

Sie wandte sich abrupt von Lawrence ab und stürzte aus dem Zimmer.

Lawrence, der die Statuette schon wieder in der Hand hielt, setzte sie mit Vehemenz ab.

Er ärgerte sich. Schließlich hatte er Sarah noch nicht satt und konnte sich nicht vorstellen, daß er sie je sattbekommen würde – ein so temperamentvolles, widerspenstiges Geschöpf, ein so zauberhaftes, kämpferisches Mädchen. Ein sehr seltenes Sammlerstück.

5. KAPITEL

»Nanu, Sarah.« Laura sah erstaunt von ihrem Schreibtisch auf.

Sarah war völlig außer Atem und schrecklich aufgewühlt.

»Ich habe dich ja ewig nicht gesehen, Patenkind«, sagte Mylady Whitstable.

»Ich weiß... Ach, Laura, ich sitze in der *Klemme.* Mein Leben ist ein einziges Chaos.«

»Komm, setz dich erst mal.« Laura führte sie behutsam zu der Couch. »So, und nun erzähle.«

»Ich dachte, du kannst mir vielleicht helfen... Kann man... Ich meine, ist es möglich aufzuhören, wenn man regelmäßig über einen längeren Zeitraum hinweg etwas eingenommen und sich daran gewöhnt hat?«

Sie fügte hastig hinzu: »Mein Gott, du weißt wahrscheinlich gar nicht, wovon die Rede ist.«

»Und ob ich das weiß. Du bist rauschgiftsüchtig, stimmt's?«

»Ja.« Sarah konstatierte erleichtert, daß Laura Whitstable ganz sachlich reagierte.

»Na ja, das hängt von mehreren Faktoren ab. Einfach ist es nicht – das auf keinen Fall. Frauen fällt es im allgemeinen schwerer davon loszukommen als Männern. Es hängt auch sehr davon ab, wie lange du das Zeug genommen hast, wie sehr du davon abhängig bist und wie es mit deinem allgemeinen Gesundheitszustand aussieht. Außerdem kommt es natürlich darauf an, wieviel Mut, Entschlossenheit und Willenskraft du aufbringst, wie sich dein Leben in Zukunft abspielt, was du für Aussichten hast und ob du jemand zur Seite hast, der dir dabei *hilft*, den Kampf durchzustehen.«

Sarahs Miene hellte sich auf.

»Unter den Umständen bin ich eigentlich fest davon überzeugt, daß alles gutgehen könnte.«

»Wenn du nur herumsitzt und nichts zu tun hast, ist das nicht sehr hilfreich«, warnte Laura sie.

Sarah mußte lachen.

»Ich werde kaum eine freie Minute haben, sondern von morgens bis abends schuften wie ein Berserker. Jemand wird mir schon beistehen und mir die Leviten lesen – und was meine Zukunft angeht, die sieht ausgesprochen rosig aus. Jetzt geht es endlich *aufwärts*!«

»Dann hast du eine ganz reelle Chance.« Laura sah ihre Patentochter an. Völlig unerwartet fügte sie hinzu: »Anscheinend bist du endlich erwachsen geworden.«

»Ja. Bei mir hat das lange gedauert... das erkenne ich jetzt. Ich habe Gerry schwach genannt, aber in Wirklichkeit bin *ich* der Schwächling. Immer mußte mir jemand Mut machen.«

Sarahs Gesicht verfinsterte sich.

»Laura, ich habe mich Mutter gegenüber fürchterlich benommen. Ich habe erst heute begriffen, daß sie an Richard wirklich sehr gehangen hat. Als du mich im Hinblick auf Opfer bzw. Brandopfer gewarnt hast, wollte ich nichts davon hören. Ich war ja so selbstzufrieden und so stolz auf meinen Plan, den armen alten Richard loszuwerden. Erst jetzt sehe ich ein, daß ich nur eifersüchtig, kindisch und rachsüchtig war. Ich habe Mutter dazu gebracht, daß sie sich von ihm trennte. Von da an hat sie mich gehaßt, wenn sie das auch nie zugegeben hat, und von da an ist auch alles schiefgelaufen. Heute sind wir uns deswegen in die Haare geraten und haben uns angeschrien. Ich habe ihr schlimme Dinge an den Kopf geworfen und habe sie für alles verantwortlich gemacht, was ich erleben mußte. Eigentlich habe *ich* ihr die ganze Zeit gezürnt.«

»Verstehe.«

»Und jetzt«, Sarah sah ganz zerknirscht aus, »weiß ich nicht, was ich tun soll. Wenn ich das doch irgendwie wieder gutmachen könnte. Aber ich fürchte, dafür ist es jetzt zu spät.«

Laura Whitstable sprang lebhaft auf.

»Laß uns keine Zeit verschwenden«, meinte sie.

6. KAPITEL

1

Edith nahm den Hörer ab, als sei er aus Dynamit. Sie holte tief Luft und wählte eine Nummer. Als sie es am anderen Ende läuten hörte, warf sie wachsam und mißtrauisch einen Blick über die Schulter zurück. Irgendwie fühlte sie sich nicht recht wohl in ihrer Haut. Doch alles schien in bester Ordnung, außer ihr war niemand in der Wohnung. Sie fuhr zusammen beim Klang der lebhaften, professionellen Stimme am anderen Ende der Leitung.

»Welbeck 97438.«

»Ach – ist da Mylady Laura Whitstable?«

»Am Apparat.«

Edith schluckte erst einmal. Sie war sehr nervös.

»Hier ist Edith, Madam. Das Mädchen von Mrs. Prentice.«

»Guten Abend, Edith.«

Wieder mußte Edith schlucken. Sie erklärte düster: »Gräßliche Dinger, diese Telefone.«

»So? Wollten Sie über etwas ganz Bestimmtes mit mir sprechen?«

»Ja, über Mrs. Prentice, Madam. Ich mache mir Sorgen um sie – große Sorgen.«

»Aber Sie machen sich ihretwegen doch schon lange Sorgen, Edith, oder nicht?«

»Ja, aber nicht in diesem Maße, Madam. Jetzt ist alles noch viel schlimmer. Mrs. Prentice hat keinen Appetit mehr, ißt kaum noch etwas, sitzt nur noch tatenlos herum. Und sie weint jetzt immer häufiger. Sie ist zwar ruhiger geworden – wenn Sie wissen, wie ich das meine – das heißt, sie ist nicht mehr so ruhelos und sie schimpft nicht mehr soviel mit mir. Aber was nutzt das alles – in ihr steckt kein Leben mehr, sie ist wie tot. Es ist schrecklich, Madam, ganz entsetzlich.«

Die Stimme am anderen Ende meinte: »Interessant«, und das sagte sie ganz sachlich und distanziert. Damit hatte Edith nicht gerechnet.

»Das Herz würde Ihnen bluten, wenn Sie das mitansehen müßten, Madam, das können Sie mir glauben.«

»Edith, befleißigen Sie sich doch nicht so einer grotesken Ausdrucksweise. Ein Herz blutet nur, wenn es physisch Schaden genommen hat.«

Edith ließ nicht locker. Sie wollte ihr Anliegen unbedingt vorbringen.

»Es hängt mit Miß Sarah zusammen, Madam. Mutter und Tochter sind sich ganz schlimm in die Haare geraten, und Miß Sarah hat sich jetzt schon seit fast einem Monat nicht mehr blicken lassen.«

»Sie ist nicht in London, sondern auf dem Lande.«

»Ich habe ihr geschrieben.«

»Die Post ist ihr aber nicht nachgeschickt worden. Sie hat keine Briefe bekommen.«

Ediths Miene hellte sich ein wenig auf.

»Ach so. Wenn sie erst wieder in London ist...«

Laura fiel ihr gleich ins Wort: »Edith, ich fürchte, ich muß Ihnen einen Schock versetzen. Miß Sarah geht mit Mr. Gerald Lloyd nach Kanada.«

Edith stieß einen Laut des Mißfallens aus. Der hörte sich an wie das Prusten und Fauchen eines Sodawasser-Siphons.

»Das ist doch wirklich die Höhe! Verläßt mir nichts dir nichts ihren Mann!«

»Aber Edith, das ist doch Scheinheiligkeit und Frömmelei! Wieso maßen Sie sich an, andere Menschen wegen ihres Verhaltens zu verurteilen? Sarah wird in Übersee ein hartes, entbehrungsreiches Leben führen und auf all den Luxus verzichten müssen, an den sie bisher gewöhnt war.«

»Dann ist es vielleicht doch nicht so eine schwere Sünde«, lenkte Edith seufzend ein. »Und – entschuldigen Sie, daß ich das sage, Madam –, aber vor Mr. Steene hat es mir immer gegraust. Dem würde ich glatt zutrauen, daß er dem Teufel seine Seele verkauft hat.«

Mylady Whitstable bemerkte dazu trocken: »Wenn man unsere so ganz unterschiedliche Ausdrucksweise einmal außer acht läßt, so neige ich beinahe dazu, Ihnen recht zu geben.«

»Kommt Miß Sarah nicht mehr her, um sich zu verabschieden?«

»Anscheinend nicht.«

Edith fauchte indigniert: »Das finde ich ausgesprochen hartherzig.«

»Sie verstehen überhaupt nichts.«

»Ich weiß, wie sich eine Tochter ihrer Mutter gegenüber verhalten sollte. Das hätte ich nie von Miß Sarah gedacht! Können Sie da gar nichts machen, Madam?«

»Ich mische mich nie ein.«

Edith holte tief Luft.

»Also, entschuldigen Sie bitte – ich weiß ja, daß Sie sehr klug und berühmt sind, während ich nur ein Dienstmädchen bin –, aber ich finde, dieses eine Mal sollten Sie eine Ausnahme machen!«

Mit grimmiger Miene knallte Edith den Hörer auf die Gabel.

2

Erst als Edith ihre Herrin schon zweimal vergebens angesprochen hatte, rührte sich diese und raffte sich zu einer Reaktion auf.

»Edith, was haben Sie gesagt?«

»Ich habe gesagt, daß Ihr Haar an den Wurzeln komisch aussieht. Sie sollten es besser färben.«

»Die Mühe mache ich mir nicht mehr. Es ist mir ganz egal. Grau sieht es besser aus.«

»Zugegeben, das mag respektabler wirken, aber so halb und halb sieht es auf jeden Fall nicht sehr gut aus.«

»Das spielt keine Rolle.«

Nichts spielte mehr eine Rolle. Worum hätte Ann sich auch kümmern sollen? Ihr Leben bestand aus einer endlosen Reihe grauer Tage. Und wie jeden Tag so dachte sie auch heute wieder: Sarah wird mir nie verzeihen, nie...

Das Telefon läutete. Ann stand auf, ging hin und nahm den Hörer ab. »Ja, hallo?« sagte sie mit tonloser Stimme. Sie fuhr zusammen, als sie Laura am anderen Ende so scharf und bestimmt wie immer sprechen hörte.

»Ann?«

»Ja.«

»Ich mische mich nur ungern ein, aber ich muß Ihnen etwas sagen, was Sie wissen sollten. Sarah und Gerald Lloyd fliegen heute abend mit der Acht-Uhr-Maschine nach Kanada.«

»Was?« keuchte Ann. »Ich habe Sarah seit Wochen nicht mehr gesehen.«

»Ich weiß. Sie war in einem Pflegeheim auf dem Land. Sie hat sich wegen einer Entziehungskur freiwillig dort aufgehalten.«

»Meine Güte, Laura! Ist alles gutgegangen?«

»Ja, sie hat es bestens durchgestanden. Sie können sich vielleicht ahnungsweise vorstellen, wie sie dabei gelitten hat... Ich bin sehr stolz auf meine Patentochter. Sie hat Rückgrat bewiesen.«

»Ach, Laura«, Ann war außer sich, »erinnern Sie sich noch, wie Sie mich gefragt haben, ob ich mich selbst kenne? Inzwischen kann ich das bejahen. Ich habe durch meine Rachsucht und meine Ressentiments Sarahs Leben zerstört. Das wird sie mir nie verzeihen!«

»Blödsinn! Niemand kann das Leben eines anderen Menschen tatsächlich zerstören. Seien Sie nicht so melodramatisch und versinken Sie nicht in Selbstmitleid.«

»Aber es ist die reine Wahrheit. Ich weiß jetzt, wer ich bin und was ich angerichtet habe.«

»Nun gut, das läßt sich hören. Aber das wissen Sie ja schon eine ganze Weile. Also belassen Sie es jetzt dabei und wenden Sie sich etwas anderem zu.«

»Aber Laura, verstehen Sie denn nicht, wie mich das Gewissen plagt? Ich mache mir ja solche Vorwürfe...«

»Hören Sie mal, Ann, es gibt zwei Dinge, die ich auf den Tod nicht ausstehen kann – wenn mir jemand unter die Nase reibt, was für ein edler Mensch er ist und was für ehrenwerte Gründe ihn zu seinem Tun bewogen haben, und wenn mir jemand vorjammert, wie gräßlich er sich benommen hat. Das mag ja beides den Tatsachen entsprechen, und es ist natürlich gut, wenn man sich über seine Handlungen im klaren ist. Doch dann sollte man sich anderen Dingen zuwenden. Man kann die Uhr nicht zurückdrehen und nicht ungeschehen machen, was man angerichtet hat. Das Leben muß weitergehen.«

»Laura, was meinen Sie, was soll ich im Hinblick auf Sarah unternehmen?«

Laura Whitstable schnaubte: »Nun ja, ich habe eingegriffen, aber ich bin noch nicht so tief gesunken, daß ich Ratschläge erteile.«

Entschlossen legte sie den Hörer auf.

Ann ging wie im Traum zurück zum Sofa, setzte sich und starrte vor sich hin...

Ob es mit Sarah und Gerry gutgehen konnte? Würde ihr Kind, ihr innigst geliebtes Kind, dort endlich glücklich werden? Gerry war doch so schwach. Würde er auch weiterhin nichts als Fehlschläge erleiden? Würde er Sarah enttäuschen und im Stich lassen? Wäre Gerry doch nur ein anderer Mensch. Aber Gerry war nun mal der Mann, den Sarah liebte.

Die Zeit verging. Ann saß noch immer da, ohne sich zu rühren.

Das ging sie nichts mehr an. Sie hatte sich jegliches Recht auf Einflußnahme verscherzt. Zwischen ihr und ihrer Tochter gähnte eine tiefe, unüberbrückbare Kluft.

Edith sah einmal kurz nach ihrer Herrin, dann schlich sie sich wieder davon.

Da läutete es an der Haustür. Edith machte auf.

»Mr. Mowbray kommt Sie besuchen, Madam.«

»Was haben Sie gesagt?«

»Mr. Mowbray. Er wartet unten.«

Ann sprang auf und sah erschrocken auf die Uhr. Was hatte sie sich nur dabei gedacht, wie gelähmt hier herumzusitzen?

Sarah ging für immer fort. Sie flog noch heute abend ab, ans andere Ende der Welt...

Hastig griff Ann nach ihrem Pelzcape und rannte aus der Wohnung.

»Basil«, rief sie völlig außer Atem. »Bitte fahren Sie mich so schnell wie möglich zum Londoner Flughafen.«

»Aber meine Liebe, was ist denn los?«
»Wegen Sarah. Sie fliegt nach Kanada. Ich habe sie seit einer Ewigkeit nicht mehr gesehen und konnte mich noch nicht von ihr verabschieden.«
»Und warum haben Sie damit bis zur letzten Minute gewartet?«
»Das frage ich mich jetzt auch. Weil ich eine Närrin war. Ich hoffe nur, es ist noch nicht zu spät. Fahren Sie doch, Basil – schnell!«
Basil Mowbray seufzte und ließ den Motor an.
»Ann, ich habe Sie immer für eine durch und durch vernünftige Frau gehalten«, sagte er vorwurfsvoll. »Ich bin heilfroh, daß ich kein Vater bin und auch niemals Kinder haben werde. Eltern verhalten sich oft sehr merkwürdig.«
»Fahren Sie doch schneller, Basil!«
Basil nickte ergeben.
Er fuhr durch Kensington und lenkte den Wagen geschickt durch ein Gewirr von Nebenstraßen, um den Engpaß von Hammersmith zu umgehen, dann ging es durch das verkehrsreiche Chiswick und schließlich auf die große Ausfallstraße, die nach Westen führte. Der Wagen raste an großen Fabriken vorbei und an hellbeleuchteten Wohnblocks. Überall lebten Mütter und Töchter, Väter und Söhne, Ehemänner und Ehefrauen – alle mit ihren eigenen Problemen, ihren Streitigkeiten und Zuneigungen. »Genau wie ich«, ging es Ann durch den Kopf. Sie fühlte sich plötzlich mit der gesamten Menschheit eins, brachte Verständnis für andere Menschen auf... Sie war nicht einsam und würde niemals einsam sein, denn sie lebte ja unter verwandten Seelen...

3

In Heathrow saßen oder standen die Passagiere in der Abflughalle und warteten darauf, daß ihr Flug aufgerufen wurde.
Gerry fragte Sarah: »Na, bereust du es auch nicht?«

Sarah warf ihm einen raschen, tröstenden Blick zu, der ihn aufmuntern sollte.

Sie hatte abgenommen, und man sah ihr an, daß sie viel durchgemacht hatte. Ihr Gesicht war von einer herben Erfahrung gezeichnet und sie wirkte älter, doch nicht minder schön. Ja, sie war reifer geworden, und sie dachte: Gerry wollte, daß ich mich von meiner Mutter verabschiede, aber er versteht das nicht... Wenn ich doch bloß wieder gutmachen könnte, was ich ihr angetan habe. Aber das kann ich leider nicht...

Richard Cauldfield konnte sie ihr nicht wiedergeben.

Nein, was sie ihrer Mutter angetan hatte, war wirklich unverzeihlich.

Sie war heilfroh, daß sie Gerry hatte, daß sie mit ihm zusammen ein neues Leben anfangen konnte, doch ihre innere Stimme rief verzweifelt: »Mutter, ich gehe *weg, weit weg*...«

Wenn sie doch nur...

Die Lautsprecherdurchsage ließ sie zusammenfahren: »Die Passagiere des Fluges Nr. 00346 nach Prestwick, Gander und Montreal werden gebeten, das grüne Licht zu beachten und sich zum Zoll zu begeben...«

Die Passagiere griffen nach ihrem Handgepäck und gingen auf die Tür zu. Sarah folgte Gerry, blieb aber ein Stück zurück, als gehorchten ihr die Füße nicht.

»Sarah!«

Ann kam auf ihre Tochter zugelaufen. Das Pelzcape glitt ihr von den Schultern. Sarah rannte ihr entgegen und ließ ihre kleine Reisetasche fallen.

»Mutter!«

Sie sanken sich in die Arme und hielten sich fest. Dann lösten sie sich wieder voneinander, um sich in die Augen zu sehen.

Alles, was Ann hatte sagen wollen, was sie sich auf dem Weg hierher überlegt hatte, war wie weggeblasen. Worte waren jetzt überflüssig, und auch Sarah hatte nicht das Gefühl, etwas erklären zu müssen. Es war nicht mehr nötig, daß sie ihre Mutter um Verzeihung bat, und in eben diesem Augenblick fiel von Sarah das letzte Überbleibsel der Abhängigkeit des Kindes von seiner Mutter ab. Sie war jetzt eine Frau, die auf eigenen Füßen stehen und selbst über ihr Leben entscheiden konnte.

Instinktiv hatte Sarah das Gefühl, ihre Mutter trösten zu müssen: »Mutter, mach dir um mich keine Sorgen. Mir wird es an nichts fehlen.«

Und Gerry versicherte ihr strahlend: »Mrs. Prentice, ich passe auf sie auf.«

Ein Flughafenangestellter näherte sich ihnen. Rasch erkundigte sich Sarah noch: »Mutter, du kommst doch zurecht, nicht wahr?«

»Ja, Liebling. Ich komme schon zurecht. Alles Gute, und auf Wiedersehen – Gott segne euch.«

Gerry und Sarah gingen zum Flugsteig, ihrem neuen Leben entgegen. Ann lief zurück zum Wagen, wo Basil auf sie wartete.

»Diese gräßlichen Ungeheuer!« murrte er, als ein Flugzeug dröhnend über sie hinwegfegte. »Wie riesenhafte, bösartige Insekten! Ich habe eine Todesangst davor!«

Der Wagen verließ das Flughafengebäude und fuhr in Richtung London.

Ann sagte: »Basil, seien Sie mir nicht böse, aber ich möchte heute abend nicht mit Ihnen ausgehen. Ich möchte lieber ganz friedlich zu Hause bleiben.«

»Gut, meine Liebe, dann bringe ich Sie dorthin.«

Ann hatte Basil Mowbray immer für recht boshaft, aber doch amüsant gehalten. Jetzt erkannte sie ganz plötzlich, daß er auch sehr *lieb* sein konnte – ein lieber kleiner Mann und furchtbar einsam.

Lieber Himmel, dachte Ann, wie lächerlich ich mich benommen habe. Was für ein Theater habe ich gemacht.

Basil fragte besorgt: »Liebe Ann, sollten Sie nicht etwas essen? Zu Hause ist doch nichts für Sie gekocht.«

Ann schüttelte den Kopf und lächelte. Vor ihrem inneren Auge entstand ein schönes Bild.

»Machen Sie sich keine Sorgen«, sagte sie. »Edith macht mir Rührei und serviert es mir, während ich vor dem Kamin sitze. Ja, und eine schöne Tasse heißen Tee bringt sie mir auch, die gute Seele!«

Edith sah ihre Herrin forschend an, als sie sie einließ, sagte aber lediglich: »Setzen Sie sich schön vor den Kamin.«

»Ich lege nur diese dummen Sachen ab und ziehe mir etwas Bequemes an.«

»Vielleicht ziehen Sie besser den blauen Hausmantel aus Flanell an, den Sie mir vor vier Jahren geschenkt haben. Der ist doch viel bequemer als dieses alberne Négligé oder wie Sie das nennen. Ich habe ihn noch nie getragen. Er liegt in meiner untersten Kommodenschublade. Dort nutzt er keinem etwas.«

Ann lag auf dem Sofa im Salon, das blaue Hauskleid fest um sich geschlungen, und starrte in die Flammen.

Edith kam mit dem Tablett herein und stellte es auf dem niedrigen Couchtisch ab.

»Später bürste ich Ihnen noch das Haar«, versprach sie.

Ann sah lächelnd zu ihr auf.

»Edith, Sie behandeln mich ja heute abend wie ein kleines Mädchen. Warum denn eigentlich?«

Edith knurrte: »Weil Sie das in meinen Augen auch noch sind.«

»Edith...«, Ann sah zu ihr auf. Es fiel ihr nicht ganz leicht weiterzusprechen. »Edith – ich habe Sarah noch gesehen. Es ist – alles in Ordnung.«

»Natürlich ist alles in Ordnung! War es schon immer! Habe ich Ihnen ja gesagt!«

Edith stand einen Augenblick da und sah auf ihre Herrin hinunter. Das ansonsten so mürrische alte Gesicht hatte einen sehr lieben, sanften Ausdruck angenommen.

Dann ging sie aus dem Zimmer.

Dieser himmlische Friede..., dachte Ann. Längst vergessene Worte stiegen in ihr auf.

»*Der Friede Gottes, welcher höher ist denn alle Vernunft...*«

Nachwort

In dem Buch *Sie ist meine Tochter* geht es um die Beziehung zwischen Mutter und Kind – zwischen Ann Prentice und ihrer einzigen Tochter Sarah. Die Opposition der Tochter macht Anns Chance zunichte, noch einmal zu heiraten. Es ist schwer zu sagen, welche der beiden Frauen am meisten darunter leidet. Ann sucht sich zu zerstreuen, indem sie sich hektisch in den Strudel des Gesellschaftslebens stürzt. Sarah geht eine Ehe ohne Liebe ein. Beider Unglück beruht darauf, daß sie sich hassen. Doch Haß und Liebe sind verwandt. Vom Haß zur Liebe ist es nur ein kleiner Schritt. Als beide zu der Überzeugung gelangen, daß sich die Kluft nicht mehr überbrücken läßt und Sarah drauf und dran ist, ein neues Leben zu beginnen, greift ein Dritter ein, um beiden klarzumachen, wie sehr ihr Glück vom Glück der anderen abhängt.

Nur wenige der Millionen von Lesern Agatha Christies wissen, daß die unbestreitbare Königin des Kriminalromans unter dem Pseudonym Mary Westmacott auch noch sechs denkwürdige Romane zu Papier gebracht hat, in denen die tiefsten Mysterien des menschlichen Herzens enthüllt werden.

Das Gesamtverzeichnis der Heyne-Taschenbücher informiert Sie ausführlich über alle lieferbaren Titel. Sie erhalten es von Ihrer Buchhandlung oder direkt vom Verlag.

Wilhelm Heyne Verlag, Postfach 201204, 8000 München 2

VICTORIA HOLT · PHILIPPA CARR · JEAN PLAIDY –

drei Namen, eine Autorin

Die berühmte Schriftstellerin begeistert die Leser immer wieder mit ihren romantisch-dramatischen Romanen, die sich vor der spannenden Kulisse der Geschichte abspielen.

VICTORIA HOLT

Die geheime Frau
01/5213

Die Rache der Pharaonen
01/5317

Das Haus der tausend Laternen
01/5404

Die siebente Jungfrau
01/5478

Der Fluch der Opale
01/5644

Die Braut von Pendorric
01/5729

Das Zimmer des roten Traums – 01/6461

JEAN PLAIDY

Der scharlachrote Mantel
01/7702

Die Schöne des Hofes
01/7863

PHILIPPA CARR

Die Dame und der Dandy
01/6557

Die Erbin und der Lord
01/6623

Die venezianische Tochter
01/6683

Im Sturmwind
01/6803

Die Halbschwestern
01/6851

Im Schatten des Zweifels
01/7628

Der Zigeuner und das Mädchen
01/7812

Darüber hinaus sind von Philippa Carr noch als Heyne-Taschenbuch erschienen: „Das Schloß im Moor" (01/5006), „Geheimnis im Kloster" (01/5927), „Der springende Löwe" (01/5958), „Sturmnacht" (01/6055), „Sarabande" (01/6288).

Wilhelm Heyne Verlag München

Große Romane

01/7836

01/7876

01/7627

01/7910

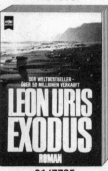

01/7735

01/7781

01/7908

01/7890

01/7851

große Erzähler

01/7835

01/7734

01/7754

01/7911

01/7917

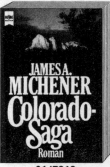

01/7813

01/7723

01/7897

01/7864

MARY WESTMACOTT
besser bekannt als
AGATHA CHRISTIE

Ihr Name ist eine Legende: Unter dem Pseudonym Mary Westmacott hat Agatha Christie, die große alte Dame der angelsächsischen Spannungsliteratur, diese Romane geschrieben – raffinierte und fesselnde Psycho-Thriller.

01/6832

01/6853

01/6955

01/7680

01/7743

01/7841

Wilhelm Heyne Verlag München